KB042052

그리고 아무도 없었다

그리고 아무도 없었다

초판 1쇄 발행일 2023년 7월 26일
초판 2쇄 발행일 2023년 8월 16일

지은이 황정은
펴낸이 양옥매
디자인 송다희 표지혜
마케팅 송용호
교   정 조준경

펴낸곳 도서출판 책과나무
출판등록 제2012-000376
주소 서울특별시 마포구 방울내로 79 이노빌딩 302호
대표전화 02.372.1537 **팩스** 02.372.1538
이메일 booknamu2007@naver.com
홈페이지 www.booknamu.com
ISBN 979-11-6752-344-0 (03800)

한국추리문학선 17

그리고 아무도 없었다

황정은

추리 소설집

책과나무

차례

그리고 아무도 없었다

1

"엄마가 농약을 마셨어요. 빨리 출동해 주세요. 엄마가 죽어가고 있다고요."

도진명은 떨리는 음성으로 119구급대에 신고 전화를 했다. 구급대원들이 도착했을 때 도진명의 모친 53세 차영순은 약하게나마 숨이 붙어 있었다. 차영순은 전신성 경련을 일으켰고, 다량의 침이 흘러나와 상의 앞자락을 흠뻑 적신 상태였다. 전형적인 농약중독 증세였다. 구급대원들은 응급의료정보센터의 도움을 받아 중독치료가 가능한 병원으로 차영순을 신속히 이송했다. 아들 도진명이 구급차에 동승했다. 구급대원들은 병원에 전화해 응급 환자의 도착을 알렸다. 중독의 정도와 응급조치 사항, 농약 포장지 내용 등을 설명해 빠른 처지가 이루어지도록 돕기 위함이었다. 농약병은 엎어진 채로 주방 바닥에서 발견되었다.

병원에 도착하자 대기하고 있던 의료진에 의해 차영순의 응급 처치가 시작되었다. 차영순은 의식이 없었고, 맥박과 호흡이 미약한 심정지 직전 단계였다. 응급의학과 의사들이 최선을 다했지만, 이미 중증으로 중독된 상태여서 차영순은 곧 사망하고 말았다.

아들 도진명은 어머니를 붙들고 오열했다. 아들의 통곡은 병원 관계자들의 가슴을 먹먹하게 할 만큼 절절한 것이었다. 의사는 사망진단서를 발급했고, 외인사로 분류돼 경찰에 신고가 들어갔다. 경찰이 출동해 조사를 벌이던 중 차영순의 자필 유서가 나왔다. 고인이 심각한 우울증에 시달렸다는 아들의 진술과 부합하는 내용이었다.

자필 유서에 더해 차영순이 농약을 구입한 영수증이 발견되었다. 영수증은 차영순의 배낭 안에 들어 있었다. 경찰은 영수증을 발급한 종묘상을 찾아갔다. 종묘상 사장은 중년 여자를 기억했고, 그녀에게 농약을 팔았다고 증언했다. 해충 구제의 목적으로 농약이 필요하다고 말해서 전혀 의심하지 않았다는 것이다.

타살을 의심할 만한 정황이 아예 없었다. 차영순의 죽음은 자살로 판정 내려졌고, 검사의 지휘 하에 검시필증이 교부되었다. 도진명은 검시필증을 사망진단서에 첨부해 차영순의 장례 절차를 진행했다.

엄마와 이혼한 아빠가 장례식에 참석할까? 엄마를 혐오하던 누나가 와줄까? 부모님의 이혼 이후 누나는 회사 기숙사로 거처를 옮겼고, 엄마와의 연을 끊었다. 흩어진 가족을 떠올리자 도진명의 마음이 착잡해졌다. 사망진단서를 발급한 대형 병원의 장례식장을 고집할 이유가 하등 없었다. 도진명은 엄마의 시신을 작은 장례식장으로 옮겼다. 사인이 자살이었고, 조문객도 없었기에 굳이 빈소를 차릴 필요도 없었다.

씩씩한 척 홀로 장례를 치르던 도진명도 엄마의 입관에 참여했을 때는 왈칵 울음을 터트리고야 말았다. 수의를 입은 차영순은 편안해 보였다. 과거를 훌훌 털어버린 듯 평온한 모습이었다. 24년간 이어졌던 엄마와의 연이 끝나는 순간이었다. 장례지도사가 시신을 염습하는 과정을 지켜보며 도진명은 차츰 마음이 안정되었다. 도진명은 엄마와 마지막 인사를 나누었다.

화장장으로 이동해 1시간 30분여의 시간이 지나자 엄마는 한줌의 재로 변했다. 도진명은 마지막 절차를 남겨두고 고민에 빠졌다. 산골장에 아빠와 누나를 부를 것인가. 도진명은 아빠와 누나에게 부음을 전했고, 산골장의 장소와 일시를 알렸다.

사찰 뒤편의 숲으로 스님과 함께 걸어갔다. 분골과 영정, 위패를 앞에 두고 간단한 차례를 지냈다. 지정된 장소의 표토 층을 걷어내고, 분골을 뿌린 뒤 흙으로 덮었다. 애달픈 독경 소리가 고요한 숲속에 은은하게 울려 퍼졌다. 스님의 염불과 축원을 끝으로 산골 의식을 마쳤다. 차영순의 위패는 사찰에 봉안되었다. 스님이 합장하며 인사한 뒤 조용히 자리를 떠났다.

산골장을 계기로 헤어졌던 가족이 한자리에 모였다. 차영순의 전남편 55세 도민기가 한달음에 달려왔다. 장녀 28세 도선화는 굳은 얼굴로 참석했다. 도진명은 아버지와 누나를 부여잡고 참았던 울음을 터트렸다. 육친을 대하자 반가움과 서러움이 한데 뒤섞여 폭포수처럼 눈물이 흘렀다.

"진명아, 왜 혼자 장례를 치렀어? 나한테 연락을 했어야지."

도선화가 남동생의 어깨를 토닥이자 도진명의 흐느낌이 더욱 거세졌다.

"그래 진명아, 아빠한테 알리지 그랬어."

도민기는 양팔을 벌려 아들과 딸을 힘주어 안았다.

"아빠와 누나가 와줄 것 같지 않았어. 아빠는 엄마와 이혼했고, 누나는 엄마를 싫어했잖아. 흑흑흑."

"엄마가 자살했다니 믿어지지 않아. 엄마는 자살할 사람이 아닌데……."

도선화가 의아한 듯 중얼거렸다.

"누나가 알던 예전의 엄마가 아니었어. 엄마는 우울증이 심해진 뒤로 아무 일도 하지 않았어. 외출도 안 하고, 집도 치우지 않고……, 그저 멍하니 앉아 있기만 했어."

"엄마는 원래 집안일을 하지 않았어. 전에도 내가 다 했던 거 기억 안 나?"

도선화는 남동생의 말을 바로잡아 주었다. 도진명이 울먹거리며 반박했다.

"엄마는 심지어 밥도 먹지 않았다고."

"정말? 하늘이 두 쪽 나도 끼니는 거르지 않던 사람인데, 그럼 엄마를 병원에 모시고 갔어야지. 왜 가만있었어?"

"선화야, 그렇게 몰아붙이면 안 되지. 진명이도 혼자 힘들었을 텐데."

도선화의 말투가 힐문조로 변하자 도민기가 제지하고 나섰다.

"엄마가 정신병원에는 절대로 가지 않겠다고 막무가내로 우겼어. 내가 울면서 애원하니까 그나마 음식은 드시더라고. 퇴근해서 돌아가면 차려둔 밥상이 비워져 있었어. 식사만 하면 그래도 괜찮겠지, 안심하고 있었는데."

"진명이 네 탓이 아냐."

도선화가 남동생을 위로했다.

"억지로라도 병원에 모시고 갔어야 했는데……. 나 너무 후회돼. 흑흑흑."

"진명아, 자책하지 마라. 넌 마지막까지 엄마 곁을 지켰잖니. 그 정도면 아들로서 최선을 다한 거야. 24시간 엄마를 지켜볼 수도 없고, 스스로 농약을 마시는 걸 어떻게 막겠니."

"아빠, 나 이제 어떡하지? 엄마도 없는데, 앞으로 어떻게 살아? 엉엉엉."

"네 곁에는 아빠도 있고, 누나도 있잖아."

도민기는 아들을 끌어안았다. 도진명은 아버지의 품에서 애처롭게 울었다. 도민기는 어려서부터 유독 마음이 약했던 아들이 염려되었다. 아들은 유난히 엄마의 치마꼬리에 매달려서 자랐다. 4년 전 부모가 이혼을 했을 때도 아들은 엄마 곁에 남았다. 똑똑한 누나와 달리 공부에 뜻이 없던 아들은 일찌감치 대학 진학을 포기했다. 도민기는 지인에게 줄을 대어 아들을 선용품 공급업체에 취직시켰다. 취업한 뒤에도 아들은 독립하지 않았고, 엄마 차영순과 함께 살았다. 도민기는 아들이 엄마의 그늘에서 벗어나기를 한결같이 바랐다.

차영순은 심각한 도박 중독자였다. 부부의 이혼 사유도 차영순의 도박벽 때문이었다. 차영순은 도박중독으로 시작해 농약중독으로 끝나는 삶을 살았다.

가정의 파국은 예상치 못한 형태로 도래했다. 항해를 마치고 집으로 돌아온 도민기에게 아내의 빚쟁이들이 떼를 지어 몰려들었다. 아내에게 돈을 받아낼 가망이 없다고 판단한 채권자들이 남편에게로 방향을 튼 것이다. 그들에게 전해들은 아내의 행각은 가히 충격적이었다.

차영순은 불나방처럼 도박판에 달려들었다. 망망대해를 떠돌며 위험하고 고된 조업의 대가로 남편이 벌어들인 돈을 아낌없이 도박판에 쏟아부었다.

도박판은 야산이나 농촌의 비닐하우스는 물론이고 창고나 천막 등지에서 벌어졌다. 차영순은 화투의 하이라이트라 불리는 아도사끼에 빠졌다. 수십 명이 한꺼번에 돈을 걸 수 있는 아도사끼는 판돈이 크고 중독성이 강하다. 한 판에 수백만 원에서 수천만 원의 돈이 오고 간다. 단속을 피해야 하므로 한곳에 오래 머물 수도 없다. 농촌 지역부터 제주도 펜션까지 그들이 하우스를 여는 장소는 상상을 초월했다.

원양어선을 타고 나가 짧게는 몇 달, 길게는 해를 넘기고 집으로 돌아오는 도민기가 아내의 도박중독을 알아채기는 쉽지 않았다. 도민기는 먼 바다에 나가서도 아내가 알뜰히 살림을 꾸려 주리라 기대했다.

도민기는 한동안 스스로를 자책했었다. 그는 외로움에 대해서 누구보다 잘 알았다. 외항선을 타는 일은 외로움과의 싸움이었다. 가족과 함께하지 못하는 외로움은 사람을 쉬이 지치고, 우울하게 만들었다. 아내도 나만큼 외로웠구나. 도민기는 아내가 도박에 빠진 원인을 자신에게서 찾으려고 노력했다. 남편의 빈자리가 아내를 도박판으로 이끈 것이라고, 외로움에 지친 아내가 잠시 일탈을 한 것뿐이라고 스스로를 납득시켰다. 도민기는 예전으로 돌아갈 수 있을 것이라고 굳게 믿었다. 그는 눈물로 사죄하는 아내의 읍소를 받아들였다. 아내는 다시는 도박에 손을 대지 않겠다고 울면서 약속했다. 도민기는 아내를 용서했다. 남매를 낳아 기른 조강지처를 함부로 내치고 싶지는 않았다. 그것이 그만의 착각이었음을 깨닫게 되기까지 그리 오랜 시간이 걸리지 않았다.

"젠장, 남편이 알아버렸어. 망할 것들이 남편한테 죄다 까발렸다고. 남편이 집에 온 걸 어떻게 알았는지 떼거지로 몰려와서 빚을 갚으라고 아우성을 치는 거야. 뭐라고 변명했냐고? 손이 발이 되도록 싹싹 빌었지. 이혼? 이혼은 절대로 안 되지. 남편이 돈줄인데……, 이혼을 하면 난 어떡해? 히히히. 원양어선만 타서 그런지 이 인간이 순진한 구석이 있거든. 밥상 차려 주면서 아양 좀 떨었더니 홀랑 넘어오데. 말도 마라. 이 인간 달라붙는 통에 징그러 죽겠다. 아직도 내가 저를 좋아하는 걸로 아는지……, 아유 징글징글해. 흐흐흐, 어떡하니. 지은 죄가 있으니 몸으로라도 때워야지. 간신히 위기는 넘겼는데, 이 인간이 집에서 나갈 생각을 안한다. 출항일이 언제냐고 물어 봐도 대답도 안 하고. 이 인간 가까이 올 때마다 소름이 쫙 끼쳐. 얼굴도 시커매 가지고 주름투성이에, 구역질이 다 난다니까. 좋으면서 괜히 그런다고? 아니야, 진짜로 싫어. 싫은 걸 넘어서 혐오스러워. 허구한 날 붙어 있기 지긋지긋해서 바람 좀 쐬고 왔는데, 이 인간이 어딜 갔는지 안 보이네. 빨리 바다로 나가 버리면 속이 다 후련하겠다. 이번에 나가면 아예 몇 년 있다 오면 좋겠는데. 집에는 안 오고 돈만 보내주는 남편 어디 없나. 이참에 남편 앞으로 생명보험이나 빵빵한 걸로 들어놓을까? 바다에서 죽어주면 그야말로 땡큐지. 깔깔깔."

도민기는 아들 방에서 책을 뒤적이다가 깜박 잠이 들었었다. 요란한 웃음소리에 잠에서 깬 그는 거실에서 들려오는 아내의 말소리에 귀를 기울였다. 아내가 도박판에서 알게 된 여자와 통화를 하는 모양이었다. 남편과의 잠자리를 묘사하는 난잡하기 이를 데 없는 단어들이 온 집 안에 쩡쩡 울렸다. 수치스러움에 도민기의 낯이 달아올랐다. 아내의 경박한 웃음소리가 도민기의 귀에 환청처럼 달라붙어 떨어지지 않았다.

도민기는 치를 떨었다. 이십 년이 훌쩍 넘게 부부로 살면서도 아내의 가면조차 간파하지 못하다니……. 도민기는 가슴을 때렸다. 아내의 외로움을 달래주려 더 다정히 보듬고, 함께하는 시간을 늘리고자 출항까지 미뤘는데. 아내가 시시덕거리며 함부로 지껄였던 말들이 날카로운 칼날이 되어 도민기의 가슴을 후벼 팠다. 조롱과 멸시, 문란한 언어들이 반복되는 후렴구처럼 도민기의 귀에 메아리쳤다. 24년간의 결혼생활이 와르르 무너지는 순간이었다. 어떻게든 바로잡아 보려 했었는데, 함께 노년을 보내고자 했는데……. 아내는 돌아올 수 없는 강을 건너고야 말았다.

이혼 수속을 진행하면서 드러난 가정경제는 처참했다. 아내는 안면이 있는 사람이면 누구든 찾아가 돈을 빌렸다. 남편의 외항선 벌이가 짭짤하다는 허풍에 사람들은 의심 없이 아내에게 돈을 빌려 주었다. 빚을 청산하지 않고는 헤어날 방법이 없었다. 집은 물론 가지고 있던 모든 재산이 날아갔다. 빈 지갑을 탈탈 털어 아내와 아들에게 빌라를 얻어주고 나자 도민기와 딸은 갈 곳이 없었다. 결국 딸은 회사 기숙사로 들어갔고, 도민기는 고시원 신세가 되었다. 가족은 그렇게 뿔뿔이 흩어졌다. 도민기의 가정은 풍비박산 났다.

2

7월 22일, 무산시 별리동의 오피스텔에서 29세 도선화가 시체로 발견되었다. 이틀간의 무단결근에, 전화까지 받지 않자 걱정이 된 동료가 경찰에 신고했다. 동료는 오피스텔 문 앞에서 도선화에게 전화를 걸었다. 벨소리는 집 안에서 들려왔다. 경찰은 구급대원들의 도움을 받아 출입문을 강제로 개방했다. 실내에 에어컨이 켜진 상태여서 시체의 부패는 많이 진행되지 않았다. 경찰은 오피스텔의 CCTV를 분석했다. 7월 20일 19시 무렵, 귀가하는 도선화의 모습이 엘리베이터의 CCTV에 찍혔다. 그녀의 손에는 커피로 보이는 음료가 들려 있었다.

오피스텔에 강제 침입의 흔적은 없었다. 면식이 있는 사람이 방문해 신체에 자국을 남기지 않는 방법으로 살해했거나 음독자살 가능성이 제기되었다. 유서는 발견되지 않았다. 도선화의 사망시간은 7월 20일 밤부터 21일 새벽 사이로 추정되었다. 형사들은 식탁 위에 쓰러진 채 방치된 아이스라테 컵에 주목했다. 아이스라테는 포장 주문한 것으로 인근 커피숍의 띠지가 둘러져 있었다. 검시과정에서 사망의 원인이 명확히 밝혀지지 않았고, 살인의 가능성을 배제할수 없었기에 검사는 부검 명령을 내렸다.

사망한 도선화는 대학 졸업 후 유리섬유 제조 수출업체에서 5년간 근무했다. 무산 중부경찰서 강력 1팀 지택근 형사는 도선화의 회사를 찾아갔다. 도선화가 소속됐던 무역팀의

직속상관을 만나 보았으나 활달하고 열심히 일했던 직원이라는 답변이 고작일 뿐, 개인적인 내용은 알지 못했다. 부서 직원들은 도선화와 가장 친했던 동료로 김미주를 꼽았다.

지 형사는 김미주와 카페에 마주 앉았다. 김미주는 도선화와 연락이 안 된다면서 경찰에 신고했던 그 동료였다. 지 형사는 한껏 온화한 표정을 지으며 김미주의 마음을 편안히 해주려고 노력했다.

"도선화 씨는 어떤 사람이었습니까? 도선화 씨가 우울감을 호소했거나 괴로움을 겪고 있지는 않았습니까?"

김미주는 도선화보다 두 살 많은 31세로 영리해 보이는 여자였다. 지 형사의 입에서 도선화란 이름이 흘러나오자 김미주의 얼굴이 일그러졌다. 김미주는 도선화를 떠올리는 것 자체가 힘든 듯했다.

"저와 선화는 절친이었어요. 기숙사 룸메이트이기도 했고요. 선화가 저를 언니라고 부르며 잘 따랐죠. 전 아직도 선화가 죽었다는 게 믿기질 않아요. 형사님, 선화는 자살한 게 맞나요?"

김미주의 눈가가 붉게 물들었다. 그녀는 가방에서 손수건을 꺼내 흐르는 눈물을 닦았다. 김미주는 소리 없이 눈물을 흘렸는데, 그 모습이 지 형사의 마음까지 아프게 만들었다.

"아직 모릅니다. 부검 결과를 기다려 봐야죠."

"형사님, 선화는 자살한 게 아니에요. 선화에겐 자살할 이유가 없거든요. 우울증도 없었고, 괴로워하는 기색도 없었어요. 회사 일도 당차게 해냈고요. 선화는 성격이 명랑해서 누구와도 잘 어울렸어요."

"남자친구는 없었습니까?"

"결혼을 전제로 사귀던 남자가 있었는데, 남자 쪽 부모의 반대로 헤어졌어요."

"왜죠?"

"작년에 선화 어머니가 농약을 마시고 자살했어요. 남자 쪽 부모 입장에선 그 점이 꺼림칙했던 모양이에요."

도선화의 어머니가 자살을 했다고? 도선화의 가족관계를 조회했지만, 모친이 사망했다는 사실만 확인했을 뿐 자세한 내막은 알지 못했다. 1년을 사이에 두고 어머니와 딸이 똑같이 변사를 했다? 이상했다. 지 형사의 머릿속에 경고등이 켜졌다. 남자친구와의 이별이 도화선이 되어 자살을 선택했을까? 외견상으로 쾌활했지만, 그 속을 속속들이 알 수는 없다. 깊숙이 쌓아둔 우울감을 남에게 털어놓지 않는 사람은 의외로 많다.

"도선화 씨가 남자친구와의 이별로 상처를 많이 받았습니까?"

"남자친구와는 2년 정도 교제했는데, 선화가 남자 쪽 부모의 간섭이 심하다는 하소연을 자주 했어요. 남자 부모가 이 것저것 따지는 게 많아서 피곤하다고요. 말은 그렇게 했어 도 선화가 워낙 낙천적이어서 괴로워하는 느낌은 받지 못했 어요."

"도선화 씨의 어머니가 무슨 이유로 자살했는지 아십니 까?"

"선화 말로는 우울증이라고 했어요. 선화와 전 마음을 터 놓고 지내는 사이여서 숨기는 게 없었어요."

"좀 자세히 설명해 주시겠습니까?"

김미주는 아이스라테를 한 모금 마셨다. 지 형사는 도선 화의 오피스텔 식탁 위에 쓰러져 있던 아이스라테 컵을 떠 올렸다. 아이스라테 컵은 성분감정을 의뢰해 두었다.

"선화는 엄마와 사이가 좋지 않았어요. 선화가 기숙사로 들어오게 된 이유도 엄마 때문이라고 하더군요. 엄마가 도 박에 빠져서 빚을 많이 졌대요. 부모님이 이혼을 하는 과정 에서 살던 집을 팔았고, 하는 수 없이 회사 기숙사로 들어왔 다는 거예요."

"어머니의 도박 빚 때문에 가세가 기울었다는 말이네요."

"아버지가 외항선원 일을 오래 했는데, 엄마 때문에 빈털 터리가 됐대요. 이혼 후 선화 아버지가 유산을 물려받았어 요. 선화 친할아버지가 돌아가시면서 아버지에게 재산을 남겼대요. 선화 아버지는 딸에게 오피스텔을 얻어주셨어요.”

도박에 빠졌던 엄마가 자살을 했다. 가산을 탕진하고 정신이 피폐해졌다면 충분히 가능한 일이다. 그런 엄마의 뒤를 따라 딸이 자살을 한다? 둘은 사이가 좋지 않았고, 딸은 엄마를 원망했다. 게다가 엄마가 죽은 지 1년이나 지난 뒤다. 지 형사는 도선화의 자살설에 강한 위화감을 느꼈다.

“도선화 씨에게 남동생이 있던데, 남동생에 대한 언급은 없었습니까?”

지 형사는 김미주에게서 최대한 정보를 끌어내야 했다.

“선화에겐 4살 아래의 남동생이 있었어요. 남동생은 선화와는 달리 엄마랑 가까웠다고 해요. 부모님이 이혼을 했을 때도 엄마 곁에 남았다고 하니까요. 엄마와 남동생, 아빠와 선화, 편을 먹은 건 아니지만 그렇게 친했다고 해요.”

김미주의 눈에 물기가 서렸다. 도선화의 상황을 떠올리자니 가슴이 미어지는 모양이었다.

“엄마가 도박장 출입을 하니까 선화로선 말릴 수밖에 없었죠. 선화와 엄마의 실랑이가 매일같이 벌어졌다고 해요. 선화가 아빠에게 알리겠다고 최후통첩을 날렸던 날, 엄마가 집을 나가버렸대요. 간신히 엄마를 찾아 집에 데려오긴 했는데, 선화도 더는 간섭할 수 없었다고 해요. 엄마가 선화 목에 칼을 들이대면서 아빠한테 고자질하면 죽여버리겠다고 협박을 하더래요."

김미주는 얼음이 녹아 양이 불어난 아이스라테를 마셨다. 도선화가 마지막으로 마셨을 아이스라테가 지 형사의 뇌중을 맴돌았다.

"도선화 씨는 커피를 좋아했습니까?"

"형사님이 그걸 어떻게 아셨어요? 선화는 커피중독이라 불릴 만큼 커피를 좋아했어요. 특히 전문점의 커피를 선호했죠."

도선화의 오피스텔에서 발견된 아이스라테 컵에는 얼음이 녹은 물이 남아 있었다. 컵의 쓰러진 모양새가 묘하게 지 형사를 자극했다. 지 형사는 독극물 감정 결과가 몹시 기다려졌다.

"도선화 씨가 자살했을 리 없다고 말씀하셨는데, 그렇게 생각하는 이유라도 있습니까?"

지 형사는 김미주의 의견이 듣고 싶었다.

"선화 어머니의 죽음과 선화의 죽음이 연결됐다는 생각이 들어요. 1년을 사이에 두고 모녀가 죽었다는 게 마음에 걸려요. 엄마가 자살한 것 때문에 선화가 비관하진 않았지만……, 모르겠어요. 전 혼란스럽기만 하네요. 선화가 왜 죽었는지 형사님이 꼭 밝혀주세요."

지 형사는 고맙다는 인사를 한 뒤 김미주를 놓아주었다.

김미주 덕분에 도선화에게 한걸음 더 가까이 다가간 느낌이었다.

강력 1팀은 도선화가 3개월 전 생명보험에 가입한 사실을 알아냈다. 보험금 액수는 2억이었고, 수익자는 도선화의 남동생 도진명이었다. 무산 중부경찰서는 도진명에게 경찰서 출석을 요구했다.

도진명은 25세로 무산시 선용품 공급업체에서 일했다. 1년 전 어머니가 극단적 선택을 한 이후로 혼자 빌라에서 거주했다. 도선화의 오피스텔 CCTV에 도진명은 등장하지 않았다. 7월 20일 저녁부터 22일 오후까지의 행적에 대해 도진명은 다음과 같이 진술했다.

7월 20일 수요일 : 18시에 퇴근해서 거리를 여기저기 쏘다니다가 24시경 귀가했다.

7월 21일 목요일 : 08시에 집에서 나와 대중교통을 이용해 회사에 출근했다. 회사에 도착한 시간은 09시이며 13시까지 근무했다. 13시에 근처 식당에서 점심을 먹었고, 거래 업체에 방문하는 등 외근을 이어가다가 17시에 회사로 돌아갔다. 18시에 퇴근해 정처 없이 거리를 걸었다. 24시 즈음 집으로 돌아갔다.

7월 22일 금요일 : 09시에 회사에 출근했다. 13시에 점심을 먹었으며 도선화의 사망 통보를 받기까지 회사에 머물렀다.

조사실에서 마주한 도진명은 불안한 기색이 역력했다. 시선이 이리저리 흔들렸고, 양손을 쥐었다 폈다 가만히 두질 못했다. 지 형사는 도진명의 행동이 심상치 않다고 느꼈다. 분명히 뭔가 있다. 형사의 촉이 발동했다.

"여기저기 쏘다녔다, 정처 없이 걸었다, 이게 도진명 씨의 퇴근 후 습관입니까?"

지 형사는 참고인 진술서를 눈으로 훑어 내렸다. 도진명의 생활패턴을 알기 위해 며칠간의 행적을 요구했다. 도진명은 지 형사와 눈을 마주치지 못했고, 양손을 쥐었다 펴기를 반복했다.

"엄마가 돌아가신 뒤로 생긴 버릇이에요. 집에 가봐야 기다려주는 사람도 없고……, 퇴근하면 발길 닿는 대로 걸어 다녀요. 걷다가 배고프면 길거리 음식을 사먹기도 하고……, 다리가 아플 때까지 헤매다가 집으로 돌아가요. 밤에 푹 잘 수 있도록 몸을 피곤하게 만드는 거예요."

도진명은 강박적인 동작을 멈추지 않았지만, 질문과 동떨어진 대답을 내놓지는 않았다.

"7월 20일 수요일 밤, 길을 걷다가 누군가를 만나거나 통화를 하지는 않았습니까?"

"저는 친구가 없어요. 그러니까 통화할 사람도 없죠."

"도선화 씨가 생명보험에 가입했습니다. 그것도 죽기 석 달 전에요."

지 형사는 아껴 두었던 결정타를 날렸다. 도진명을 부른 이유도 생명보험에 대해 추궁하기 위해서였다.

"그, 그건……."

흐음, 머리 굴리는 소리가 들리는 걸. 변명거리쯤 미리 마련하고 경찰서에 왔어야지. 지 형사는 내심 쾌재를 불렀다.

"도진명 씨 계좌에서 누나의 보험료가 이체되던데, 어떻게 된 겁니까? 도진명 씨가 왜 누나의 보험료를 대신 내주죠?"

"제 지인이 보험 모집인이에요. 지인의 실적을 올려주려고 가입한 거예요. 몇 달간 유지하다가 해지하려고 했어요."

"그런 이유라면 본인 이름으로 계약했겠죠. 스물아홉 살의 젊은 누나가 생명보험에 가입했습니다. 게다가 수익자는 당신이에요. 누가 봐도 이상하지 않습니까?"

지 형사가 도발하자 도진명의 언성이 높아졌다.

"뭐가 이상해요? 누구든 마음대로 보험에 가입할 권리가 있어요. 젊은 사람은 생명보험에 들면 안 되나요? 엄마가 극단적 선택을 한 뒤부터 누나의 심리가 불안정해졌어요. 그래서 보험에 든 거예요."

도진명의 이마에서 땀방울이 굴러 떨어졌다. 에어컨 가동 중인 형사과 사무실에서 땀을 흘리는 사람은 도진명밖에 없었다. 도진명은 땀을 닦을 생각도 하지 않고, 신경질적으로 손을 쥐었다 펴기를 반복했다.

"도선화 씨가 심리적으로 불안정해졌다고요? 누나가 극단적 선택을 암시하는 말을 했습니까? 당신은 도선화 씨의 죽음을 예견했다는 말입니까?"

"……."

"보험 모집인은 누굽니까? 인적사항을 말해 보세요."

"주기적으로 회사에 방문하는 보험 모집인이에요. 인적사항 같은 건 몰라요."

지 형사의 추궁에 도진명이 꺼내 놓은 답변은 옹색하기 짝이 없었다. 도진명은 금방이라도 울음을 터트릴 아이처럼 얼굴이 잔뜩 이지러졌다. 더 몰아붙여 봐야 제대로 된 대답이 나올 것 같지 않았다. 지 형사는 도진명을 돌려보내고, 증거를 확보하는 쪽을 택했다.

도선화의 아버지 도민기가 경찰서에 출석했다. 도민기는 검게 탄 얼굴, 깊게 팬 주름, 단단한 근육을 지닌 50대 남자로 한눈에 보아도 외항선원임을 짐작케 했다. 도민기는 1899년 개항 이래 꾸준히 성장해 연간 천만 톤의 화물을 처리하는 항구로 부상한 무산항에서 잔뼈가 굵은 인물이었다.

도민기 역시 도선화의 오피스텔 CCTV에 등장하지 않았다. 도선화의 사망 추정 시간대에 도민기는 집에 있었다고 진술했다. 지 형사는 딸을 잃은 아버지의 심정을 헤아려 조심스럽게 질문을 이어가다가 전처 차영순 쪽으로 슬쩍 방향을 틀었다.

"차영순 씨가 극단적 선택을 하셨다던데, 도선화 씨의 죽음과 관련이 있을까요?"

도민기의 안면근육이 꿈틀거렸다. 굵은 주름들이 덩달아 요동을 쳤다.

"내 딸이 제 엄마를 따라 죽었다는 게요?"

평생을 바다와 싸워온 도민기의 음성은 우렁우렁했다. 지 형사가 잠자코 있자 긍정의 의미로 받아들였는지 도민기가 한껏 목청을 높였다.

"선화는 제 엄마와 다르오. 걘 정신이 똑바로 박힌 애란 말이오. 선화가 엄마 뒤를 따라 자살했다는 건 말도 안 되오."

"차영순 씨의 재산은 어떻게 되었습니까?"

"재산이라곤 아무것도 남아 있지 않았소. 그 여자는 아들과 살던 빌라 전세금마저 말아먹었소. 진명이가 길바닥에 나앉게 생겨서 내가 전세금을 마련해 주었소. 이혼을 했기에 망정이지 하마터면 내 아버지 유산까지 날릴 뻔했다오."

전처만 떠올리면 울화가 솟구치는지 도민기의 관자놀이 혈맥이 눈에 띄게 부풀었다.

"차영순 씨의 사망으로 경제적 이익을 얻은 사람이 없었다는 말씀이군요."

"경제적 이익? 엄마에게 월급 빼앗길 일이 없어졌으니 진명이가 경제적 이익을 본 셈이오. 몇 년 동안 회사에 다녔지만, 아들은 저축 한푼이 없었소. 월급을 받는 족족 제 엄마에게 빼앗긴 게 분명하오."

"자필 유서가 발견됐다고 하던데, 차영순 씨가 직접 쓴 게 확실합니까?"

"형사양반, 무슨 말을 하고 싶은 게요? 전처가 자살한 게 아니라는 말을 하고 싶소? 차영순은 자살했소. 경찰이 자필 유서임을 확인했다고 들었소."

도민기가 지 형사를 향해 눈을 부라렸다.

"도 선생님이 직접 시신을 보셨습니까?"

"내가 시체를 볼 이유가 없지 않소. 아들이 혼자 장례를 치렀다더군. 나와 선화는 산골장에만 참석했소."

"도진명 씨가 혼자 장례를요?"

이번에는 지 형사의 언성이 높아질 차례였다. 범인을 가리키는 화살은 늘 도진명 쪽으로 돌아갔다.

"엄마가 자살을 했고, 딱히 조문 올 사람도 없으니까 조용히 장례를 치른 모양이오."

"그래도 혼자 장례를 치르는 건 일반적이지 않은데요."

"엄마의 자살을 사람들에게 소문내고 싶지 않았던 것 같소. 그래서 빈소도 차리지 않은 게요. 아빠는 엄마와 이혼했고, 누나는 엄마와 연을 끊었소. 아들은 배려 차원에서 그렇게 했던 거요."

도민기는 딸을 입에 올리면서 슬픔이 복받쳤는지 눈시울을 붉혔다.

"도선화 씨는 생명보험에 가입했고, 2억 원에 달하는 보험금을 도진명 씨가 받게 됩니다."

도민기의 주름진 얼굴이 보기 흉하게 찌그러졌다.

"내 아들이 제 누나를 죽이기라도 했다는 말이오?"

도민기가 벌컥 성을 내며 의자에서 일어났다. 그 바람에 의자가 뒤로 밀려 시끄러운 소리가 났다.

"보험료는 도진명 씨 계좌에서 빠져나갔습니다."

"나는 더 할 말이 없소."

도민기는 아예 입을 다물어버렸다. 이마 위로 도드라진 푸른 혈맥이 도민기의 불편한 심사를 대변하는 듯했다. 지 형사는 도민기를 집으로 돌려보냈다.

  강력 1팀은 소금을 뿌린 배추처럼 축 늘어져 버렸다. 자살인지 타살인지 사건의 성격 규정도 명확히 내리지 못한 채 제1 용의자 도진명은 미꾸라지처럼 빠져나갔다. 도선화의 주변 인물들을 한 명씩 털어갈 때마다 형사들은 위기감에 휩싸였다.   지 형사는 차영순 변사사건을 처리했던 무산동부경찰서의 담당 형사와 통화했다. 차영순이 농약을 구입한 영수증을 확보했고, 종묘상 사장의 증언이 있었으며 자필 유서, 아들의 진술 등으로 자살로 종결했다는 답변을 들었다. 한마디로 자살의 정황이 뚜렷했다는 것이다.

  지 형사는 뿌연 안개 속을 헤매는 느낌이 들었다. 소란이 끊이지 않는 형사과 사무실의 소음을 뚫고 서무 여직원이 큰 소리로 지 형사를 불렀다.

  "지 형사님, 전화 좀 받아보세요. 도선화 사건의 담당 형사를 바꿔 달라는데요."

  지 형사는 여직원이 돌려준 전화를 받았다.

  "강력 1팀 지택근 경사입니다."

  "도선화 사건의 담당 형사입니까?"

  굵직한 저음의 남자였다. 처음 듣는 남자의 목소리에서 신뢰감이 느껴졌다. 지 형사는 메모지를 끌어당겼다.

"도선화의 외삼촌 되는 사람입니다. 차영순의 남동생입니다."

"선생님 성함이 어떻게 되십니까?"

"차영준입니다."

"차 선생님, 하고 싶은 말씀이 뭔가요?"

"도진명이 의심스러워서 전화했습니다. 아무래도 진명이가 제 엄마와 누나를 해친 것 같아요."

죽였다는 말을 차마 쓸 수 없어 해쳤다고 표현하는 것 같았다. 진중한 말투에서 오래 고민한 흔적이 느껴졌다. 게다가 도진명의 외삼촌이다. 외삼촌이 조카를 고발하는 이유가 뭘까. 지 형사는 차영준의 속내를 듣고 싶어졌다. 차영준의 제보가 꽉 막힌 수사의 물꼬를 터준다면? 지 형사는 기대감이 끓어올랐다.

"차 선생님, 경찰서로 나와 주시겠습니까? 직접 뵙고 말씀을 나누고 싶은데요."

"좋습니다. 바로 출발하죠."

차영준은 선선하게 승낙했다. 도진명이 엄마와 누나를 죽였다? 차영준의 제보는 지 형사의 추리와 궤를 같이하는 것이었다.

차영준은 골격이 큰 사십대 남자였다. 차영준이 건넨 명함에는 대표이사라는 직함이 인쇄돼 있었다. 이니셜로 된 회사 이름만으로 업종까지는 짐작할 수 없었다. 지 형사는 차영준에게 의자를 권했다.

"도선화 사건 수사는 어떻게 돼가고 있습니까?"

의자에 앉자마자 차영준이 지 형사에게 질문을 던졌다. 차영준은 경찰서라는 장소를 의식하지 않는 듯 거리낌 없는 태도를 보였다.

"부검 결과를 기다리는 중입니다."

"그건 아무런 진척이 없다는 뜻이네요." 정곡을 찌른 차영준의 일침에 지 형사는 대꾸할 말이 없었다.

"나는 차영순 사건에 대해 할 말이 아주 많습니다. 경찰은 제대로 수사하지도 않고 누나가 자살했다고 결론을 내렸습니다. 조카 놈은 기다렸다는 듯 화장을 했고, 누나는 흔적도 없이 사라져버렸습니다. 누나 사건을 제대로 처리했다면 선화가 죽을 일도 없었습니다. 경찰의 무능력 때문에 애꿎은 선화가 죽은 겁니다."

차영준이 격하게 말을 쏟아냈다. 무능력한 경찰이란 지적이 지 형사의 귀에 아프게 꽂혔다.

"무산 동부경찰서 담당 형사 말로는 자살의 증거가 명확했다던데요."

"그 증거란 게 전부 정황증거에 불과하단 말입니다. 누나가 농약을 마시는 장면을 형사들이 봤습니까? 진명이가 하는 말만 믿고 사건을 종료해 버리다니, 그러고도 무능력한 경찰이 아닙니까? 유족 말만 듣고 판단한다면 경찰이 왜 필요합니까?"

차영준은 경찰을 불신했다. 그는 누나를 잃은 안타까움을 경찰을 공격하는 형태로 표출하는 듯했다. 지 형사는 차영준의 흥분이 가라앉기를 참을성 있게 기다렸다.

"차 선생님, 도진명 씨를 의심하는 이유가 뭡니까?"

"진명이는 제 엄마의 사망보험금을 수령했습니다. 자살 면책기간인 2년이 지났기 때문에 보험금을 받을 수 있었습니다. 보험금 액수가 무려 2억이에요."

차영준은 2억이라는 보험금을 강조했다. 그의 입에서 긴 한숨이 흘러나왔다.

"어젯밤 진명이가 내게 전화를 걸어왔습니다. 그 녀석, 갑자기 전화해서 돈을 빌려달라고 했습니다. 월급 받는 녀석이 돈을 빌려달라고 하니까 궁금해지더군요. 어디에 쓸 거냐고 물어봤습니다. 그런데 얘가 대답을 안 해요. 나는 캐물었습니다. 엄마 사망보험금 탄 건 어쨌냐고요. 그 녀석 대답이 보험금을 다 썼다는 거예요. 형사님, 1년 만에 2억을 다 쓰다니 말이 됩니까?"

말을 하면서 흥분이 됐는지 차영준의 음성이 격해졌다.

최근 수사를 통해 도진명이 차영순의 사망보험금을 수령했다는 사실을 알게 되었다. 엄마에 이어 누나까지? 보험금을 노린 살인이 유력했으나 도진명의 범행을 입증할 증거가 없었다.

"누나의 보험 건에 대해 설명하려면 3년 전으로 거슬러 올라가야 합니다. 3년 전, 누나가 내게 전화를 걸어왔어요. 누나의 전화는 돈을 빌려달라는 용건이라 솔직히 피하고 싶었습니다. 누나는 심심하면 내게 돈을 빌려달라고 졸라댔어요. 핑계는 매번 진명이었죠. 진명이가 사고를 쳤다, 뭐 그런 거요. 말은 빌려달라고 했지만, 돈을 갚은 적은 없었습니다. 그런데 그날은 돈을 빌려달라는 내용이 아니었습니다. 아는 보험설계사가 있으면 집으로 보내달라는 거였어요. 보험설계사가 왜 필요하냐고 물었더니 생명보험에 가입하겠다는 겁니다. 허, 보험에 가입하려는 이유가 기가 차더군요. 아들에게 재산을 만들어주기 위해서라나요. 보험료는 어떻게 낼 건데? 하고 물었더니 진명이 월급으로 낼 거라고 대답하더군요."

긴 이야기에 목이 타는지 차영준이 생수를 들이켰다.

"작년에 누나가 농약을 마시고 자살했습니다. 머릿속에 탁 감이 오더군요. 타이밍이 절묘하지 않습니까? 면책기간 2년을 기다려서 자살을 한다? 나는 소름이 쫙 끼쳤습니다.

더 무서운 건 1년이 지난 뒤에 선화가 죽었다는 겁니다. 1년을 사이에 두고 똑같은 일이 두 번씩이나 일어난다고요?"

지 형사는 차영준이 풀어놓는 이야기가 몹시 흥미로웠다.

"누나가 죽었을 때 나는 이 이야기를 경찰에게 했습니다. 그때 경찰이 뭐라고 한 줄 아십니까? 누나가 아들 보험금 받게 해주려고 2년을 기다렸다 자살한 거래요. 경찰은 하나만 알고, 둘은 모르는 바보입니까? 반대의 경우도 가정할 수 있지 않습니까. 아들이 엄마를 죽였을 수도 있단 말입니다."

"차영순 씨가 직접 농약을 구매한 증거가 있지 않습니까?"

"농약을 샀다고 꼭 마시란 법 있습니까. 망설이는 엄마에게 아들이 먹였을 수도 있죠. 술병에 넣었을 수도 있고요. 누나가 도박중독이었다는 사실도 나는 경찰을 통해 알게 됐습니다. 해답이 바로 도출되지 않습니까? 진명이 입장에선 도박 중독자 엄마가 지긋지긋하지 않았을까요?"

"차영순 씨가 직접 생명보험에 가입했다면서요?"

"솔직히 그 점 때문에 진명이의 범행을 확신할 수 없었습니다. 그런데 선화 건이 터진 겁니다. 진명이가 제 엄마와 누나를 죽인 게 확실합니다."

지 형사는 동조하듯 고개를 끄덕였다. 차영준은 지 형사의 동조에 감정이 고조됐는지 빠르게 말을 이어갔다.

"엄마 보험금 탄 건 어쨌느냐는 물음에 진명이가 우물쭈물하면서 대답을 회피하더군요. 돈을 빌려달라는 말만 되풀이하고요. 선화의 사망보험금을 받으면 갚겠다는 말에 경악했습니다."

차영준은 감정을 추스르기 힘든지 말을 멈추고 허공을 노려봤다. 그의 입이 다시 열렸다.

"진명이가 보험가입을 부탁했다면 선화는 들어줬을 겁니다. 모르긴 해도 죽기 3개월 전에 보험에 가입했을 거예요. 석 달은 보험료를 납입해야 보험금이 지급될 테니까요."

차영준의 말이 맞았다. 도선화는 생명보험 가입 후 3개월이 지난 시점에서 죽었다.

"차 선생님 말씀은 도진명 씨가 사망보험금을 노리고 엄마와 누나를 죽였다는 겁니까?"

"보험금 맛을 본 거죠. 공돈이 몇 억씩 들어오는데, 그 유혹을 어떻게 뿌리칩니까."

"도진명 씨는 돈을 어디에 쓰려는 걸까요?"

도박에 절은 엄마는 그렇다 쳐도 누나까지 죽이면서 돈에 집착하는 이유가 뭘까? 도진명은 스물다섯 살에 불과한 새파란 청년이다.

"누나는 돈을 빌려달라고 떼를 쓸 때마다 진명이 핑계를 댔어요. 패싸움을 벌였네, 도박 빚을 졌네, 우는소리를 늘어놓으면서요. 누나가 도박 중독자가 된 이유도 진명이 때문이 아닐까요? 도박판에서 아들을 빼내려다가 엄마가 도박에 빠져버린 것인지도 모르죠."

"도진명 씨가 도박을 했다는 말씀입니까?"

"진명이가 도박에 빠졌다고, 누나는 내게 일관되게 말했습니다."

차영준은 거침없이 말을 내뱉었다. 둑이 한번 터지니까 가속이 붙은 것 같았다.

"누나는 자살할 사람이 아닙니다. 돈을 빌려달라는 말을 할 때조차 누나는 당당했습니다. 어릴 적 누나는 살뜰하게 나를 돌보아 주었습니다. 대학 등록금도 4년 내내 대주었고요. 그래서 나는 누나의 요구를 거절하지 못했습니다. 누나는 활달한 성격이었고, 우울증에 빠질 타입이 절대로 아닙니다."

과거를 헤매는 차영준의 눈이 아련해졌다.

"내게는 하나밖에 없는 누나였어요. 소중한 피붙이였다고요. 진명이가 도둑장례를 치른 것이 내내 수상했습니다. 경찰조사가 끝나지 않아 장례 날짜를 정할 수 없다는 말을 늘어놓더니 어느 날 전화해서는 장례는 물론 화장까지 마쳤다는 거예요. 그러니 제 엄마를 죽였다는 의심이 들지 않겠습니까. 진명이는 어릴 때부터 말이 없는 아이였어요. 무슨 생각을 하는지 의중을 알 수 없었죠. 학교에 잘 다니느냐, 공부를 잘 하느냐, 물어도 늘 엄마 꽁무니에 숨어버리기나 하고……. 누나 사건을 처리하는 과정을 지켜보면서 경찰을 믿지 못하게 됐습니다. 선화 건까지 묻힐까 걱정이 되더군요. 어쩌면 진명이는 제 아버지마저 해칠지 모릅니다. 보험금을 노리고 가족을 몰살시킨 사건이 종종 있지 않습니까. 형사님, 제대로 수사해 주실 거죠?"

"최선을 다하겠습니다."

지 형사는 차영준을 향해 깊이 머리를 숙였다. 차영준이 뚜벅뚜벅 형사과 사무실을 걸어 나갔다. 도진명에 대한 의심이 더욱 깊어졌다. CCTV에 찍히지 않으면서 오피스텔에 침입하는 방법이라……. 지 형사는 지끈지끈 두통이 이는 머리에 손을 대고 끙, 소리를 냈다.

수사팀은 도진명의 휴대전화를 추적해 도선화와 동선이 겹치는지 여부를 알아보았다. 결과지를 받아든 형사들은 허무함에 휩싸였다. 도진명의 휴대전화는 사망 추정 시간대를 벗어난 7월 21일 13시까지 사무실에 방치된 채였다.

"폰을 회사에 두고 퇴근해 버렸어요."

도진명은 여전히 불안한 기색이었지만, 지 형사의 질문에 막힘없이 답했다. 경찰서에 자주 출입하다 보니 내성이 생길 것일까?

"젊은 사람이 스마트폰 없으면 불편하지 않아요? 폰 가지러 회사로 돌아가지 않았습니까?"

"저는 스마트폰을 그다지 좋아하지 않아서요. 회사에서 한참 떨어진 곳에서 알아차렸기 때문에 그냥 포기했어요."

또박또박 대답하는 도진명의 얄미운 입술을 쥐어뜯고 싶었지만, 본인이 그렇다는 데야 더 할 말이 없었다. 하필이면 사건 당일 스마트폰을 회사에 두고 나갔다? 위치 추적을 피하기 위한 얕은꾀라는 강한 의심이 들었다.

빌라 입구에 매달린 CCTV에 7월 21일 00시 무렵 귀가하는 도진명의 모습이 찍혀 있었다.

차영준이 통화 버튼을 누르자 누나의 우는소리가 따발총처럼 귀에 쏟아졌다.

"영준아, 우리 진명이 손가락 잘리게 생겼다. 주말 내내 어디에 처박혔는지 코빼기도 안 보이더니 방금 집에 들어와서는 돈을 해달란다. 당장 590만 원 없으면 손가락 두 마디가 날아간다. 영준아, 빨리 590만 원 송금해라."

차영준은 휴대전화를 귀에서 멀찌감치 떨어뜨렸다. 누나가 내지르는 하이 톤의 쇳소리가 날카로운 송곳이 되어 고

막을 콕콕 찔러대는 것 같았다. 누나는 진명을 핑계 삼아 주기적으로 차영준에게 손을 내밀었다. 석 달에 한 번, 넉 달에 한 번, 차영준은 누나가 전화를 걸어올 때마다 피가 마르는 기분이었다. 다시는 전화하지 말라고 소리치면서 전화기를 내던지고 싶었지만, 그렇게 하지 못하리란 걸 차영준은 잘 알았다. 누나를 대할 때면 차영준은 한없이 작아졌다. 차영준의 미간에 깊은 주름이 패었다. 입에서는 긴 한숨이 흘러 나왔다.

"진명이 손가락이 잘린다니 그게 무슨 소리야?"

궁금하지 않았지만, 묻지 않을 수 없었다. 누나가 지금까지 한 말대로라면 진명에게 남은 신체 부위는 몇 되지 않을 터였다. 안구와 신장은 물론 손가락과 팔목, 발목까지 다 잘려 나간 진명의 몰골은 상상만으로도 참혹했다.

"진명이가 도박판 꽁지에게 돈을 빌렸다더라. 도박판 꽁지가 조폭하고 연결된 건 너도 알지? 당장에 590만 원 없으면 진명이 손가락이 날아간다. 그것들이 마체테 칼까지 보여 주며 협박했다더라."

마체테 칼로 손가락을 단번에 자를 수 있나? 차영준은 누나의 넋두리를 들으면서 머릿속으로는 엉뚱한 상상을 했다. 그렇게라도 하지 않으면 누나의 빤한 푸념을 더는 견딜 수 없을 것 같아서였다. 누나는 질리지도 않는지 되지 않는 헛소리를 잘도 주워댔다.

"그러게 병원에 입원시키라고 했잖아. 애를 그냥 놔두면 어떡해? 도박중독 치료를 받아야 될 것 아냐." 차영준의 입에서 볼멘소리가 터져 나왔다. 390만 원 송금 버튼을 눌렀던 손가락의 감촉이 아직도 생생한데, 또 돈을 보내라고? 그때도 누나는 '우리 진명이가'로 시작되는 닳고 닳은 래퍼토리를 읊어댔었다.

진명은 번번이 친구를 때렸고, 버릇처럼 패싸움을 벌여 합의금을 물어주어야 했다. 연약한 외모와 달리 진명은 늘 가해자였으며 또래를 때려 눕혀 부상을 입혔다.

"영준아, 진명이가 오토바이 사고를 냈다. 폐지 줍는 할머니를 오토바이로 치었어. 합의를 하려면 당장 돈이 필요한데, 진명이 아빠는 원양에서 조업 중이고……. 내가 기댈 사람이 너밖에 더 있니. 할머니가 많이 다쳐서 합의를 안 보면 구속될 수도 있다더라."

진명은 학폭 가해자에서 동네 불량배가 되더니 오토바이 폭주족을 거쳐 도박에 빠진 청년으로 타락했다. 누나가 이혼하면서 상황은 더 극으로 치달았다. 이혼 전에는 그나마 감당할 만한 수준이었으나 매형이라는 돈줄이 끊기자 누나는 더 자주, 더 집요하게 차영준에게 돈을 요구했다.

어린 시절을 떠올리면 누나는 늘 고마운 사람이자 은혜를

갚아야 할 대상이었다. 새벽부터 밤늦게까지 트럭으로 행상하는 부모님을 대신해 다섯 살 위인 누나가 차영준을 정성스럽게 돌봤다. 누나는 남동생의 끼니는 물론 숙제까지 봐줬다. 차영준에게 누나는 없어서는 안 될 소중한 존재였다.

"영준아, 너는 공부만 열심히 해. 대학 등록금은 누나가 책임질게."

누나는 차영준에게 희망과 자신감을 불어넣어 주었다. 차영준은 누나의 지지를 양분 삼아 부지런히 공부에 매진했다. 그는 행복한 학창시절을 보냈다. 어려운 가정 형편 따위는 문제가 되지 않았다. 누나만 곁에 있으면 그것으로 만족했다. 누나는 여상을 졸업하자마자 취업전선에 뛰어들었고, 남동생과의 약속을 훌륭히 지켜냈다. 차영순은 차영준의 대학 등록금을 기꺼이 대주었다. 차영준은 자수성가했고, 그것은 누나의 뒷받침 덕분이었다. 차영준이 차영순의 요청을 거절할 수 없는 이유가 거기에 있었다.

지 형사는 무산 동부경찰서로부터 차영순의 사건기록을 넘겨받았다. 차영준의 말대로 차영순이 직접 농약을 마셨다는 증거는 없었다.

다행히 CCTV 자료가 보관돼 있었다. 종묘상 앞 도로를 비추는 CCTV였다. 도로에 불법 주차된 차들이 여럿 눈에 띄었다. 차영순이 차량을 이용했다면 불법 주차했을 확률이 매우 높았다. 지 형사의 눈이 한곳을 주목했다. 불법 주차된 차량들 중 1대가 지 형사의 시선을 끌었다. 차량 운전석에 사람이 앉아 있는 것이 보였다. 짧은 머리칼과 실루엣으로 판단하건데, 남자 같았다. 그 남자가 누구인지 딱 감이 왔다. 지 형사는 관련 정보를 조회해 보았다. 도진명이 소유한 차량번호와 CCTV 영상에 찍힌 차량번호가 정확히 일치했다. 도진명은 종묘상까지 차를 운전해 차영순과 함께 갔다. 이것을 어떻게 해석해야 할까? 자살교사? 자살방조? 살인? 지 형사의 뇌중에 심각한 죄명들이 어지러이 떠돌았다.

지 형사는 도진명에게 경찰서 출석을 요구했다. 도진명은 다소 초췌해 보이는 모습으로 나타났다. 왜소한 체격에 여자처럼 선이 고운 도진명은 외모만 보아서는 살인과는 거리가 먼 인물 같았다. 심약해 보이는 갸름한 턱선 뒤에 악마의 본성이 감추어져 있는 걸까.

지 형사는 CCTV 영상을 도진명에게 보여 주었다. 조용히 화면을 지켜보던 도진명의 입에서 한숨인지 탄식인지 종잡을 수 없는 소리가 흘러 나왔다. 지나간 행동을 후회하는 것인지, 형사에게 간파당한 것에 분노하는 것인지, 지 형사는 의미를 알 수 없었다.

"이미 종료된 사건을 들추는 의도가 뭐예요?"

도진명은 불쾌한 기색을 대놓고 드러냈다. 청년의 단정한 입술이 분노로 인해 푸들푸들 떨렸다. 경찰서에 드나드는 것이 일상이 된지라 마음 놓고 감정 표현을 하는 것 같았다.

"차영순 사건과 도선화 사건은 연결돼 있습니다."

지 형사의 도발에도 도진명은 입술을 꼭 깨물 뿐 별 반응이 없었다.

"설마 본인이 아니라고 발뺌하지는 않겠죠? 영상기술이 좋아져서 해상도 높이면 더 선명하게 뽑을 수 있어요."

"저 맞아요. 발뺌할 생각이었다면 그 자리에 차를 대지도 않았어요."

"어머니가 농약을 사는 곳에 함께 갔다는 겁니까?"

"종묘상은 농약만 판매하는 곳이 아니에요."

"뭐요?"

도진명과 지 형사의 시선이 허공에서 맞부딪쳤다. 먼저 눈길을 돌린 사람은 도진명이었다.

"엄마가 베란다에 꽃밭을 꾸며 보겠다면서 씨앗을 사러 가자고 제안했어요. 엄마는 건강한 취미활동이 필요하다고 말했어요. 그 말을 믿지 않을 이유가 없었고요."

"당신은 씨앗과 농약병도 분간 못합니까?"

"엄마가 농약병을 배낭 속에 넣고 나왔기 때문에 저는 보지 못했어요."

요리조리 잘도 빠져나간다. 유약한 청년의 외양은 역시 속임수였던가. 지 형사는 도진명의 면상을 한 대 후려치고 싶었다. 씨앗을 사러 갔다고? 지 형사는 도진명에게 한방 먹은 것을 인정해야만 했다.

"7월 20일 저녁부터 21일 오전까지의 행적을 분 단위로 적어요."

지 형사는 도진명에게 종이를 던져 주고 진술서를 작성하라고 요구했다.

"분 단위로 행적을 적으라고요? 형사님은 일주일 전, 열흘 전의 일을 분 단위로 기억해요?"

도진명의 말은 하나도 틀리지 않았다. 의심은 점점 더 강해졌지만, 도진명을 옭아맬 증거가 전무했다. 눈앞에 범인을 두고도 체포할 수가 없으니 지 형사는 머리꼭지가 돌아버릴 지경이었다.

부검 소견이 강력 1팀에 도착했다. 도선화는 7월 20일 23시부터 21일 01시 사이에 사망했으며 사인은 복어 독, 즉 테트로도톡신 중독에 의한 질식사였다. 도선화의 오피스텔 식탁 위에 엎어져 있던 아이스라테 컵에서도 테트로도톡신 성분이 검출되었다.

강력 1팀은 7월 20일 저녁 도선화가 아이스라테를 구매했던 커피 전문점의 CCTV 영상을 재생해 보았다. 7월 20일 18시 45분경 도선화가 커피 전문점 출입문을 열고 들어서는 장면에 이어 8분 후 손에 아이스라테 컵을 들고 나가는 모습이 또렷이 찍혀 있었다. 커피숍에 손님이 많아 혼잡했으나 특별히 의심스러운 점은 없었다. 커피 전문점은 도선화의 오피스텔과 5분 거리에 위치했다. 오피스텔 밀집 지역의 상가 한복판에 자리했고, 오가는 행인들이 많아 커피숍은 늘 붐볐다. 도선화의 방문 전후로 1시간씩을 더 돌려 보았지만, 도진명은 물론 눈에 띄는 인물은 없었다.

지 형사는 도선화의 사진을 커피숍 직원들에게 보여 주었다. 직원들은 도선화를 알아보았다. 지 형사는 7월 20일 저녁 도선화에게 아이스라테를 판매했던 직원을 만날 수 있었다.

"매일 저녁 방문했던 단골 고객님이세요. 겨울에는 따뜻한 라테를, 여름에는 아이스라테를 주문하셨어요."

윤기 나는 생머리를 하나로 묶은 상큼한 인상의 젊은 여직원이 또랑또랑한 목소리로 말했다.

"7월 20일 18시 45분경 도선화 씨가 방문했던 때를 기억하십니까?"

지 형사는 별 기대를 품지 않고 질문했다. 수많은 고객을 상대하는 커피숍의 특성상 특정한 날을 기억하기는 어려우리라. 게다가 시간도 많이 지났다.

"생각나요. 평소와 같았다면 기억하지 못했겠지만, 그날 이후로 도선화 님의 발길이 뚝 끊겼기 때문에 직원들끼리 고객님에 관해 대화를 나눴어요. 매일 방문하던 분이 안 오시니까 걱정되기도 했고요. 무슨 일이 생겼나, 이사를 가셨나, 직원들 간에 의견이 분분했었죠."

지 형사는 여직원의 명민함에 감동을 받았다.

"7월 20일 저녁에 특별한 일이 있었습니까?"

"저녁 시간은 매우 붐비는 시간대예요. 도선화 씨가 주문한 아이스라테가 완성되어 제가 호출 벨을 눌렀어요. 도선화 씨에게 아이스라테를 막 건넸을 때였어요. 오십대로 보이는 아주머니 한 분이 키오스크 사용법을 모르겠다면서 카운터로 돌진해 오셨어요. 나이 먹은 사람은 커피 한잔도 마음대로 사 마시지 못하느냐며 버럭 화를 내셨어요. 아주머니 두 분이 함께 오셨는데, 한 분은 조용히 옆에 서 계셨어요. 매장에서 가끔 있는 일이지만, 그날은 대기하는 손님들이 많았다는 게 문제였어요. 직원들이 바빠서 손을 뺄 수가 없었어요. 당황하던 차에 도선화 씨가 아주머니에게 도움의 손길을 내미셨어요. 도선화 씨는 아주머니를 키오스크로 이끄셨어요. 아주머니는 도선화 씨의 도움을 받아 음료 주문을 무사히 마쳤고요. 도선화 고객님은 이름만큼 예쁘고 친절한 분이었어요. 젊은 나이에 돌아가셨다니 참으로 안타깝네요."

여직원의 고운 이마에 힘이 들어갔다. 그녀는 진심으로 도선화의 죽음을 안타까워 했다.

"화를 냈던 아주머니도 단골인가요?"

"웬걸요. 처음 보는 분이었어요."

"아주머니의 생김새는 어땠습니까? 다시 보면 알아볼 수 있겠어요?"

"등산복 차림에 마스크를 썼고, 모자에 선글라스까지 착용하셨어요. 아주머니 두 분이 키와 몸집, 복장까지 비슷해서 마치 쌍둥이 같았어요. 얼굴을 완전히 가려서 다시 봐도 알아볼 자신은 없어요."

여직원은 가냘픈 목을 살살 흔들었다. 커피숍은 물론 햄버거 전문점, 일반 식당까지 키오스크가 침투했다. 주유소나 마트에서도 셀프 계산이 보편화되었다. 디지털 기기가 익숙지 않은 고령층에선 불만이 터져 나올 법했다. 변화의 흐름을 막을 수는 없겠지만, 지 형사는 종업원이 사라진 빈자리를 무인기기가 채우는 세상이 마뜩찮았다.

키오스크 사용법을 몰라 도선화에게 도움을 받았다는 아주머니의 존재에 의미를 부여해야 할까. 지 형사는 커피숍의 CCTV 영상을 한 번 더 돌려 보았다. 여직원이 언급했던 아주머니 두 명이 도선화의 뒤를 따르다시피 실내로 들어서는 장면이 찍혀 있었다. 아주머니들은 도선화가 나가고 3분 뒤에 음료를 받아 커피숍을 빠져 나갔다.

강력 1팀은 복어 독에 집중했다. 무산시는 항구 도시였고, 도진명은 선용품 공급 업체에서 일했다. 복어 독을 구하기가 수월했을 것이라는 의견이 지배적이었다. 형사들은 복어의 구입처 등을 돌며 탐문을 벌였지만, 단서를 잡을 수 없었다. 복어 독의 출처만 찾으면 바로 도진명을 검거할 수 있을 텐데, 역시 사건은 쉽게 풀리지 않았다.

도진명이 중국 업체를 통해 테트로도톡신 원액을 사들였을 가능성이 제기되었다. 중국을 통하면 무엇이든 구할 수 있고, 중국 업체에서 사들인 테트로도톡신 원액을 이용해 실제 범행을 벌인 사례도 있었다. 도진명이 비밀리에 원액을 구입하고자 시도했다면 불가능한 일은 아니었다.

지 형사는 이렇게 추리해 보았다. 어떤 경로를 통해 테트로도톡신 원액을 입수한 도진명이 도선화의 오피스텔을 방문한다. 도선화는 반갑게 문을 열어주고, 도진명은 누나가 한눈을 파는 사이 아이스라테 컵에 테트로도톡신을 떨어뜨린다. 도진명은 급한 볼일이 생겼다는 핑계를 대고 오피스텔을 빠져나온다. 아이스라테 컵은 우연히 식탁 위에 있었던 것이고, 계획대로라면 냉장고 속 다른 음료에 테트로도톡신을 섞어 넣었으리라.

복어 독은 운동신경의 나트륨 통로를 차단해 수의근을 정지시키는 치명적인 신경독이다. 테트로도톡신에 중독되면 몸을 가누지 못하고, 목소리도 내지 못하며 횡격막과 늑간근이 활동을 멈춰 호흡부전으로 질식사하게 된다.

복어 독에 중독된 도선화는 몸을 움직이지 못하고 말을 할 수도 없는 상태에서 질식의 고통을 절절히 느끼면서 죽어갔을 것이다. 테트로도톡신은 골격근에만 작용할 뿐 정신 활동에는 영향을 미치지 않는다. 도선화는 의식이 명료한 채로 본인의 몸에 갇혀 고통스럽게 죽음을 맞이했다.

지 형사는 도선화의 자살설을 배제했다. 29세의 전도유망한 젊은 여성이 퇴근길에 사들고 온 아이스라테에 복어 독을 섞어 마시고 자살한다? 있을 수 없는 일은 아니지만, 설득력이 떨어졌다. 아이스라테 컵을 제외하고 오피스텔 안 어디에서도 복어 독은 발견되지 않았다. 도선화가 테트로도톡신을 구했다면 오피스텔이나 회사 등 그녀의 행동반경 안 어딘가에 원액 병이 남아 있어야 옳았다. 커피 전문점에서 오피스텔까지 이동하는 동안 아이스라테에 원액을 떨어뜨리고 빈 통을 버렸다는 가설은 일찌감치 폐기되었다. 복어 독의 효과가 빨리 나타난다고 가정하면 거리에서 죽음을 맞을 위험도 존재했다. 자살을 결심한 젊은 여성이 선택할 방법이 절대로 아니었다. 더욱이 도선화가 복어 독을 구입한 흔적을 찾을 수 없었다.

도진명의 경우로 돌아가서 그는 어떻게 오피스텔에 잠입했을까? 도선화의 오피스텔에서 다각도의 실험이 진행되었다. 몸을 벽에 붙인 채 걷거나 낮은 포복 자세로 기어가기 등 다양한 방식으로 CCTV 피하기를 시도해 보았다. 비상계단을 이용하면 엘리베이터 안의 CCTV를 피할 수 있었다. 공동 현관의 CCTV는 지하 주차장으로 들어가는 방법이 존재했다. 지하 주차장에도 CCTV가 설치돼 있지만, 외부로 통하는 비상계단을 이용하면 피할 수 있었다. 다만, CCTV 위치를 속속들이 파악해야 한다는 것이 전제 조건이었다. 도진명이 CCTV 위치를 미리 숙지했을 가능성이 충분했다.

"한 가지 방법이 더 남았잖아요."

지 형사의 파트너 황 형사가 검지를 흔들며 소리쳤다.

"그게 뭔데?"

손수건으로 이마의 땀을 닦던 지 형사가 황 형사의 손가락 끝으로 시선을 옮겼다. 황 형사는 오피스텔 공동 현관 앞에서 오토바이를 타고 떠나는 배달기사를 손가락으로 가리켰다.

"배달기사 복장을 하면 CCTV에 찍혀도 하등 신경 쓸 필요가 없어요. 배달기사들은 하루에도 수십 번씩 건물을 들락거리지만, 그들을 눈여겨보는 사람은 없습니다. 그들은 보고도 기억하지 못하는 투명인간인 셈이죠."

7월 20일 저녁, 오피스텔에 출입했던 배달기사들 중에서 도진명과 체격이 유사한 인물들을 추린다. 추려진 배달기사들의 동선을 일일이 따라가 도진명이 위장했는지 여부를 파악한다. 지난한 수고를 필요로 하는 방법이었다. 그보다는 도진명의 동선을 직접 추적하는 편이 훨씬 효율적일 것 같았다.

강력 1팀에서 수사 회의가 열렸다.

"도선화는 금전, 원한, 치정, 어느 쪽도 해당 사항이 없었습니다. 의심스러운 인물은 도진명이 유일합니다. 도선화의 죽음으로 이득을 얻는 자는 도진명뿐입니다."

"도진명은 CCTV에 찍히지 않았잖아. 어떻게 CCTV를 피해 다닌 거지?"

강력 1팀장이 우거지상을 했다.

"도진명은 오피스텔의 CCTV는 물론이고, 도로나 인도의 CCTV에도 찍히지 않았어요. 도진명이 도선화의 오피스텔에 가지 않은 게 분명합니다."

도선화의 오피스텔과 인근 지역의 CCTV를 분석했던 형사가 다른 주장을 내놨다. 형사들의 낯빛이 검어졌다. 오피스텔에 가지 않았다면 도진명은 범인이 아니다.

"그럼 어떻게 아이스라테 컵에 테트로도톡신을 넣은 거지?"

팀장이 어이없어하자 황 형사가 의기양양한 표정으로 좌중을 둘러보더니 작정한 듯 목소리를 높였다. 황 형사는 남다른 추리력을 뽐내는 인물로 궤도를 벗어나는 상상력을 발휘하곤 했다.

"이런 방법은 어떨까요? 사건이 벌어지기 일주일이나 열흘 전, 도진명이 누나에게 시럽을 선물하는 겁니다. 누나가 커피를 좋아하는 건 익히 알고 있었겠죠. 낱개 포장된 시럽이 10개 정도 들어있는 한 박스를 줍니다. 한 박스에 몇 개가 들어있는지는 중요치 않습니다. 낱개로 하나만 주는 것보다는 박스가 선물하기 적당하고 의심도 덜 받으니까요. 도진명은 그 중 하나에 테트로도톡신 원액을 주입했을 겁니다. 아마도 주사기를 이용했겠죠. 7월 20일 도선화의 손에 복어 독이 든 시럽이 걸렸고, 도선화가 그걸 아이스라테에 넣어 마신 겁니다."

황 형사의 장황한 설명이 끝나자 여기저기서 야유가 터져 나왔다.

"황 형사, 소설 쓰냐? 누가 그런 식으로 살인을 하지? 도선화의 오피스텔에서 시럽 포장재가 발견되지도 않았잖아."

팀장의 질타에 황 형사가 발끈하고 나섰다. 집중 공격을 받자 기분이 상한 것이리라. 나름대로 머리를 많이 쓴 가설인 듯했다.

"소설이 아닙니다. 실제로 사건이 있었어요. 보령 청산가리 캡슐사건 모르십니까? 도선화는 커피숍에서 시럽을 넣었습니다. 당연히 커피숍에 포장재를 버렸겠죠. 그것이 오피스텔에서 포장재가 발견되지 않은 이유입니다."

"도진명이 준 시럽을 도선화가 소지하고 다녔다는 거야? 커피숍에는 시럽이 비치돼 있다고."

지 형사의 반격에 황 형사가 검지를 치켜들더니 좌우로 까딱였다. 황 형사에게는 상식을 뛰어넘는 추리만큼이나 손가락을 자주 활용하는 버릇이 있었다.

"하나만 알고 둘은 모르시는 말씀. 코로나 시대에 공용 시럽을 꺼리는 사람들이 많다고요. 도선화도 그런 타입이었다면 시럽을 가지고 다녀도 이상하지 않습니다. 게다가 도선화는 소문난 커피중독이었어요."

"나머지 시럽들은 어디로 간 거지? 도선화의 오피스텔이나 회사에서 시럽이 발견되지 않았잖아."

지 형사가 끈질기게 파고들었다.

"마지막 남은 시럽을 사건 당일에 먹었다면 설명이 됩니다."

"그런 우연을 믿으라고? 독이 든 시럽을 마지막에 먹게 된다는 보장이 어디 있어?"

"다소 작위적이긴 하지만, 있을 수 없는 일은 아니지요. 우연이 겹쳐 사고나 사건이 벌어지기도 하니까요."

황 형사는 본인이 생각해도 억지로 꿰맞춘 추리 같았는지 한발 뒤로 물러섰다.

"자자, 본론으로 돌아가자고. 도진명의 다음 행보가 의심스럽다고 했었지? 뭐 수상한 낌새라도 있나?"

강력 1팀장이 상황을 정리했다. 도진명이 추가 범행을 벌일지 모른다는 우려가 형사들의 입에서 터져 나왔다.

"도진명의 외삼촌 차영준이 경고했습니다. 도진명이 아버지마저 노릴지 모른다고요. 도민기는 상당한 재산을 소유하고 있습니다. 도민기가 죽으면 재산은 전부 도진명이 상속받게 됩니다."

"과연 도진명이 추가 범행을 벌일까? 도진명도 바보가 아닌 이상 경찰이 자기를 의심하는 걸 빤히 알 텐데?"

강력 1팀장은 회의적이었다.

"도진명은 살인에 자신감이 붙었을 겁니다. 경찰조사를 받긴 했지만, 구속되진 않았잖아요. 일단 보험금에 맛을 들이면 한 번으로는 절대 끝내지 못해요. 엄여인이나 포천 노씨 사건을 보더라도 남편은 물론 엄마나 오빠, 심지어 딸까

지 범행 대상으로 삼지 않았습니까. 저는 충분히 가능한 일
이라고 봅니다."

지 형사는 열심히 팀장을 설득했다. 그는 도진명의 다음
목표가 아버지라고 확신했다. 도민기는 외항선원이라는 직
업의 특성상 몇 개의 보험에 가입돼 있었는데, 수익자는 법
정상속인 도진명이었다. 모두 오래된 보험들로 도민기 본인
이 든 것이거나 그가 소속된 회사에서 가입한 것들이었다.
전부 합치면 상당한 액수의 보험금을 지급받게 된다. 보험
금만이 아니다. 도민기는 아버지로부터 물려받은 재산이 꽤
많았다. 도진명이 침을 흘릴 만했다.

"도진명은 나이도 젊은 놈이 왜 그렇게 돈에 집착하는 거
야? 회사도 착실히 다닌다면서?"

강력 1팀장이 눈썹을 추켜세웠다.

"도진명이 도박에 빠졌다는 외삼촌의 제보가 있었습니
다."

지 형사는 차영준의 제보를 자세히 설명했다.

"도진명은 몇 시간씩이나 거리를 쏘다닌다고 진술했습니
다. 도박장에 출입한 사실을 숨기려고 그렇게 말했을 수 있
어요. 인터넷 도박에 빠졌을지도 모르고요. 접속한 기록을
살펴보면 알 수 있겠죠. 합법적인 도박은 물론이고 사설 도
박에, 하우스 도박까지 도박이라면 천지에 널렸습니다. 도

진명이 도박에 빠졌다고 해도 이상한 일이 아니죠."

"차영순이 도박 중독자였잖아. 아들까지 도박에 중독된 걸까?"

"차영순이 차영준에게 돈을 자주 요구했는데, 아들의 도박 빚 때문이라는 이유를 댔었답니다."

"도박 빚이라……."

"도박판 꽁지에게 돈을 빌려서 손가락이 잘리느니 뭐니 했다는데, 도진명에게 도박 빚이 있는 게 아닐까요?"

"도박 빚 때문에 아버지를 노릴 거다? 하긴 도선화 사망보험금도 받지 못했을 테니……."

"손 놓고 있다가 당하는 것보다야 낫지 않습니까? 저와 황 형사가 도진명의 뒤를 따라붙어 보겠습니다."

차영준은 조카 도진명이 매우 의심스러웠다. 어제 걸려온 전화만 해도 그렇다. 도진명은 다짜고짜 돈 이야기부터 꺼냈다.

"외삼촌, 돈 좀 빌려주세요."

기어들어 가는 조카의 목소리가 스마트폰을 넘어왔다.

"또 돈을 빌려달라고?"

"외삼촌, 290만 원만 빌려주세요."

"290만 원?"

차영준은 기묘한 감정에 휩싸였다. 누나가 살아 있을 때와 똑같았다. 누나도 매번 끝자리가 딱 떨어지지 않는 돈을 요구했었다. 250만 원도 아니고, 300만 원도 아닌 290만 원이다. 용처가 분명하다는 것을 알려주려는 의도였을까.

"290만 원을 어디에 쓰려고?"

"좀 필요해서요."

"그러니까 어디에?"

"제가 사고를 냈어요. 자전거를 타다가 동네 할아버지를 쳤어요."

"동네 할아버지를 쳤는데, 합의금으로 290만 원이 필요하다고?"

"죄송해요, 외삼촌."

"엄마 사망보험금은 정말로 다 쓴 게냐?"

"다 썼어요. 제가 교통사고를 내서 합의금으로 줬어요."

"교통사고를 냈으면 자동차보험으로 처리하면 됐잖아."

"보험료가 오르는 게 싫어서요."

도무지 대화가 되지 않았다. 진명은 앞뒤가 맞지 않는 변명을 늘어놓으면서 무조건 돈을 빌려달라고 떼를 썼다.

"누나 사망보험금 타면 바로 갚을 수 있어요. 경찰 수사가 끝나지 않아서 보험금 청구를 못하고 있어요."

"누나 보험은 왜 가입한 거냐? 그것 때문에 경찰이 널 의심하고 있잖아."

"재테크의 일환으로 가입했을 뿐이에요."

"지금 그걸 말이라고 하니?"

"제발 290만 원만 빌려주세요."

"네 월급은 어떻게 하고? 너도 월급을 받을 게 아냐?" "제 월급은 쥐꼬리 수준이라 생활비와 용돈 쓰면 남는 게 없어요."

금방이라도 울음을 터트릴 것처럼 울먹이는 음성이 연이어 넘어왔다.

"회사 사정이 좋지가 않아. 생각 좀 해보마."

"외삼촌, 제가 친 할아버지가 많이 다쳤어요. 합의금을 주지 않으면 구속될지도 몰라요."

어디서 많이 들어본 소리였다. 진명은 제 엄마가 했던 이야기를 똑같이 늘어놓고 있었다. 차영준은 돈이 없다고 일축하며 전화를 끊어버렸다. 돈을 빌려달라고 할 때만 전화를 걸어오는 조카 놈이 괘씸했다. 한편으로 누나가 남긴 유일한 혈육을 모른 체할 수 없다는 양가감정이 차영준의 내부에서 충돌했다.

차영준은 진명의 아버지 도민기를 찾아가 의중을 떠보기로 마음먹었다. 딸을 잃은 도민기를 위로한다는 명목이었지만, 진명의 동태를 파악하려는 목적이 더 컸다.

무산항이 내다보이는 도민기의 아파트는 전망이 매우 좋았다. 21평 아파트는 남자 혼자 사는 집답게 간소하게 꾸며져 있었다. 거친 바닷바람에 그을린 도민기의 뺨이 까칠했다. 얼마나 면도를 하지 않았는지 흰털이 섞인 수염이 수북이 자라 있었다.

"매형, 얼마나 상심이 크세요?"

차영준은 딸을 떠나보낸 아버지의 심정이 어떤 것인지 가늠조차 되지 않았다.

"처남, 와줘서 고마워."

도민기는 차영준의 두 손을 붙들고 반겼다. 차영준은 생선초밥과 주류를 식탁 위에 내려놓았다. 술이나 한잔하면서 부드럽게 대화를 풀어갈 심산이었다.

"매형, 아직 저녁 전이시죠? 초밥 좀 사왔습니다."

"고맙네."

도민기가 식탁 의자를 빼주며 차영준에게 앉기를 권했다. 2인용 식탁 위에 고풍스러운 디자인의 커피, 프림, 설탕 단지가 놓여 있었다. 세월의 흔적을 고스란히 품은 구식의 물건들을 대하자 차영준은 문득 애잔한 마음이 들었다. 주인을 닮은 물건들에서 쓸쓸함이 풍겨 나왔다.

"매형, 경찰 수사는 어떻게 돼가고 있어요?"

차영준은 포장된 초밥 뚜껑을 열며 도민기에게 물었다.

"선화 앞으로 가입한 보험 때문에 진명이가 의심받고 있어. 진명이가 왜 그런 보험을 들었는지, 난 이해가 안 가."

도민기의 얼굴 곳곳에 검버섯이 저승사자처럼 올라와 있었다. 심적 고통이 얼마나 컸을지는 도민기의 줄어든 몸피만 봐도 알 수 있었다. 딸이 죽었고, 아들은 범인으로 의심받는 상황이다.

차영준은 유리컵에 맥주를 가득 따랐다. 건배할 상황이 아니었기에 그들은 조용히 맥주를 마셨다. 도민기는 단숨에 맥주잔을 비웠으나 초밥에는 손을 대지 않았다.

"매형, 입맛이 없더라도 좀 드셔 보세요. 맛집이라고 소문난 집까지 일부러 찾아가서 사온 거예요."

"고맙네."

도민기가 참치초밥을 젓가락으로 집어 입 속에 넣었다. 수십 년간 뱃일로 단련된 도민기의 어깨근육으로 저녁 햇살이 내려앉았다. 가족을 위해 평생토록 헌신했건만 그의 가정은 산산이 부서지고 말았다.

"진명이가 선화를 죽였을 리 없다고 확신했는데, 자꾸 돈을 달라고 조르니까 나도 이제는 모르겠다는 생각이 들어. 솔직히 혼란스럽네."

도민기의 음성이 떨렸다. 차영준은 도민기의 빈 잔에 맥주를 가득 채웠다.

"진명이가 돈을 달라고 해요?"

"어제도 전화해서 740만 원을 내놓으라고 조르는 거야."

"어디에 쓴다고 그래요?"

"친한 친구가 아픈데, 수술비를 대줘야 한다더군. 내가 알기로 진명이는 친한 친구가 없어. 학교 다닐 때도 늘 외톨이였고, 친구를 집에 데려오거나 만나러 나가는 일도 없었어. 원양어선을 타느라 내가 집을 비우는 날이 많기는 했었지만……."

"그래도 고등학교 때는 사고깨나 치지 않았어요? 애들 때리기도 하고, 오토바이 몰고 다니면서 사람 치기도 하고."

차영준의 반박에 도민기가 펄쩍 뛰며 부인했다.

"무슨 소리야? 내가 아들 성향을 모르겠어? 진명이는 남을 패고 다닐 아이가 아니야. 진명이처럼 소심해 빠진 놈이 오토바이를 탔다고? 처남은 어디서 무슨 말을 들은 거야?"

"……."

새삼스레 진명의 비행을 들춰내 도민기의 마음을 상하게 할 의도는 없었다. 차영준은 진명의 돈 요구에 주목했다. 외삼촌한테서 돈을 구하지 못하자 아버지를 조른 걸까? 그렇다고 하기엔 액수 차이가 너무 났다.

"돈이 필요한 진짜 이유가 뭘까요?"

"도박에 손을 댄 게 아닌가 싶어."

도민기는 연거푸 맥주잔을 비우고는 다시 말을 이었다.

"진명이는 도박에 빠진 제 엄마를 보면서 자랐어. 주관이 뚜렷한 선화와는 달리 진명이는 남에게 휘둘리기 쉬운 나약한 심성을 지녔지. 유달리 엄마를 따르기도 했었고. 진명이가 유독 잘 따르니까 제 엄마가 과도하게 감쌌지. 그런데 선화에겐 어찌나 쌀쌀맞게 구는지 찬바람이 쌩쌩 불더군. 내가 말을 해도 듣지를 않고……, 원양에 나갈 때면 걱정이 많았지. 애들 엄마 편애가 너무 심했거든. 몇 달 만에 집에 돌아오면 선화가 어찌나 반기던지. 제 엄마 때문에 얼마나 힘들었을까 안쓰럽기 짝이 없더군. 진명이는 나를 봐도 데면데면 낯을 가리기 일쑤였고……. 말도 잘 하지 않아서 그 애가 무슨 생각을 하는지도 모르겠더라고. 그러다 보니 나도 점점 진명이에게 말을 걸지 않게 됐고, 살가운 선화하고만 대화를 했지. 진명이는 엄마의 영향을 과도하게 받았어. 엄마가 자살을 해버리고, 허전한 마음에 도박에 빠져든 게야."

처음 듣는 이야기였다. 누나에게 들은 진명과 매형이 말하는 진명은 딴 사람처럼 달랐다. 진명은 매형의 아들이기도 했지만, 차영준에게는 유일한 조카였다. 진명에 대해 알면 알수록 차영준은 더욱더 오리무중이 되었다. 사건의 진상을 밝히고 싶다는 욕구가 차영준의 턱밑까지 치고 올라왔다.

　금요일 저녁, 차영준은 진명의 회사 근처에 차를 댄 채 조카가 나오기를 기다리고 있었다. 진명이 빌려달라고 한 290만 원을 봉투에 담아가지고 왔다. 굳이 현금으로 준비한 이유가 있었다. 진명이 현금 봉투를 받아들고 어떻게 행동하는지 직접 눈으로 확인하고 싶었다.

　오후 6시, 진명이 퇴근할 시간이었다. 5분쯤 더 지나자 건물의 출입문이 열리고 호리호리한 체격의 진명이 차영준의 눈에 들어왔다. 차영준은 짧게 경적을 울렸다. 만면에 웃음을 띤 진명이 곧장 차로 달려왔다.

　"외삼촌, 일부러 회사까지 오시고……, 정말 고맙습니다."

　차영준이 현금 봉투를 내밀자 진명의 얼굴에 함박꽃 같은 미소가 피어났다. 진명은 연신 머리를 조아렸다.

　"네 얼굴도 볼 겸해서 왔지. 어디로 가니? 집까지 태워다 줄까? 나랑 저녁을 먹어도 좋고."

　"할아버지가 입원해 있는 병원으로 가야죠."

　"어느 병원이야? 데려다 줄게."

　"가까워서 걸어가도 돼요."

　"내가 병원까지 태워다 줄게."

진명이 눈살을 찌푸렸다.

"실은 점심 먹은 게 체했는지 속이 좋지 않아요. 바람도
쐴 겸 걸어갈래요. 죄송해요, 외삼촌."

진명은 오른손으로 가슴께를 짓누르며 말했다.

"죄송하긴……, 속이 좋지 않다는데 할 수 없지."

차영준은 보행자 도로를 천천히 걸어가는 진명의 뒷모습
을 지켜보았다. 그는 글러브 박스에서 선글라스와 모자를
꺼내 썼다. 실내에 들어갔을 때를 대비해 안경도 주머니에
챙겨 넣었다. 마스크까지 착용하자 얼굴은 완전히 가려졌
다. 차영준은 셔츠 위에 재킷을 걸쳐 입었다. 완벽한 변장
은 아니지만, 그럭저럭 진명을 속일만했다. 차영준은 진명
이 시야에서 완전히 사라지기 직전 차에서 내렸다.

진명의 뒤를 밟아볼 심산이었다. 앞서 걸어가던 진명이
휙 몸을 돌렸다. 차영준은 소스라치게 놀라 하마터면 비명
을 지를 뻔했다. 진명은 왔던 길을 거꾸로 내달리기 시작했
다. 차영준의 미행을 눈치 챈 것 같지는 않았다. 진명은 회
사 건물로 곧장 뛰어 들어갔다. 회사에 뭘 두고 왔나? 왜 저
래? 차영준은 고개를 갸웃거렸다. 그는 차로 돌아가 진명이
나오기를 기다리는 수밖에 없었다. 차영준이 건물 입구를
주시하는데, 지하 주차장에서 빨간 소형차가 총알처럼 뛰어
나왔다. 진명의 차였다. 걷겠다고 한 것은 차영준을 따돌리

기 위한 거짓말이었나 보다. 금요일 저녁이다. 진명이 도박
장에 가려는 것은 아닐까.

진명은 쉬지 않고 소형차를 몰았다. 고속도로를 타는 것
으로 보아 목적지는 꽤나 먼 곳 같았다. 어디로 가는 걸까?
차영준은 진명의 차를 놓치지 않기 위해 두 눈을 부릅떴다.
그럼 그렇지. 진명의 목적지는 정선 카지노였다. 돈이 수
중에 들어오자 곧장 카지노로 직행하다니 전형적인 도박꾼
의 행태다. 진명은 4층 카지노로 입장했다. 거침없는 행동
으로 보아 한두 번 와본 곳이 아니다. 차영준은 첫 방문인
지라 안내 데스크에서 회원카드를 발급받아야만 했다. 모자
와 선글라스는 카지노에서 착용 금지였다. 공들여 한 변장
이 헛수고가 되고 말았다. 차영준은 주머니에서 안경을 꺼
내 썼다. 마스크에 안경이라면 진명이 쉽게 알아차리지 못
할 수도 있었다. 진명과 마주치지 않기를 바랐지만, 최악의
상황도 대비해야만 했다. 몇 시간을 들여 정선까지 쫓아왔
는데, 이대로 포기할 수는 없었다.
카지노 입장은 공항 수속만큼이나 절차가 까다로웠다. 음
주 검사와 신분증 검사, 몸수색까지 마치고 나서야 내부로
들어갈 수 있었다. 차영준은 카지노의 웅장한 규모와 휘황
찬란한 인테리어에 압도되었다. 슬롯머신 존을 살폈다. 진

명은 보이지 않았다. 테이블 게임 존과 전자 게임, 텍사스 홀덤 존도 둘러봤으나 진명은 연기처럼 사라져 버렸다.

이리저리 진명을 찾아 헤매는데, 음료 바에서 대화를 나누고 있는 남녀 1쌍이 차영준의 눈길을 끌었다. 남자는 진명이고, 여자는 오십대로 보이는 아주머니였다. 두 사람의 태도나 표정으로 보아 처음 만난 사이는 아닌 것 같았다. 진명이 메고 있던 배낭에서 봉투를 꺼내 여자에게 내밀었다. 봉투가 낯이 익었다. 불과 몇 시간 전 차영준이 현금을 인출했던 은행에서 가져온 봉투다. 차영준이 진명에게 준 돈봉투를 진명이 낯선 여자에게 건네는 상황이었다. 여자는 누구고, 진명은 왜 여자에게 돈을 주는 것일까? 진명은 이해가 가지 않는 행동을 거듭하고 있었다.

돈을 크로스백에 챙겨 넣은 여자가 빠르게 모습을 감췄다. 진명은 경직된 자세로 여전히 서 있었다. 진명의 목적은 카지노 게임이 아닌 듯했다. 그렇다면 돈을 전달하기 위해 몇 시간을 달려온 셈이었다. 진명은 온통 딴생각에 빠진 사람처럼 주변에 관심을 두지 않았다. 차영준에게는 매우 다행스러운 일이었다.

전원이 들어온 로봇처럼 진명이 갑자기 몸을 움직였다. 그는 카지노를 벗어나 주차장으로 향했다. 또 어디를 가려고? 차영준은 뱃가죽이 등짝에 달라붙을 지경이었다. 조카 미행하다가 굶어 죽을 판이었다. 진명이 차를 출발시켰다. 차영준은 허둥지둥 진명의 뒤를 다시 쫓았다.

어둠 속의 추격전이 한동안 이어졌다. 도로를 착실히 달리던 진명의 차가 사북읍에 위치한 민박촌으로 들어섰다. '옥이네'라는 상호를 내건 민박집에 진명의 차가 쑥 들어갔다. 진명은 민박집 옥외 주차장에 차를 세웠다. 익숙한 장소인 듯했다. 공터를 찾아 간신히 차를 댄 차영준은 고민에 빠졌다. 진명을 따라 민박집에 들어갈 것인가? 이대로 돌아갈 것인가? 요행히 잡은 기회를 날려버릴 수는 없었다. 차영준은 전자를 선택했다.

대여섯 시간을 달려 정선에 도착했고, 다시 또 그 시간을 들여 집으로 돌아갈 엄두가 나지 않았다. 차영준은 민박집의 문을 두드렸다. 진명이 입실을 마쳤을 만큼 충분한 시간이 흐른 뒤였다. 다행히 방을 얻을 수 있었다. 허기가 해일처럼 밀려왔다. 차영준은 육십대의 주인아주머니에게 과장된 손짓과 발짓을 해가며 배고픔을 호소했다. 가까운 곳에 편의점도 없었기에 쫄쫄 굶은 채 잠자리에 들어야 할 판이었다.

낯선 방에 덩그러니 앉아 있노라니 노크 소리가 들렸다. 주인아주머니였다. 아주머니는 김이 모락모락 나는 컵라면과 단무지, 생수를 쟁반에 담아 들고 왔다. 배가 몹시 고팠던 차영준으로서는 세상 어느 미녀의 출현보다 반가웠다.

"새벽 시간에 손님 두 분이 앞서거니 뒤서거니 오셨네요. 앞서 온 청년이 예약을 했기에 자지 않고 기다렸답니다."

아주머니는 탁자에 쟁반을 내려놓으면서 웃는 얼굴로 말했다. 아마도 진명과 차영준을 가리켜서 하는 말 같았다.

"저 말고, 누가 또 왔습니까?"

차영준은 시치미를 뚝 떼고 물어보았다. "손님보다 앞서 온 청년이 한 명 있어요. 청년도 저녁을 먹지 못했다고 해서 컵라면을 가져다드렸어요."

"예약까지 했다면 자주 방문하는 단골인가요?"

"주말에 가끔 들르고는 해요. 혼자 와서 하룻밤씩 묵고 가지요."

진명은 정선에 주기적으로 오는 것이 확실했다.

"민박집에 묵는 분들은 대부분 정선 카지노 손님들인가요?"

"그렇죠. 주말에는 여기도 꽤 붐벼서 예약이 필수인데, 손님은 운이 좋으셨어요. 청년은 꼭 예약을 하고 와요. 제 느낌에 카지노 게임을 하는 것 같진 않던데……"

"게임도 하지 않으면서 왜 여기까지 오죠? 그것도 젊은 남자 혼자서?"

"그러게요. 손님 말씀을 들으니까 갑자기 궁금해지네요.

늘 이 시간쯤 도착해서 아침에 바로 떠나거든요."

좀 더 캐묻고 싶었지만, 아주머니의 의심증을 발동시킬 것 같아 그만두었다.

"청년은 대개 몇 시쯤 떠납니까? 차가 안 밀리는 시간대겠죠?"

차영준은 진명의 출발 시간을 알고자 지나가는 투로 물어보았다. 아주머니는 의심하는 기색 없이 선선히 답을 해주었다.

"그 청년은 보통 9시 무렵 출발하죠."

아주머니는 편히 쉬라는 말을 남긴 채 문을 닫고 사라졌다. 차영준은 불어버린 컵라면을 허겁지겁 먹기 시작했다. 컵라면의 국물까지 싹 비우고 나자 비로소 포만감이 밀려왔다. 최근 들어 이토록 만족스럽게 음식을 먹어본 기억이 없었다. 불어터진 컵라면이 이렇게 맛있다니……. 배를 채운 차영준은 걷잡을 수 없는 졸음에 하품이 절로 나왔다.

이튿날 아침, 눈을 뜬 차영준은 창문을 통해 민박집 옥외 주차장을 내다보았다. 오전 8시, 진명의 소형차는 여전히 자리를 지키고 있었다. 차영준은 서둘러 샤워를 마치고 떠날 채비를 했다. 오늘에야말로 진명이 정선에 온 진짜 목적을 알게 될지 몰랐다. 어제의 오십대 여자를 다시 만날지도……. 차영준은 창문에 기대서서 진명의 소형차를 감시했다. 형사들이 왜 잠복을 싫어하는지 이유를 알 것도 같았다. 신경을 한곳에 집중시키니 에너지가 두 배로 들었다. 에너지는 두 배로 드는데, 마음대로 먹지를 못한다. 식탐이 많은 표적이라면 배를 곯을 일은 없을 텐데……. 바짝 마른 진명은 청년답지 않게 음식 보기를 돌같이 했다. 식욕이 왕성한 차영준으로서는 허기를 참기 힘들었다.

진명이 제 엄마와 누나를 죽였을까? 카지노에 입장하긴 했지만, 진명은 게임에 관심을 두지 않았다. 그것은 도박꾼의 행태가 아니었다. 진명이 돈을 건넨 여자는 누구고, 진명과는 또 어떤 관계일까? 추리를 진행하자면 정보가 절실히 필요했다. 차영준은 사건을 풀어보고자 야심차게 달려들었으나 고픈 배만 움켜쥐게 되어 의기소침해졌다.

도진명의 뒤를 쫓는 차영준은 이중고에 시달렸다. 사북의 민박집을 나선 진명의 소형차는 미친 황소처럼 내달렸다. 진명의 차는 휴게소마다 건너뛰었다. 차영준은 밥을 챙겨 먹기는커녕 화장실조차 가지 못했다. 배고픔은 차치하고 방광에도 문제가 생길 것 같았다. 미행의 대상으로는 최악의 상대를 만난 셈이었다. 에너지가 방전된 차영준은 기진맥진해졌다.

진명의 최종 목적지 앞에서 차영준은 허망하게 무너져 내렸다. 고작 집에 오려고 죽어라 밟아댄 거야? 차영준은 망연자실했다. 진명의 빌라 앞에서 30분쯤 대기하며 동정을 살폈지만, 쥐새끼 한 마리 얼씬하지 않았다. 몸과 마음이 처참하게 붕괴된 차영준은 미행 종료를 선언했다. 섣불리 미행에 뛰어든 것이 잘못이었다. 먹는 것도 문제지만, 화장실을 참는 것이 더 고역이었다.

'진명이 이 자식은 인간도 아니야.'

미행과 잠복의 한계를 뼛속 깊이 새긴 1박 2일의 여정이었다. 차영준은 털레털레 집으로 돌아갔다. 그래도 수확이 전혀 없지는 않았다. 진명이 도박에 빠지지 않았다는 사실을 확인했고, 신원미상의 여자에게 돈을 건네는 장면도 목격했다. 그리고 중요한 교훈 한 가지, 수사는 형사에게 맡겨야 한다는 만고불변의 진리를 깨달았다.

무산 중부경찰서 강력 1팀에서 수사 회의가 열렸다.

"도진명이 일주일째 아버지 집으로 출근하고 있습니다. 도진명은 퇴근하자마자 곧장 아버지 집으로 달려갑니다."

황 형사가 도진명의 행적을 보고했다.

"그 자식이 미쳤나? 대체 왜 그래?"

강력 1팀장의 안색이 유난히 어두웠다.

"도민기 말로는 아들이 용건도 없이 매일 찾아온다고 합니다."

"아버지가 죽으면 제1 용의자가 된다는 것쯤은 알고 있겠지."

"설마 누나 때와 똑같은 방식으로 범행을 저지를까요?"

"아버지를 죽일 요량이라면 밖에서 일을 치르는 편이 나을 텐데요. 사고로 위장해서 죽이는 방법도 있잖아요."

형사들 사이에 공허한 대화가 한동안 오고갔다.

"심지어 도진명은 아버지 집에 올라가지도 않고 돌아간 적도 있어요. 아파트를 멍하니 올려다보다가 가던데요."

황 형사가 보고를 이어가자 형사들은 영문을 몰라 눈만 멀뚱거렸다.

"범행을 망설이는 걸까요?"

누군들 뾰족한 답을 내놓지 못했다.

"도민기는 언제 출항한대?"

"동부태평양어장 원양어선에 승선할 계획인데, 도선화 사건이 해결되지 않아서 결심을 미루고 있대요. 출항하면 최소 20개월은 바다에서 보내는 긴 여정이랍니다. 도민기의 심정이 오죽하겠습니까. 딸이 죽었고, 아들은 범인으로 의심받고 있는데다 본인 또한 살해당할 위험이 존재하니까요."

황 형사는 우락부락한 체격에 어울리지 않게 누구보다 감정이입을 잘했다.

"도민기에게 원양으로 나가도록 권유하는 게 어떨까? 적어도 아들에게 살해당할 위험은 없어지잖아."

추가 범행이 일어난다면 팀장은 책임에서 자유로울 수 없었다.

"도민기는 아들을 의심하지 않고 있어요. 아들은 절대 가족을 해칠 사람이 아니라고 되레 두둔하던 걸요."

"어쩌면 도진명은 다른 이유로 아버지 집에 가는 게 아닐까요? 살인을 또 벌이기엔 간격이 너무 짧아요."

지 형사가 중얼거렸지만, 그의 말에 귀를 기울이는 사람은 없었다.

3

8월 13일 토요일 15시 20분경, 무산 중부경찰서 형사들은 도민기의 아파트 출입문을 강제로 개방해 주방 바닥에 쓰러져 있던 도민기의 시체를 발견했다. 황 형사는 도민기에게 수시로 연락을 취하고 있었는데, 8월 13일에는 전화를 받지 않았다. 추가 범행에 대한 우려는 현실이 되었고, 도민기를 지키지 못한 형사들은 그 자리에 무너져 내렸다.

아파트 출입문이나 베란다에 강제로 침입한 흔적은 없었

다. 물색흔이나 족적도 없었고, 도난당한 물품도 없는 것으로 판단되었다. 주방 식탁 위에는 뚜껑이 개방된 홍삼음료 병이 놓여 있었다.

과학수사요원들이 외부에서 내부로, 위에서 아래로, 원경에서 근경으로 현장을 촬영했다. 근접 사진도 찍었다. '모든 범죄는 흔적을 남긴다'는 교훈을 실천하듯 그들은 어느 때보다 치밀하게 감식작업을 펼쳤다.

지 형사는 과수팀의 활동을 지켜보며 야릇한 낯익음에 휩싸였다. 도선화 사건과 도민기 사건은 쌍둥이처럼 닮아있었다. 사람이 죽었고, 용의자가 존재한다. 다만, 용의자의 범행을 입증할 수가 없다. 자살인지 타살인지 사건의 성격규정도 명확히 내리기 힘들다. 지 형사의 시선이 식탁 위의 홍삼음료 병에 꽂혔다. 감정 결과를 기다릴 필요도 없이 도민기의 사인이 짐작되었다. 분명 음료에 복어 독을 넣었으리라.

"도진명은 금요일 밤부터 집에서 꼼짝도 안 하고 있습니다."

도진명의 빌라에서 잠복 중인 형사들이 전화 보고를 했다.

"미리 독을 주입했겠지. 그걸 도민기가 오늘 마셨을 테고."

강력 1팀장의 이마에 불거진 핏줄이 금방이라도 터질 것처럼 꿈틀거렸다. 그의 음성에서 강한 분노가 묻어났다.

"도진명은 며칠간 도민기의 집 근처에 얼씬도 하지 않았습니다. 그래서 우리도 마음 놓은 거고요."

"도진명은 일부러 그런 겁니다. 우리를 방심하게 만들려고요."

도진명에게 뒤통수를 맞은 형사들은 분통을 터트렸다.

"CCTV 확보하고, 주변 탐문해. 경비원도 만나보고. 도진명 이 새끼, 이번에는 절대로 빠져나가지 못해."

현장을 지휘하는 강력 1팀장의 목소리가 크게 울렸다. 예견되었던 범행을 막지 못했다는 자책감이 그의 온몸에서 뿜어져 나왔다.

"아파트 CCTV가 도움이 될까요? 도진명이 독을 넣었다는 증거는 찾을 수 없을 겁니다."

황 형사가 자조 섞인 어조로 중얼거렸다. 황 형사는 도민기를 지키기 위해 누구보다 애를 썼던 인물이다. 황 형사의 노력을 알기에 팀장조차 그의 말에 토를 달지 않았다.

"도진명, 서로 임의동행 할까요? 그 자식이 뭐라고 씨불이는지 말이라도 들어보게요."

강력 1팀장의 눈동자가 노기로 이글거렸다.

"그렇게 해."

도진명은 형사들의 임의동행 요구에 순순히 응했다. 경찰서로 연행된 도진명은 옆에서 보기도 처참할 정도로 정신이 붕괴된 상태였다. 그는 연속적으로 몸을 떨었고, 머리칼을 쥐어뜯거나 알아들을 수 없는 말들을 중얼거렸다.

"심신미약으로 가겠다 이거지."

황 형사가 찢어죽일 듯한 눈빛으로 도진명을 노려봤다. 그의 눈에서 분노의 불길이 활활 타올랐다. 사시나무처럼 몸을 떨고 있는 유약한 청년이 일가족 도살자라고는 도저히 믿기지 않았다.

"당신이 홍삼음료에 복어 독을 주입했습니까?"

"……."

지 형사가 도진명을 추궁했다. 도진명이 마구 머리를 쥐어뜯는 바람에 탁자 위에 그의 머리카락이 수북했다. 도진명의 뺨이 파르르 경련을 일으켰다. 그의 상반신이 위태롭게 휘청거렸다. 도진명은 당장이라도 의자에서 굴러 떨어질 것만 같았다. "당신은 어머니 차영순, 누나 도선화, 아버지 도민기 씨 모두가 자살했다고 주장하는 겁니까?"

"……."

"아버지에게 지속적으로 돈을 요구했던데, 왜 그랬어요?"

"……."

도진명은 머리칼을 헝클어뜨린 채 넋을 놓고 있었다.

"묵비권을 행사하시겠다?"

황 형사가 잡아먹을 듯이 으르렁거렸다.

"왜 아버지를 죽인 거야? 돈 때문이야?"

황 형사가 참지 못하고 꽥 소리를 질렀다. 거구의 황 형사가 고함을 치자 도진명이 소스라쳤다.

"돈 때문에 아버지를 죽인 겁니까? 돈은 어디다 쓴 겁니까?"

도진명은 더 견디지 못하고 탁자에 엎드려 울음을 터트렸다. 그는 어떠한 물음에도 대답하지 않았다.

강력 1팀 형사들이 도민기의 아파트 CCTV를 샅샅이 뒤졌지만, 도진명은 물론 혐의를 둘 만한 어떠한 인물도 찾아내지 못했다. 수사팀은 또다시 범행 입증에 실패했다. 경찰은 도진명을 풀어줄 수밖에 없었다.

국과수의 부검 소견이 수사팀에 전달되었다. 예상했던 대로 도민기의 사인은 테트로도톡신 중독에 의한 질식사였다. 식탁 위의 홍삼음료에서 테트로도톡신 성분이 검출되었다. 판사는 압수수색검증영장을 발부했다. 도진명의 휴대전화와 컴퓨터를 압수해 조사했지만, 그가 테트로도톡신을 구입했다는 증거는 찾을 수 없었다. 통화 내역, SNS, 금융거래에서도 단서가 전무했다.

도씨 부녀 살인사건이 한걸음도 더 나아가지 못하고 답보

상태에 빠지자 도경찰청에서 직접 사건을 수사해야 한다는 언론의 압박이 거세졌다. 무산 중부경찰서에 비난의 화살이 쏟아졌다. 강력 1팀장은 매일 서장에게 불려갔고, 형사과는 초상집처럼 암울한 분위기가 감돌았다.

지 형사는 차영순 사건이 도씨 부녀 살인사건의 시발점이라고 확신했다. 차영순의 사건기록을 꼼꼼히 살펴볼 필요가 있었다. 그간 도진명이 CCTV에 노출된 적은 단 한 번도 없었다. 과연 그것이 가능할까? 지 형사는 CCTV를 반복해서 돌려 보았다. 형사과 사무실의 침울한 공기를 뚫고 지 형사의 휴대전화 벨이 울렸다.

"강력 1팀 지택근 경사입니다."

"차영준입니다. 방금 진명이 전화를 받았는데요. 진명이가 이상합니다. 꼭 무슨 일을 벌일 것만 같아요."

차영준의 다급한 음성이 지 형사의 귀에 송곳처럼 꽂혔다.

"무슨 일을 벌이다니요?"

"자살을 할 것 같다고요. 당장 경찰을 출동시켜 주세요."

"바로 조치하겠습니다."

형사 2명이 도진명의 빌라 앞에서 잠복근무 중이었다. 도진명의 불안한 심리상태를 고려하면 자살도 충분히 가능한 일이었다. 지 형사가 스마트폰의 발신 버튼을 누르려는 찰나, 수신 신호가 반짝였다. 도진명의 감시를 맡은 후배 형사였다. 이미 늦은 건가? 지 형사의 심장이 거세게 날뛰었다.

"도진명이 빌라 5층에서 투신했습니다!"

후배 형사가 부르짖었다. 얼음처럼 차가운 기운이 지 형사의 심장을 덮쳤다.

"살아 있어?"

"죽은 것 같습니다. 119구급대를 불렀습니다."

허무함이 전신을 휘감고 돌았다. 지 형사는 힘없이 휴대전화를 내려놓았다. 용의자의 자살만큼 형사를 허탈감에 빠트리는 일이 있을까. 결국 공소권 없음으로 사건이 종료되고 마는 것인가. 지 형사는 두 손으로 머리를 감싸 쥐었다.

4

도진명이 죽었다. 형사들이 빌라를 샅샅이 수색하고 CCTV를 훑었지만, 그의 죽음에 외력이 작용한 흔적을 찾지 못했다. 도진명은 왜 일가족을 말살하고 스스로 생을 마감했을까? 유서는 발견되지 않았다. 지 형사는 차영준을 경찰서로 불렀다.

"차 선생님, 도진명 씨가 투신하기 전에 전화를 걸어왔다고 했었죠? 무슨 말을 했습니까?"

차영준이 스마트폰을 조작해 녹음된 음성을 재생시켰다. 도진명의 떨리는 목소리가 차영준의 폰에서 흘러나왔다.

"외삼촌, 저 때문에 누나와 아빠가 죽었어요. 누나와 아빠에게 사죄하고 싶어요. 흑흑흑……. 외삼촌, 부탁이 있어요. 제 빌라 전세금을 외삼촌께 드리고 싶어요. 그동안 도와주신 외삼촌의 은혜에 보답하고 싶어요. 제 마음을 받아주세요. 외삼촌, 제 말대로 해주실 거죠?"

"진명아, 왜 그래? 대체 왜 그러는 거야?"

"제 말대로 하겠다고 약속해 주세요." "내가 지금 갈 테니까 집에 그대로 있어. 내가 당장 갈게."

"외삼촌, 힘들게 오실 필요 없어요. 형사들이 잘 처리해 줄 거예요."

도진명은 차영준과 통화를 마친 뒤 빌라 5층에서 투신했다.

"차 선생님, 최근 도진명 씨에게 돈을 빌려 주셨습니까?" "290만 원을 빌려 줬습니다. 실은 그 일로 지 형사님께 드릴 말씀이 있습니다."

차영준은 도진명에게 290만 원을 빌려 주었던 일을 설명했다. 조카를 미행해 정선 카지노에 갔고, 도진명이 오십대 여자에게 돈봉투를 건넸던 사실까지 빠짐없이 실토했다.

"그 얘기를 지금 하면 어떡합니까?"

심기가 사나워진 지 형사가 소리쳤다. 도진명의 감시를

시작하기 전의 일이어서 더욱 아쉬웠다.

"가뜩이나 진명이가 혐의를 받고 있는데, 더 의심을 살 것 같아서요."

차영준이 미안한 듯 작게 중얼거렸다.

정선 카지노의 CCTV를 확보해 오십대 여자의 정체를 밝혀야 하겠지만, 시간이 많이 지나 자료가 남아 있을지 미지수였다. 차영준은 여자를 알아볼 자신이 없다고 머리를 흔들었다. 어디서나 볼 수 있는 흔한 외모의 여자인데다 마스크를 착용했다. 카지노를 전전하는 도박꾼이라면, 탐문에 기대를 걸어볼 만했다. 도진명은 외삼촌에게 누나와 아빠가 자기 때문에 죽었다고 말했다. 그것을 살인에 대한 고백이라고 볼 수 있을까?

정선 카지노로 급파된 무산 중부경찰서 형사들이 CCTV 자료를 확보했다. 음료 바 앞에서 도진명이 오십대 여자에게 돈봉투를 건넸다는 차영준의 진술을 들었지만, 그쪽을 비추는 CCTV는 없었다. 여자의 신원을 밝히기 위해서는 차영준이 꼭 필요했다. 지 형사는 차영준에게 협조를 요청했다.

테이블 게임 200대, 슬롯머신과 비디오 게임 1,360대 등 국내 최대 규모를 자랑하는 카지노 영업장의 CCTV를 살펴보는 작업은 만만치 않았다. 다행히 차영준은 여자의 인상착의를 기억하고 있었다. 키 160cm 가량, 등산복 차림의 크로스백을 멘 중년 여자를 찾기 위해 그들은 눈이 빠지게 컴퓨터 화면을 주시했다.

4천 명이 넘는 방문객들 중 반 이상이 여자였고, 여자들 대부분이 크로스백을 멘 중년 아줌마들이었다. 차영준은 조카를 지키지 못했다는 자책감 때문인지 형사 못지않은 열정으로 영상을 지켜봤다. 마침내 차영준이 한 여자를 손가락으로 가리켰다. 슬롯머신 앞에 선 여자는 전신이 고스란히 드러난 상태였다.

"이 여자가 확실합니까?"

"단언할 순 없지만, 제가 본 여자와 상당히 흡사합니다. 흰 세로줄이 있는 검정 바지에 분홍과 회색이 배색된 상의가 눈에 익습니다. 여자가 크로스백에 돈봉투를 넣던 모습이 눈에 생생해요. 꽃무늬가 화려한 파란색 크로스백이었어요."

꽃무늬 크로스백이라? 분명 어디선가 본 기억이 있었다. 지 형사는 여자가 멘 크로스백을 뚫어져라 응시했다. 어디서 봤더라? 어딘가의 CCTV 영상에서 본 것 같은데……. 헝겊으로 만든 꽃무늬 크로스백……, 오십대 여자……, 화려한 꽃무늬……. 지 형사는 무릎을 탁 쳤다. 시간이 날 때마다 CCTV를 돌려본 덕에 생각이 났다.

"차 선생님, 영상 1개만 더 확인해 주시겠습니까?"

지 형사는 도선화가 아이스라테를 샀던 커피 전문점의 CCTV 영상을 재생시켰다. 키오스크 사용법을 몰라 도선화에게 도움을 받았다는 오십대 아주머니도 꽃무늬 크로스백을 메고 있었다. 정선 카지노 여자와 커피숍 아주머니가 동일인이라면? 지 형사의 가슴이 거세게 두방망이질 쳤다.

"카지노에서 본 여자와 동일 인물입니까?"

지 형사는 꿀꺽 침을 삼켰다.

"비슷해 보이기는 합니다만······."

차영준은 잘 모르겠다는 표정으로 머리를 긁적였다.

무산 중부경찰서 형사들은 차영준이 지목한 오십대 여자의 동선을 추적하는 지난한 작업에 돌입했다. 카지노의 CCTV는 요행히 확보했으나 시간이 흐른 탓에 여자의 동선 파악에 많은 어려움이 따랐다. 형사들은 여자의 사진을 인화해 정선 카지노 주변을 누비고 다니며 탐문을 벌였다. 발바닥이 부르트도록 뛰어다녔지만, 마스크를 착용한 사진 한 장으로 여자의 신원을 밝히는 일은 쉽지 않았다.

지 형사는 도진명과 차영준의 최종 통화를 몇 번이고 반복해서 들었다. 도진명이 외삼촌에게 전화를 건 이유는 무엇일까? 마지막 순간 혈육의 음성을 듣고 싶어서? 도진명이 차영준에게 한 말은 진의가 명확치 않았다. 나 때문에 누나와 아빠가 죽었다. 누나와 아빠에게 사죄하고 싶다. 이런 모호한 말이나 하려고 외삼촌에게 전화를 했을까? 어쩌면 도진명은 차영준에게 메시지를 남기려고 한 게 아닐까? 지 형사는 도진명의 뒷말에 주목했다. 도진명은 빌라 전세금을 외삼촌에게 주고 싶다고 말했다. 도진명이 빚지고는 못 죽는 타입이라서? 차영준은 도진명에게서 돈을 돌려받은 적이 없다고 진술했다. 지 형사는 도진명의 빌라 전세계약을 조회해 보았다.

작은 규모의 부동산 사무실이었다. 출입문을 열자 중년 여자가 고개를 들었다. 지 형사는 입구 쪽에 앉은 여자에게 경찰 신분증을 제시했다.

"경찰에서 무슨 일로 오셨어요?"

여자가 지 형사에게 응접 소파를 권했다. 여자는 살짝 놀란 눈치였다.

"무산빌라 101동 505호에 관해 문의 좀 드리려고요. 이 사무실에서 전세계약서를 작성하셨던데요."

여자가 컴퓨터 자판을 두드렸다. 여자의 안색이 환하게 밝아졌다.

"아아, 도진명 씨. 그렇지 않아도 궁금해 하던 참이었는데요. 경찰관님이 찾으러 오실 줄은 몰랐네요."

"네?"

여자는 대답 대신 책상서랍을 열더니 자그마한 지퍼백을 꺼냈다.

"도진명 씨가 이걸 맡겨 놓으셨어요. 찾으러 오는 사람이 있으면 건네주라는 당부와 함께요. 세입자의 부탁이라 보관하고 있었어요. 독특한 의뢰를 하는 고객이 가끔 계시거든요."

여자가 건넨 지퍼백 안에는 휴대전화가 들어 있었다. 휴대전화를 보는 순간 지 형사는 바로 감이 왔다. 도진명이 사용하던 대포폰이 분명했다. 이런 방식으로 증거를 남긴 이유가 뭘까? 죽는 마당에 무엇이 두려워서?

도진명의 대포폰에 충전 케이블을 꽂자마자 요란스럽게 전화벨이 울리기 시작했다. 받을 때까지 멈추지 않겠다는 듯 전화벨은 집요하게 울렸다. 지 형사는 급할 것 하나 없다는 동작으로 느릿느릿 통화 버튼을 눌렀다.

"전화기는 왜 꺼놓은 거야? 왜 전화를 받지 않느냐고?"

악을 쓰는 여자의 소리가 휴대전화 밖으로 터져 나왔다. 여자는 매우 화가 났는지 귀청이 찢어지게 고함을 질러댔다. 기관총을 난사하듯 쏘아대는 쇳소리에 귀가 다 먹먹했다. 이제는 지 형사가 대답을 할 차례였다.

"차영순 씨, 그만 나오시죠. 당신을 찾느라 형사들이 얼마나 고생한 줄 아십니까?"

차영순이 숨을 들이켜는 기척에 이어 헐떡이는 숨소리가 전화기를 타고 지 형사에게 전해졌다.

"차영순 씨, 문밖에 형사들이 대기하고 있으니까 순순히 나오세요."

"나는 차영순이 아니에요."

"그건 확인해 보면 알 수 있겠죠."

지 형사는 느긋하게 통화 종료 버튼을 눌렀다.

무산 중부경찰서 형사들이 사북의 민박집에 은신해 있던 차영순을 연행해 왔다. 차영준이 지목했던 오십대 여자도 함께 데려왔다. 여자는 차영순 체포의 일등공신이었다. 형사들이 정선 카지노에서 탐문을 벌이던 중 여자를 알아보는 사람을 찾아냈다. 여자가 몇 년째 카지노 부근을 전전한다는 제보를 입수한 무산 중부경찰서 형사들은 정선경찰서와 공조해 정선과 사북 일대의 숙박업소와 민박집, 고시원 등을 뒤졌다. 정선 카지노에는 잠복 형사를 배치했다. 마침내 여자가 카지노에 모습을 나타냈고, 형사들은 그녀의 뒤를 쫓았다. 여자를 따라가다 보니 그 끝에 똬리를 튼 뱀처럼 차영순이 도사리고 있었다.

무산 중부경찰서 조사실에서 지 형사와 차영순이 마주 앉았다.

"차영순 씨, 지문조회로 신원 확인 끝났으니까 딴소리할 생각은 말아요."

"그래요. 내가 차영순이에요. 그게 뭐 어쨌다고요?"

"이 여자 상황 파악이 안 되는구만. CCTV에 찍힌 건 깜빡하셨나?" 황 형사가 의자를 박차고 일어나 차영순을 을러댔다.

"왜? 한대 치시게? 무산경찰서는 형사가 사람 때리나?"

차영순이 이죽거리며 약을 올렸다. 차영순은 정선에서 무산으로 연행돼 오는 동안에도 염치없고 뻔뻔한 태도를 취했다. 빳빳이 고개를 쳐들고 형사들의 질문에 입도 뻥긋하지 않았다. 지 형사는 컴퓨터를 두드려 커피숍과 도민기의 아파트 지하 주차장 CCTV를 재생시켰다. 두 영상에 차영순의 모습이 보였다. 커피숍에서 도선화에게 도움을 받았던 오십대 여자의 옆에 차영순이 얌전히 서 있었다.

"마스크와 모자를 착용한 저 여자가 나라고 어떻게 단정하지?"

"법보행 분석이란 게 있어. 걸음걸이만으로 동일 인물임을 확인할 수 있지."

지 형사의 일격에도 차영순은 눈썹 하나 까딱하지 않았다.

"당신 동료가 키오스크 사용법을 모른다면서 커피숍에서 소란을 피웠지. 동료가 도선화의 정신을 빼놓는 동안, 당신은 딸의 음료에 복어 독을 떨어뜨렸어. 도박판에서 한가락 하던 당신의 손기술이라면 식은 죽 먹기였겠지."

"도선화가 키오스크 조작을 도와준다는 보장이 어디 있지?"

차영순은 지지 않고 반박했다. 그녀는 심지어 딸이라는 표현조차 쓰지 않았다.

"그랬으면 몸을 부딪쳤거나, 물건을 떨어뜨렸거나 도선화의 시선을 돌릴 다른 방법을 찾았겠지. 스치듯 지나가며 독을 넣었을 수도 있고. 당신 같은 기술자한테는 어린애 장난 같은 일이잖아. 아무리 당신이라도 도선화 앞에서 목소리를 낼 엄두는 내지 못했나 봐. 엄마 음성을 알아차리지 못할 딸은 세상에 없을 테니까."

"음료에는 뚜껑이 덮여 있지 않나? 뚜껑이 덮여 있는 음료에 무슨 수로 독을 넣지?"

"당신은 긴팔 등산복을 착용했어. 옷소매에 주사기를 숨겼겠지. 주사기를 이용해 복어 독을 넣은 거야. 오피스텔에서 발견된 음료 뚜껑에 작은 구멍이 뚫려 있었어."

"형사들의 허무맹랑한 상상력이라니, 기가 차는군. 마음대로 상상해서 나를 범인으로 몰려고? 그래 봐야 내가 죽었다는 증거가 안 돼. 내가 독을 넣는 장면이 CCTV에 찍힌 것도 아니잖아."

차영순은 코웃음을 쳤다.

"아들에게 범행을 덮어씌우고 싶은 건가? 딸은 희생자, 아들은 살인자로 만들고 싶은 거냐고?"

황 형사가 참지 못하고 고함을 질렀다.

"암만 떠들어 봐야 내가 범행을 저질렀다는 증거는 찾지 못할걸. 좋아, CCTV에 찍힌 건 인정할게. 커피숍과 아파트에 간 것만으로 내가 두 사람을 죽였다고 단정할 수 있어? 너희들은 절대로 입증 못해."

차영순은 뻔뻔한 낯짝을 한껏 치켜들었다.

"범인은 도진명이라고 주장하고 싶으신가?"

"나는 도선화나 도민기를 죽일 이유가 없어. 두 사람을 죽여 봐야 내겐 아무런 이득이 없거든. 너희도 머리라는 게 있으면 생각을 좀 해보라고."

"당신 대신 농약을 마시고 죽은 여자는 누구지?"

"도박판을 떠돌던 여자야. 도박에 미쳐서 남편에게 이혼당하고, 자식들한테 버림받은 불쌍한 여자지. 가여워서 집에 데려와 재워줬더니 내가 사다 놓은 농약을 홀랑 마셔 버렸네. 한 많은 인생 하직하려 한 게지. 다 죽어가는 여자를 병원으로 옮기려는데, 머릿속에 기막힌 아이디어가 떠오르더군. 여자는 이왕에 농약을 마셨고, 내가 죽은 걸로 위장하면 진명이가 사망보험금을 탈 수 있잖아."

"참 대단한 여자군. 전부 빠져 나가시겠다? 범죄 구상하느라 머리 터지겠어."

차영순의 파렴치함에 황 형사가 이를 뿌드득 갈았다.

"난 기회를 잡은 것뿐이야. 도박꾼 여자의 자살을 나로 바꿔치기한 게 죄라면 달게 받겠어."

"당신은 아들을 가스라이팅했어. 유약했던 도진명은 엄마의 손아귀에서 벗어날 수 없었지. 도민기와 도선화는 당신의 악마성을 감지하고 일찌감치 떠났지만, 심약한 도진명은 당신한테서 빠져나올 용기를 내지 못했던 거야."

"형사가 그렇게 한가한 직업인가? 소설 쓰기도 겸업하나봐."

"당신은 도박판에서 알게 된 여자를 끌어들였어. 당신과 체격이 비슷하고, 가족들이 실종 신고조차 하지 않을 여자가 표적이었겠지. 당신은 여자를 집으로 꾀어 농약을 마시게 했어. 여자가 취한 상태에서 술에 타서 먹였겠지. 여자를 호송한 구급대원들의 구급활동 일지에 술 냄새가 많이 났다고 기재돼 있어."

"재미있긴 한데, 상당히 진부하군. 어디서 많이 들어본

이야기야."

"현실은 허구보다 진부한 법이지."

"당신 혼자 힘으로는 불가능한 일이었어. 물론 도진명이 협력했지. 도진명은 당신이 시키는 대로 훌륭하게 일을 마무리했어. 당신은 세상에서 완벽하게 사라졌고, 도진명은 당신의 사망보험금을 받았어. 이미 당신이 도박판에서 날려버렸겠지만."

"……."

"당신의 욕심은 끝이 없었어. 돈이 떨어지자 딸을 죽이기로 한 거야. 보험금 맛에 중독된 거지. 도진명을 시켜 도선화 앞으로 생명보험을 들게 한 뒤 당신이 직접 딸을 살해했어. 도선화에겐 적당한 이유를 대서 보험가입에 동의하게 만들었겠지. 지인의 실적을 올려주기 위해서라는 등의 핑계를 대면서 말이야. 도진명은 당신의 말을 꼭두각시처럼 따랐지만, 엄마가 누나까지 죽일 줄은 몰랐겠지. 보험가입을 시키면서도 설마설마했던 거야. 어쩌면 믿고 싶지 않았던 걸지도 모르지."

"그래서?"

"도선화 사건은 쉽게 풀리지 않았어. 그럴 수밖에, 범인은 이미 죽은 사람이었으니까. 수사가 지지부진해지자 보험회사에서는 보험금 지급을 보류했어. 당신 계획에 차질이 빚어진 거야. 너무 완벽하게 범행을 실행해서 되레 문제가 생긴 거지. 보험금 수령이 어려워지자 당신은 도진명을 시켜 차영준과 도민기에게 손을 벌렸어. 도진명이 오십대 여자에게 돈을 주고 그걸 당신이 전해 받는 방식이었겠지. 당신이 직접 나타나기엔 위험부담이 따랐을 테니까."

"계속해 보라고."

차영순은 콧방귀를 뀌었다.

"당신은 도선화에 이어 도민기까지 죽이려고 계획을 세웠어. 도민기는 아버지의 유산을 물려받았고, 사망하면 보험금도 두둑하겠지. 도민기가 죽으면 도진명이 모조리 상속받으니까, 당신 재산이나 다름없잖아. 당신은 도민기의 집에 잠입해서 홍삼음료에 복어 독을 주입했어. 출입문의 비밀번호는 도진명을 통해 미리 알아냈겠지."

"흥."

차영순은 지 형사를 사납게 째려보았다.

"참으로 잘 짜인 계획이야. 다만, 당신이 간과한 게 있었지. 도진명은 누나와 아버지를 사랑했어. 그는 매일 아버지 집에 찾아가서 위험을 알리려고 했었어. 당신의 가스라이팅이 너무도 강력했던 탓에 폭로하지는 못했지만."

"호오, 상당히 재미있는 소설이군. 나를 능력자로 인정해 줘서 고맙기도 하고. 하지만 입증을 못한다는 단점이 있네.

입증을 못하면 죄를 물을 수도 없어. 결국 진명이가 도민기의 재산을 상속받을 거야. 경찰은 그걸 막을 수 없어."

차영순은 팔짱을 낀 채 지 형사를 비웃었다.

"도진명은 도민기의 재산을 상속받지 못해."

"왜지? 너희들은 진명이가 범인인 걸 입증하지도 못하잖아."

"도진명은 도민기의 재산을 상속받을 수 없어."

"글쎄 왜냐고?"

차영순이 목소리를 높였다. 지 형사의 쏘는 듯한 시선이 차영순을 꼼짝 못 하게 붙들었다.

"도진명은 자살했거든."

"거짓말하지 마! 이것들이 어디서 사람을 속이려고!"

차영순이 번개같이 달려들어 지 형사의 멱살을 움켜쥐었다. 황 형사가 억센 힘으로 차영순을 떼어냈다.

"진명이가 자살했을 리 없어. 너희들이 속이는 걸 내가 모를 줄 알아?"

차영순이 거세게 반항하며 악을 썼다.

"이 여자가 어디서 행패를 부려? 여기 경찰서인 거 몰라?"

황 형사는 차영순의 손목에 수갑을 채웠다. 차영순은 미친 여자처럼 고래고래 고함을 쳤다.

"살아서는 당신을 거스를 수 없다고 판단한 거야. 도진명이 자살해버렸으니 재산도 상속받을 수 없지."

"우리 진명이가 그랬을 리 없어. 진명이는 엄마 말이라면 죽는 시늉까지 하던 애라고."

"도진명은 이렇게 증거까지 남겼어."

지 형사가 도진명의 대포폰을 차영순의 눈앞에서 흔들었다.

"그게 뭐야?" "당신과 범행을 모의할 때 사용했던 도진명의 대포폰!"

지 형사가 폰을 조작하자 녹음된 차영순의 음성이 흘러 나왔다. 차영순의 악독한 본색이 만천하에 드러났다. 추악한 얼굴 가죽이 일그러지며 짐승 같은 신음이 차영순의 입에서 새어나왔다.

"으으으으으……."

"당신과 나눴던 대화는 물론 문자 메시지까지 고스란히 남아 있더군. 당신의 살인을 입증할 증거는 충분해. 도진명은 외삼촌에게 단서를 남겼어. 당신을 고발할 용기가 반만 났던 걸까?"

차영순이 수갑 찬 팔을 앞으로 휘저으며 대포폰을 잡으려고 시도했지만, 황 형사에 의해 간단히 제지당했다.

"이봐 차영순, 도진명이 왜 자살했는지 알아?"

"진명이가 자살했을 리 없어. 너희들이 조작한 거 내가 모를 줄 알고."

"도민기의 재산이 당신한테 흘러가지 못하도록 도진명은
목숨을 바쳐 막은 거야.

"아니야, 아니야. 거짓말이야. 진명이가 그랬을 리 없
어."

"차영순, 당신 꼴을 봐. 당신 곁에 누가 남았는지 보라고.
결국, 아무도 없다고!"

지 형사가 허탈하게 말을 던졌지만, 그 진심이 차영순에
게 가닿았는지는 미지수였다.

낯선

가족

서해지

전화벨이 울렸을 때 해지는 불길한 느낌을 받았다. 아니나 다를까 스마트폰 화면에 뜬 발신자는 껄끄럽기 짝이 없는 새엄마……. 그녀의 간교한 기운을 받았는지 늘 듣던 휴대전화 벨소리마저 사악하게 느껴졌다.

"네 아빠가 아파트 베란다에서 떨어져 죽었다."

새엄마의 음성은 관계없는 타인의 죽음을 전하는 것처럼 무미건조했다.

"네? 그게 무슨……."

해지가 귀를 의심하며 내뱉은 말은 문장으로 완성되지 못했다.

"네 아빠가 베란다 창문을 열고 뛰어내렸다고. 내가 화장실에 들어간 사이에 떨어졌다. 이게 무슨 날벼락인지……."

새엄마는 경찰 조사를 받아야 한다면서 전화를 끊었고, 해지는 끊긴 스마트폰을 귀에 댄 채 얼어붙었다. 아빠가 자살을? 아빠가 왜? 같은 물음을 거듭 반복하며 해지는 충격에 빠졌다.

봄비가 세차게 내리는 밤이었다. 해지는 비에 젖은 캄캄한 거리를 창밖으로 내다보며 아빠의 죽음에 대해 생각했다. 실감이 나지 않았다. 방금 끊은 전화가 새엄마의 악의적인 장난이라면 얼마나 좋을까. 악의적이든 호의적이든 새엄마는 장난 같은 걸 치는 사람이 아니다. 해지는 급작스럽게 들이닥친 아빠와의 이별이 도무지 믿어지지 않았다.

아빠가 극도의 우울증으로 고생한다는 말은 새엄마에게 전해 들었었다. 살점이라곤 붙어있지 않던 아빠의 비쩍 마른 몸을 떠올렸다. 175cm의 키에, 50kg의 몸무게. 아빠는 비정상적으로 살이 빠졌다. 툭툭 불거진 뼈마디가 금방이라도 살가죽을 뚫고 튀어나올 것만 같았다. 우울증이 심해지면서 아빠는 급격히 쪼그라들었다. 살과 근육이 빠져나간 몸피는 앙상한 나목처럼 꼬치꼬치 말라갔다. 아빠가 죽고 싶다는 말을 자주 했다는 새엄마의 푸념을 해지는 그저 흘려들었다. 아빠, 미안해. 죽고 싶을 만큼 힘든 줄 몰랐어.

자살에는 용기가 필요하다. 아빠가 그렇게 용기 있는 사람이었나? 인생의 절반을 직업군인으로 살아온 아빠의 실행력을 과소평가했던 걸까? 왜 진작 아빠를 돌아보지 못했을까? 쇠약해진 아빠를 병원으로 모시기만 했어도……, 해지는 사무치는 회한에 온몸을 떨었다.

새엄마가 오빠에게도 알렸을까? 해지는 오빠에게 전화를 걸었다. 신호가 가기 무섭게 오빠는 전화를 받았다. 휴대전화를 손에 든 채 방 안을 서성이는 오빠의 불안정한 모습이 눈앞에 보이는 듯했다.

"오빠……, 들었어?"

차마 입이 떨어지지 않았다. 해지는 아빠가 죽었다는 말을 어떻게 꺼내야 할지 막막했다.

"들어? 듣긴 뭘 들어?"

무심한 말투로 보아 새엄마는 오빠에게 알리지 않았다. 마음 약한 오빠가 받을 충격이 걱정됐지만, 말하지 않을 수 없었다.

"오빠, 아빠가 돌아가셨어."

"무슨 소리야? 멀쩡한 아빠가 돌아가셨다니……, 그런 농담 재미없거든."

어눌한 발음으로 오빠가 펄쩍 뛰었다. 정신과 약의 부작용이다. 병원 처방약을 오래 복용하면 정신이 맑지 못하고, 발음은 어눌해진다. 오빠는 늘 몽롱한 상태였으며 잠을 많이 잤다. 갈증 또한 심해져 물을 많이 마셨다. 자신을 돌봐줄 사람은 아빠뿐이라는 사실을 누구보다 잘 아는 오빠는 평소에도 아빠의 건강을 많이 염려했었다. 39세가 될 때까지 돈을 벌어보지 못한 남자. 평생 정신병원을 들락거리며 입원과 퇴원을 반복한 남자. 아빠가 없으면 절대로 살지 못하는 남자가 바로 오빠였다.

"아빠가 베란다에서 투신자살하셨대. 방금 새엄마한테서

전화 왔어. 삼정병원 영안실에 아빠를 모셨다고 해. 오빠, 빨리 와. 나도 지금 병원으로 가려고. 흑흑흑."

해지는 눈물이 터져 나왔다. 아빠는 왜 오빠를 남겨두고 먼저 가셨을까? 더는 돌보고 싶지 않았던 것일까? 39세 아들의 생활비를 대야 했던 67세 아버지의 심정은 어떤 것이 었을까. 불쌍한 아빠는 효도 한번 제대로 받아보지 못한 채 생을 마감하셨다.

아빠에게 효도하지 못한 것은 오빠만이 아니었다. 올해 서른일곱인 해지 또한 경제적으로 자립하지 못했다. 해지의 오피스텔 월세를 아빠가 내주고 있었다. 오피스텔은 아빠가 마련해 주었다. 오빠의 아파트 역시 아빠가 사준 것이다. 아빠는 오빠의 생활비와 용돈, 해지의 월세를 감당했다. 그 뿐만이 아니었다. 아빠는 오빠와 해지의 노후 대책으로 연금보험에 가입했고, 매달 보험료를 꼬박꼬박 납입했다.

일찌감치 조현병 진단을 받은 오빠의 결혼은 진즉에 포기 했지만, 아빠는 해지가 결혼해서 행복한 가정을 이루기를 고대했다.

"해지야, 남자 한번 만나 볼래? 아빠 지인이 소개한 사람 인데, 능력 있고 성격도 원만하대."

"아빠, 맞선이라면 사양할게. 난 결혼하고 싶지 않거든."

"무슨 소리야? 네가 왜 결혼을 안 해? 우리 딸, 착하고 예쁜데다 유학까지 다녀왔잖아."

아빠의 말이 전적으로 틀린 것은 아니었다. 잘생긴 아빠의 우월한 유전자 덕분에 해지는 큰 키와 예쁜 얼굴을 지니고 태어났다. 어려서부터 예쁘다는 말을 수도 없이 들으며 자랐다. 어학연수도 유학 축에 낀다면 해외유학도 다녀왔다. 대학 입시에 두 번 연달아 실패한 뒤 해지는 뉴질랜드로 날아갔다. 뉴질랜드로 이민 간 아빠의 지인 집에 머물며 이름난 어학원에서 2년간 어학연수를 받았다.

2년의 어학연수 기간 동안 해지는 공부에 집중하지 못했다. 도피성 유학의 한계였다. 좀처럼 늘지 않는 영어실력도 난관이었지만, 낯선 나라의 대학에서 수학할 당위성을 찾지 못한다는 것이 더 문제였다. 한국에서도 하고 싶지 않던 공부를 머나먼 타국에서 영어로 한다는 것 자체가 어불성설이었다.

해지는 귀국을 선택했지만, 국내에 들어와서도 여전히 어정쩡한 위치였다. 또다시 입시 공부에 매달리며 하릴없이 세월을 보냈다. 특별히 가고 싶은 학과가 있는 것도 아니었고, 하고 싶은 일이나 갖고 싶은 직업도 없었다. 제풀에 지쳐 대학 진학을 포기할 즈음, 주변에서 자격증을 권했다. 남들의 권유에 떠밀려 시작한 자격증 공부가 제대로 될 리

만무했다. 해지는 학원비와 시간만 날린 채 무기력하게 몇 년을 흘려보냈다.

결국 해지가 취업한 회사는 자격증과 무관한 곳이었다. 물론 영어도 필요 없었다. 전문적인 능력이 필요치 않으니 월급은 당연히 쥐꼬리 수준이었다. 아빠가 하도 성화를 부려서 해지는 맞선 자리에 몇 번 나갔었다. 결혼에 대한 환상은 없었다.

엄마와 아빠는 행복한 결혼생활을 영위하지 못했다. 직업 군인의 특성상 아빠의 부임지는 자주 바뀌었고, 그때마다 낯선 곳으로 이사를 해야 했던 엄마는 새로운 환경에 적응하지 못하고 우울증에 빠졌다. 작전이나 훈련 등으로 아빠가 며칠씩 집을 비우는 동안, 어린 남매와 비좁은 군인아파트에 남겨진 엄마는 점점 외로움이 깊어갔다. 엄마는 극심한 우울증을 앓았고, 쌓아둔 욕구불만은 며칠 만에 귀가한 남편으로 향했다. 아늑한 가정을 기대하고 집에 돌아온 아빠와 불화가 이는 것은 당연한 수순이었다.

엄마는 해지가 초등학교 5학년 때 집에서 나가버렸다. 예금이란 예금은 모조리 찾아 들고 튀쳐나간 엄마는 카바레에서 만난 남자와 동거를 시작했다. 가까스로 엄마를 찾아낸 아빠는 이혼 절차를 밟았고, 오빠와 해지의 친권과 양육권을 얻었다. 해지에게 엄마란 우울감에 몸부림치다 훌쩍 떠나버린 나그네 같은 존재였다. 외갓집을 통해 엄마의 소식은 간간이 전해 들었지만, 그토록 바라던 사랑을 찾은 것 같지는 않았다. 카바레에서 만난 남자와의 동거는 몇 달 만에 끝이 났고, 이리저리 흘러 다니다가 통영 해안가 식당에 눌러앉았다는 풍문이 돌았다. 그리고 재작년 엄마가 폐암으로 사망했다는 부고를 들었다. 멋대로 산 대가를 톡톡히 치렀다는 단상이 스쳤을 뿐, 해지는 특별히 슬프지도 않았다.

해지에게 관심을 보였던 남자들은 많았다. 남들보다 큰 키와 예쁜 얼굴 탓에 남자들은 꾸준히 해지 주변을 맴돌았다. 그 중 몇 명과는 연애를 하기도 했었다. 그러나 연애가 지속되고 친밀해지는 단계에 이르면 해지에겐 어김없이 두려움이 엄습했다. 더 진행하면 안 될 것 같은 느낌……. 엄마의 불행한 삶이 머릿속에 각인된 해지는 쉽사리 마음의 문을 열지 못했다.

해지가 마흔에 가까워지면서 아빠는 더 이상 결혼 말을 꺼내지 않았다. 물끄러미 딸을 바라보는 쓸쓸한 눈빛에서 아빠의 서운한 속내를 감지해낼 따름이었다. 아빠도 손주를 품에 안고 싶었을까. 든든한 남편을 곁에 둔 딸의 모습을 보아야 마음이 놓인다고 생각하셨을까.

경제적으로 자립하지 못했고, 행복한 가정도 이루지 못했다. 아빠에게 효도를 제대로 하지 못했다는 사실이 해지의 심장을 아프게 찔렀다. 아빠, 미안해. 해지는 눈물이 끊임없이 흘러나왔다. 아빠를 죽게 만든 건 오빠와 새엄마, 그리고 해지 본인이었다.

오빠에게 이상 징후가 발현된 것은 중학교 때였다. 오빠는 우울과 강박을 호소하며 스스로 정신과를 찾아가 상담을 받았다. 그때만 해도 사춘기 소년의 단순한 우울 증세라고 여겼을 뿐, 평생 정신병원 신세를 지게 될 줄은 몰랐다. 스트레스 해소 차원에서 마음속 이야기를 정신과 의사에게 털어놓는다고만 짐작했었다. 꾸준히 정신과를 들락거렸지만, 오빠의 병세는 뚜렷이 호전되지 않았다.

오빠의 대학 입시는 순조롭게 진행되지 못했다. 오빠는 지방 국립대에 입학했지만, 학교에 적응하지 못했고 한 학기도 마치지 못한 채 재수를 선언했다. 굳건한 의지 없이 시작한 재수, 삼수는 돈과 시간의 낭비일 따름이었다. 오빠는 몇 년에 걸쳐 수험 생활을 이어갔지만, 결국 실패로 끝이 났다.

군 복무는 오빠에게 또 다른 시련이었다. 보충역 판정을 받은 오빠는 정신병증이 심해져 복무 기간을 채우지 못했다.

아빠는 오빠의 취업을 위해 무던히 노력했다. 오빠가 배우고 싶다는 것은 무엇이든 지원해 주었다. 오빠가 정상적인 생활을 할 수 있을 거라고 믿었던 시절이었다. 오빠는 제빵, 요리, 목공, 도배 등 직업 훈련을 시도했지만, 취업으로 이어지지는 못했다.

"해준아, 아빠 회사에서 일해 보지 않을래? 경험도 쌓을 겸 아빠 회사에서 시작하는 거야. 너도 집에만 있기 답답하다고 했잖아. 어때?"

어느 날, 아빠가 오빠에게 제안했다. 아빠는 대령으로 예편한 뒤 경비 용역회사를 차렸다.

"아빠 회사에서 내가 할 만한 일이 있을까?"

"일이야 배우면 되지. 처음부터 잘하는 사람이 어디 있어. 해준이가 회사에 나오겠다고 하면 언제라도 대환영이야."

아빠는 적극적으로 오빠를 설득했다. 오빠가 회사에 출근하기로 결심하자 한시름 놓은 듯 행복해하던 아빠의 미소가 어제 일처럼 생생하다.

회사 일만도 벅찬데, 집안일까지 감당해야 했던 아빠는 재혼을 염두에 두었다. 오빠와 해지는 종일 집에서 빈둥거리면서도 손가락 하나 까딱하지 않았다. 아빠는 오빠와 해지가 먹을 음식을 마련해 놓은 뒤 출근했고, 퇴근하고 돌아와서는 저녁밥상을 차렸다. 청소와 세탁 역시 아빠의 몫이었다. 돌이켜 보면 해지는 오빠 못지않은 비정상적인 삶을 살았다.

아빠는 가까운 곳에서 동반자를 찾았다. 입사 때부터 사장을 흠모했다는 노처녀 여직원의 청혼을 받아들인 것이다. 12살 연하의 여직원은 아빠에게 적극적인 애정 공세를 펼쳤다.

"사장님, 해준이, 해지 걱정은 하지 마세요. 제 친자식이라고 여기며 돌볼 테니까요."

아빠는 전처소생을 자상하게 챙기는 여직원의 착한 마음씨에 감동받아 결혼을 결심했다. 여직원은 오빠와 해지의 새엄마가 되었다.

아빠와 새엄마, 미혼의 성인 자녀 둘의 동거가 시작되었다. 오빠는 아빠 회사를 그만둔 상태였고, 해지 역시 집에서 놀았다. 매일 아침 아빠와 새엄마가 출근하고 난 집에 오빠와 해지가 남았다. 정신과 약의 부작용으로 물을 많이 마시는 오빠는 쉴 새 없이 화장실을 들락거렸고, 담배를 피우기 위해 수시로 베란다에 나갔다. 오빠는 잠시도 가만있지 못하고 온 집 안을 빙글빙글 걸어 다녔다.

온종일 오빠와 보내는 생활은 악몽 같았다. 해지는 어디든 취업해야겠다고 다짐했지만, 뼛속 깊이 스며든 무기력을 떨치고 세상 밖으로 나가기는 쉽지 않았다.

"서른 넘은 자식들을 언제까지 데리고 살 거야? 전셋집이라도 얻어서 내보내자. 따로 생활비 대주면 되잖아."

새엄마는 아빠에게 하소연했다. 새엄마의 고충은 누구보다 아빠가 잘 이해했다. 아들에게 집을 사줄 절호의 기회라고 판단한 아빠는 오빠 명의로 아파트를 매입했고, 해지와 함께 살게 했다. 생활비와 용돈 역시 아빠의 몫이었다. 남매가 단둘이 사는 건 남 보기에 좋지 않았지만, 다른 선택지가 없었다.

해지와 살면서 오빠의 피해망상이 심해졌다. 여동생에게 우애 깊은 착한 오빠였지만, 해지를 향한 질투 또한 공존했다. 오빠는 처음으로 본인 명의의 아파트가 생기자 집에 집착했다. 해지가 집을 뺏어갈까 온종일 노심초사했다. 외출할 때는 등기권리증을 가방에 넣고 나갔다. 아무도 집을 빼앗을 수 없다고 수없이 일렀지만, 오빠는 믿지 않았다.

집착은 곧 망상으로 발전했다. 오빠는 해지와 해지의 남자친구가 집을 뒤진다는 말도 안 되는 망상에 사로잡혔다. 해지의 남자친구를 가상으로 만들어내고, 이름은 물론 구체적인 프로필까지 줄줄 읊었다. 망상과 현실을 구분하지 못하는 단계에 이른 것이다.

무기력에 침잠했던 해지도 더는 견딜 수 없었다. 오빠의 헛소리를 듣고 있다가는 덩달아 미칠 것 같았다. 해지는 인터넷 채용정보를 뒤졌다. 조건이 좋고 나쁘고를 따질 계제가 아니었다. 출근이라도 해야 아빠에게 독립시켜 달라고 말할 자격이 생길 터였다.

아빠는 해지의 부탁을 들어주었다. 새엄마 등쌀에 오빠와 해지를 내보내긴 했지만, 아빠의 마음은 편치 않았다. 아빠는 해지에게 작은 평수의 오피스텔을 얻어 주었다. 해지가 독립하고 회사에 착실히 다니자 집안에 평화가 찾아왔다.

아빠는 급하게 얻은 해지의 오피스텔이 마음에 걸렸다. 개발이 덜된 외진 장소라 꺼림칙했고, 혼자 사는 딸의 안전이 걱정됐다. 아빠는 무리하게 대출을 받아 해지 명의로 아파트를 계약했다. 물론 새엄마에게는 비밀이었다. 비밀은 오래가지 않았다.

"당신, 아파트 계약했어?"

"……." "나 모르게 대출받아서 해지 아파트 사줬냐고? 나한테는 상의 한마디 없이 어떻게 그럴 수 있지? 이 집에서 나는 뭐야? 나를 아내로 생각하긴 하는 거냐고? 나는 해준이, 해지 때문에 자식도 낳지 않았어. 당신 자식들 챙기느라 내 새끼는 낳지도 않았다고."

"그게……."

새엄마에게 들킨 아빠는 할 말이 없었다. 새엄마는 처녀로 시집와 친자식을 두지 못한 자신의 신세를 한탄하며 아빠를 들들 볶았다. 그녀는 본인 명의의 재산을 요구했다. 결국 아빠는 아파트를 포기할 수밖에 없었다. 아파트에 들어갔던 제반 비용이 허공으로 날아갔다.

전처소생을 알뜰히 보살피겠다면서 사랑을 고백하던 착한 마음씨의 여자는 처음부터 존재하지 않았다. 부유한 아빠와 결혼하기 위해 여자가 쓴 가면에 불과했다. 오빠와 해지에게 재산이 넘어가는 것을 염려한 새엄마는 돈줄을 틀어쥐고 아빠를 옥죄었다. 아빠는 새엄마의 눈치를 보느라 사소한 것 하나도 마음대로 할 수 없는 처지로 전락했다. 자식에 대한 책임감과 머리 위에 군림하려는 새엄마의 사이에서 아빠의 정신은 갈수록 피폐해져 갔다.

"더는 살아갈 의욕이 없어."

힘이라곤 실려 있지 않은 음성으로 아빠가 중얼거렸다. 새엄마는 도끼눈을 뜨고 아빠를 노려보았다.

"의욕 같은 소리 하고 있네. 무책임하게 그런 말이 나와? 당신 때문에 허비한 내 인생을 생각하면 억울해서 밤에 잠이 안 와. 누구는 재미있어서 사는 줄 알아? 말 같지도 않은 헛소리 집어치워."

새엄마의 언행은 거침이 없었다. 아빠의 입에서 긴 한숨이 흘러나왔다. 아빠를 흘겨보던 새엄마가 쐐기를 박듯 쏘아붙였다.

"우리 졸혼할까?"

아빠의 재산과 연금(상당한 액수의 군인연금을 받고 있었고, 아빠가 사망한 후에도 60%에 해당되는 금액을 새엄마가 받을 수 있는)을 차지하고 싶었던 새엄마는 이혼을 원치 않았다.

아빠를 장악한 새엄마는 감추고 있던 본색을 드러냈다. 새엄마는 슬쩍슬쩍 뒤에서 만나던 회사 총무부장과 대놓고 불륜관계를 이어갔다.

아빠를 지탱하던 끈이 끊어졌다. 정신이 무너지면서 육체의 건강마저 악화일로에 놓였다. 우울증이 깊어진 아빠는 출근도 하지 못할 정도로 몸과 마음이 쇠약해졌다. 돈줄을 거머쥔 새엄마와 업무를 총괄하는 총무부장이 손을 잡자 회사는 간단히 그들 손으로 넘어갔다.

지택근

3월 8일 22시 30분경, 봄비가 세차게 내리는 한적한 아파트 단지에서 자살사건이 벌어졌다. 우울증을 앓던 67세의 남편이 15층 베란다에서 투신했다고 신고한 사람은 55세의 아내 남현숙이었다. 119구급대는 아파트 화단에 쓰러져 있던 남편 서영대의 사망을 확인했다. 구급대원의 신고로 관할서 형사들과 과학수사팀이 출동해 탐문과 조사, 감식활동을 펼쳤다.

비에 흠뻑 젖은 시신은 삼정병원 안치실로 옮겨졌다. 검시 절차를 거쳤지만, 사인이 명확하고 범죄 관련성을 찾지 못해 우울감에 의한 투신자살로 마무리되었다. 사망자의 병력과 유족의 증언이 부합되었으며 시체의 외관에서 특이점을 발견하지 못했기 때문이었다.

투신한 서영대의 딸 서해지는 경찰서 형사과로 지택근 형사를 찾아왔다.

"지택근 형사님이 서영대 씨 사건의 담당자라고 들었어요."

서해지는 170cm가 넘는 큰 키에 이목구비가 단정한 미인이었다. 검은 상복차림의 그녀는 긴 생머리를 하나로 묶었다. 화장기 없는 하얀 얼굴은 여러 감정이 뒤섞인 듯 혼란스러워 보였다. 지 형사는 서해지에게 의자를 권한 뒤 긴장을 풀어주고자 커피를 한 잔 가져다주었다.

"아직 장례 중일 텐데, 무슨 일로 오셨습니까?"

변사사건 사망자의 딸이 장례식장을 빠져나와 형사를 찾

아온 이유가 궁금했다.

"그게……."

서해지는 용기를 내어 찾아왔지만, 경찰서가 주는 특유의 중압감에 위축된 것 같았다. 형사과 사무실의 어수선한 분위기가 일반인에겐 익숙지 않을 터였다. 지 형사는 재촉하지 않고 서해지가 스스로 용건을 풀어낼 때까지 기다리기로 마음먹었다.

"날씨가 쌀쌀하죠. 따뜻한 커피 들면서 천천히 말씀하세요." "네, 감사합니다."

서해지의 긴 손가락이 김이 올라오는 종이컵을 감싸 쥐었다.

"……지 형사님, 아빠는 투신자살한 게 아니에요."

뜸을 들이던 서해지는 불쑥 말을 던져놓고, 그 말이 주는 파문에 자신이 더 놀란 듯 어깨를 움츠렸다.

"투신자살한 게 아니라고요?"

지 형사는 서해지의 말을 똑같이 반복하며 되물었다. 서해지는 스스로를 진정시키듯 크게 숨을 들이마셨다가 천천히 내뱉었다.

"지 형사님, 아빠를 부검해 주세요."

"그럴 만한 이유가 있습니까?"

"아빠는 새엄마에게 살해당했어요. 새엄마가 아빠를 베란다에서 던진 거예요. 제발 아빠를 부검해서 진상을 밝혀 주세요."

"서해지 씨, 흥분하지 마시고 차근차근 말씀해 보세요."

"그날 아빠는 수면제를 먹고 잠드셨어요."

"그날이라면?"

"3월 8일, 아빠가 돌아가신 날이요. 제가 아빠에게 수면제를 가져다드렸어요. 수면제를 복용한 사람이 투신한다는 게 말이 되나요?"

"서영대 씨가 수면제를 복용했다고요?"

"3월 7일 밤, 아빠가 제게 전화를 하셨어요. 수면제가 떨어졌으니 가져다 달라는 용건이었죠. 수면제 심부름은 종종 있는 일이어서 그러려니 했고요. 우울증이 심해지면서 아빠는 밤에 잠을 이루기 어렵다고 하소연하셨어요. 3월 8일 저녁 8시 45분에 수면제를 드렸어요. 아빠가 푹 자고 싶다고 하셔서 시간을 확인했던 기억이 나요. 아빠는 제가 돌아가면 수면제를 먹겠다고 하셨어요."

"서영대 씨가 수면제를 복용하는 모습을 직접 본 건 아니죠?"

"그건 그렇지만……, 아빠가 잠자리 옆에 물과 수면제를 가져다 놓으라고 하셔서 그렇게 했어요."

종이컵을 쥔 서해지의 손가락이 미세하게 떨렸다.

"서영대 씨는 왜 수면제 심부름을 시켰죠? 직접 병원에 가서 처방을 받으면 될 텐데요."

"수면제는 오빠의 것이었어요. 오빠는 정신과에서 정기적으로 수면제를 처방받았어요. 그걸 나누어 달라고 하신 거죠. 우울증이 심해진 뒤로 아빠의 기력이 크게 떨어졌어요. 혼자서는 바깥출입도 못할 정도로 쇠약해지셨죠. 아빠가 전화를 하면 제가 오빠 집에 들러서 수면제를 가져다드렸어요. 오빠보단 제가 차로 움직이는 편이 수월하니까요."

"남현숙 씨는 수면제에 대해 언급하지 않았는데요."

"새엄마는 몰랐을 거예요. 아빠가 새엄마한테 말하지 말라고 하셨거든요. 새엄마 잔소리 듣기 싫다면서요. 새엄마가 알면 이러쿵저러쿵 말이 많을 테니까요."

"수면제를 자주 복용하면 내성도 생기고 몸에 해롭기 때문이겠죠."

"새엄마는 아빠를 걱정할 사람이 아니에요. 졸혼을 조르던 여자가 아빠 건강을 염려할까요? 애초에 아빠가 우울증에 걸린 것도 새엄마 탓이에요. 그 여자가 총무부장과 바람이 났기 때문이죠. 새엄마는 보란 듯이 대놓고 바람을 피웠어요."

서해지는 흥분해서 소리쳤다. 서해지의 하얀 뺨이 빨갛게 상기되었다. 파르르 떨리는 하얀 손가락이 그녀의 불편한 심기를 대변하는 듯했다.

서해지의 제보는 충격적이었다. 그녀의 주장대로라면 사건의 성격은 판이하게 달라진다. 지 형사는 서해지의 폭로를 복기해 보았다. 수면제를 복용하고 깊이 잠들었던 사람이 깨어나서 투신을 한다? 부자연스러웠다. 남현숙은 남편이 심각한 우울증을 앓았고, 자살하고 싶다는 말을 여러 차례 반복했었다고 진술했다. 남현숙의 진술은 지 형사의 머릿속에 자연스럽게 각인되었는데, 서영대의 체격(175cm, 50kg)과 우울증 약을 처방받은 병원 기록이 뒷받침되었기 때문이다. 남현숙의 말에 따르면 우울증이 극심해진 서영대가 식사를 거부하는 통에 살이 빠지게 된 것이라고 했다. 남현숙은 진술 내내 담담한 태도를 취했다. 허망하게 남편을 떠나보낸 아내치곤 너무도 침착했다. 사건을 다른 시각으로 바라보자 남현숙에게서 느꼈던 신뢰감은 매우 의심스러운 정황으로 치환되었다.

남현숙은 170cm가량의 키에, 70kg은 족히 넘어 보이는 건장한 체격을 지닌 여자였다. 50kg의 허약한 남편을 베란다에서 떨어뜨리는 일쯤이야 손쉽게 해치울 수 있으리라. 깊이 잠든 남편을 보는 순간 남현숙의 살의가 발동한 걸까? 남편이 수면제를 복용한 사실을 몰랐다고 가정하면 충분히 가능한 일이다. 남현숙이 얻게 될 금전적 이득이 매우 크다는 사실이 지 형사의 마음에 굽은 못처럼 걸렸다.

"새엄마와 총무부장이 공모해서 아빠를 죽이고 자살로 조작한 거예요. 지 형사님, 아빠를 부검해 주세요. 부디 진실을 밝혀 주세요. 그래야만 아빠가 편안히 눈을 감을 수 있을 테니까요."

서해지의 커다란 눈에 눈물이 고였다. 그득하게 차오른 눈물이 금방이라도 흘러내려 그녀의 하얀 뺨을 적실 것만 같았다. 서해지는 재수사와 부검을 거듭 당부한 후에야 형사과 사무실을 나갔다. 지 형사는 서해지가 시야에서 완전히 사라질 때까지 눈길을 떼지 못했다. 아버지를 잃은 딸의 하소연이라 치부하기엔 쏟아낸 의혹이 심상치 않았다. 이제는 지 형사가 부여받은 과제를 해결해야 할 차례였다.

서해지의 제보로 사건은 새로운 국면을 맞았다. 타살 의혹이 불거지자 검사는 압수수색검증영장을 법원에 청구했고, 판사가 영장을 발부해 부검을 실시하게 되었다. 화장해서 영구 소멸할 뻔한 시체를 간발의 차이로 되찾은 셈이었다.

부검감정서를 기다리는 동안 관할 경찰서에서는 서영대의 주변 인물에 대한 조사를 이어갔다. 3월 8일 아파트 엘리베이터 CCTV를 분석하자 흥미로운 결과가 나타났다. 3월 8일 서영대의 집에는 3명의 방문객이 있었다. 서영대의 측근 인물 모두가 그를 찾은 것이다.

남현숙(서영대의 아내) : 09시 30분 출근, 22시 10분 귀가.

김인수(총무부장) : 19시 24분 방문, 20시 03분 돌아감.

서해준(서영대의 아들) : 15시 43분 방문, 16시 29분 돌아감.

서해지(서영대의 딸) : 20시 42분 방문, 21시 13분 돌아감.

지 형사는 파트너인 황 형사와 함께 죽은 서영대의 회사로 향했다. 서영대의 아내 남현숙은 경조휴가 중으로 회사에 출근하지 않은 사실을 확인했다. 지 형사가 총무부장을 잡아두는 동안, 황 형사가 직원들을 탐문하기로 미리 계획을 세워 두었다. 직원들에게서 보다 자유로운 진술을 끌어내기 위함이었다.

미리 약속을 해두었던 탓에 지 형사는 총무부장 김인수와 바로 독대할 수 있었다. 김인수는 50세의 이혼남으로 나이보다 상당히 젊어 보였다. 170cm 정도의 키에 떡 벌어진 어깨, 탄탄한 체격의 소유자인 그는 회사명이 왼쪽 가슴에 인쇄된 청색 점퍼 차림이었다. 짙고 두꺼운 눈썹이 인상적이었고, 마초 스타일의 남자였다. 김인수는 사무실 한쪽에 마련된 공간으로 지 형사를 안내했다.

지 형사는 김인수와 명함을 교환했다. 쟁반을 든 여직원이 걸어오더니 종이컵 두 개를 탁자 위에 내려놓았다. 지 형사는 여직원에게 머리를 숙여 고마움을 전했다. 은은한 커피향이 지 형사의 코 속에 스며들었다.

"커피 드시죠."

　김인수가 지 형사에게 커피를 권했다.

"감사합니다."

　지 형사는 따뜻한 커피를 목구멍 안으로 흘려보냈다. 고급 원두를 쓰는지 커피 맛이 무척 좋았다.

"사장님은 자살하셨는데, 부검을 실시하다니 어떻게 된 일입니까?"

　김인수가 대뜸 질문을 던졌다.

"변사사건을 처리하는 절차라고 생각하시면 됩니다."

"형사님, 왜 이러십니까? 저도 인터넷으로 다 찾아봤습니다. 타살을 의심해서 부검하는 것 아닙니까?"

　알면서 왜 물어보냐고 대답하고 싶었지만, 지 형사는 조용히 커피를 마셨다.

"남 실장님을 의심하시나 본데, 잘못 짚어도 한참 잘못 짚었습니다. 남 실장님은 사장님께 매우 헌신적이었어요. 바깥일을 하면서도 사장님을 극진히 돌봤습니다. 사장님 우울증이 워낙에 심했어야죠. 사장님은 저한테도 죽고 싶다는 말씀을 자주 하셨어요."

"서영대 씨는 왜 우울증에 걸린 거죠?"

지 형사는 김인수의 대답이 궁금했다.

"그야 원수 같은 자식들 때문이죠. 아들은 나이 마흔이 다
되도록 정신병원을 들락거리며 사람 구실을 못하고……, 딸
은 딸대로 뭐 하나 제대로 하는 게 없었어요. 결혼이라도 하
면 그나마 나을 텐데, 혼자 오피스텔에 살면서 매달 아버지
에게 월세를 받아갔어요. 제 월급으로 충분히 낼 수 있는데
도 말이에요. 어떻게든 아버지의 돈을 뜯겠다는 도둑 심보
죠. 오빠 집에서 계속 살았으면 좋았을 걸 독립하겠다고 안
달을 내서 오피스텔을 얻어줬더니 한술 더 떠 아파트를 사
달라고 졸라댔나 보더라고요. 사장님이 무리하게 대출을 받
았어요. 그 과정에서 일이 틀어져 돈을 날리게 됐습니다.
사장님 우울증은 그때부터 시작됐습니다. 젊은것들이 늙은
아버지 등에 찰거머리처럼 들러붙어 고혈을 빨아대니 당해
낼 재간이 있겠습니까. 불쌍한 사장님, 효도를 받아도 부족
할 판에 평생을 자식들한테 시달렸으니 우울증이 생길 법도
하죠. 우울증이 극에 달해 충동적으로 뛰어내린 거예요."

김인수와 남현숙이 불륜관계였는지는 수사를 통해 밝혀야
겠지만, 김인수가 남현숙의 편임엔 틀림없었다.

"3월 8일, 서영대 씨의 집에 가셨죠?"

김인수는 남현숙을 열심히 옹호하더니 정작 본인을 향한 물음에는 곧바로 대답하지 않았다. 김인수의 진한 눈썹이 꿈틀거렸다.

"네, 갔었습니다."

"방문한 이유가 뭡니까?"

"네?"

김인수는 지 형사를 노려보았다. 왜 그런 것을 물어보냐는 힐난의 표정이었다.

"대답하지 못할 이유라도 있습니까?"

"사장님께 결재를 받으러 갔었습니다. 꼭 결재를 받아야만 하는 중요한 사안이 있었거든요. 그런데 사장님을 뵙고 보니 일을 논할 상태가 아니더군요. 사가지고 간 주스를 마시며 한동안 앉아 있다가 나왔습니다. 제가 무슨 말을 해도 사장님은 멍한 눈빛으로 쳐다만 볼뿐 대화가 되질 않았습니다. 몸도 많이 야위셔서 가슴이 아플 정도였죠. 그래도 극단적인 선택까지 하실 줄은 몰랐습니다. 제가 충격을 많이 받았습니다."

"극단적 선택을 할 만큼 사장님 우울증이 심했습니까?"

"우울증이 그렇게 심각한 병인지 처음 알았습니다. 사장님은 정신과 육체가 모두 망가진 사람처럼 보였습니다."

"사장님이 우울증을 앓은 지는 얼마나 됐죠?"

"한 3년 됐을까요. 기운 없는 모습을 자주 보이시더니 1년 전부터는 회사에 나오지도 못할 정도로 병세가 위중해졌습니다. 급격히 허약해지셨어요."

"회사 운영은 누가 했죠?"

"남 실장님과 제가 힘을 합쳐 해왔지요. 회사 업무야 속속들이 꿰차고 있으니까요. 사장님이 영업 하나는 끝내주셨는데, 그게 제일 아쉬웠죠."

"우울증의 원인이 회사 일 때문은 아닌 거군요?"

"웬걸요. 회사는 잘 굴러갔어요. 사장님 영업실력이 탁월해서 큰 건을 자주 땄거든요. 사장님은 자식들 때문에 마음고생이 심하셨죠. 조현병에 걸린 아들 걱정이 제일 크셨을 겁니다."

"아들 문제는 새로울 게 없지 않습니까? 지금까지도 잘 참아오던 사람이 아들 때문에 갑자기 자살할 것 같지는 않은데요."

"그게 그렇지가 않아요. 잘 참다가도 한순간 홱 돌아버리는 순간이 오는 거죠. 우리 사장님처럼요."

김인수는 고개를 절레절레 저었다. 그는 서해준과 서해지가 자기 자식이기라도 한 양 지긋지긋하다는 표정을 지었다.

"사장님 내외의 사이는 어땠습니까?"

"아주 좋았습니다. 병이 나기 전은 말할 것도 없고, 발병

후에도 남 실장님이 지극 정성으로 사장님을 돌봤어요. 남 실장님처럼 전처소생을 잘 챙기는 사람도 드물 겁니다. 사장님과의 사이에 자식을 낳지 않은 이유도 해준이, 해지 때문이라고 하니, 참 대단한 분이죠."

"총무부장님은 사장님 가정사도 속속들이 알고 계시나 봅니다."

서해지에게 들은 말이 있었기에 지 형사는 슬쩍 찔러보았다. 아니나 다를까 김인수는 거세게 반발했다.

"근속 연수가 길다 보니 자연스럽게 알게 됐을 뿐입니다. 제가 남의 가정사를 어떻게 알겠습니까?"

"20시 03분, 서영대 씨의 아파트를 나와서 바로 댁으로 돌아가셨습니까?" 김인수의 미간에 두 줄기 세로 줄이 생겼다. 뭔가를 숨기려고 열심히 머리를 굴리는 중일까?

"회사 일을 의논하지도 못할 만큼 병세가 위중해진 사장님을 보고 나니 마음이 좋지 않았습니다. 곧장 집으로 돌아갈 생각이 나지 않더군요. 집에 가봐야 기다려줄 사람도 없고, 저녁도 먹을 겸 근처 식당으로 들어갔습니다. 저녁을 먹으면서 반주로 소주 한잔했죠. 그런데 기분이 울적해서 그랬는지 술을 꽤 많이 마셔버렸습니다. 식당에서 나왔을 때는 상당히 취한 상태였습니다. 술도 깰 겸 근방을 걸어 다녔습니다. 그러다가 대리기사를 불러 귀가했죠."

"그게 몇 시쯤이었죠?"

"10시 반? 11시? 그쯤 됐을 겁니다."

"그럼 서영대 씨가 베란다에서 떨어진 시점에 현장에 있었던 거네요?"

"아파트 단지 안에 머물렀던 건 아니어서 저는 사장님이 투신했는지 몰랐습니다."

"차를 어디에 세워 두셨죠? 아파트 단지 안에 주차했을 것 아닙니까? 정말로 서영대 씨가 떨어진 걸 몰랐습니까?"

"아파트 단지 바깥에 차를 댔기 때문에 몰랐습니다. 정말입니다."

지 형사의 머릿속에 경고음이 울려 퍼졌다. 김인수는 왜 집으로 돌아가지 않고 서영대의 동네에 머물렀던 걸까? 서해지의 제보대로 김인수와 남현숙이 공모해 벌인 일일까? 동네를 맴돌며 남현숙이 도움을 요청할 때를 대비했던 것은 아닐까.

지 형사는 김인수에게 협조를 해줘 고맙다는 인사를 한 뒤 회사 밖으로 나왔다. 주차된 차에 앉아 기다리고 있으려니 직원들의 탐문을 끝낸 황 형사가 운전석에 올라탔다. 황 형사가 차를 출발시켰다.

"직원들이 뭐래? 영양가 있는 증언 좀 나왔어?"

"상근직원이 몇 명 없더라고요. 아무것도 모른다고 하나

같이 발뺌들을 하는 통에 시간 좀 걸렸습니다. 다 알고 왔다
는 식으로 넘겨짚었더니 그제야 말문을 열더군요."

"뭐라고 하는데?"

"남현숙과 총무부장이 그렇고 그런 사이랍니다. 사내에서
는 공공연한 비밀이라고 하더군요. 서영대가 우울증에 걸린
이유도 남현숙과 총무부장 때문이라고 했어요. 남현숙과 총
무부장의 불륜 사실을 안 서영대가 두 사람을 내치려다 되
레 당했다고요. 회사는 이미 두 사람이 장악했고, 마음 약
한 서영대가 버티지 못하고 우울증에 걸렸다는 거예요. 서
영대가 자살한 것도 남현숙의 학대 때문이라는 증언이 있었
어요."

"남현숙과 총무부장의 평판이 나쁜가 보군."

"둘이 똑같이 탐욕스럽답니다. 계약을 따내기 위해 입찰
부정도 서슴지 않았다고 합니다. 경비원들의 고용보험 비용
을 누락시키고, 퇴직금을 떼어먹는 일들이 다반사로 행해졌
답니다. 뿐만 아니라 경비원들의 연차수당, 피복비, 정부지
원금도 중간에서 가로챘다고 해요. 서영대 사장은 양심적인
인물이라 따르는 사람들이 많았는데, 남현숙과 총무부장이
실권을 잡은 뒤로 그렇게 됐답니다."

황 형사는 보고를 이어갔다. 통신기록을 보면 확실해지겠
지만, 남현숙과 총무부장이 내연관계라는 서해지의 제보는

사실에 근거한 것임이 밝혀졌다. 남현숙과 김인수, 욕심 많은 포식자가 의기투합해 눈엣가시로 전락한 서영대를 처치한 것일까? 회사와 재산을 차지하기 위해 거치적거리는 장애물을 치워버렸다? 범죄로 채색된 불쾌한 그림이 지 형사의 머릿속에 그려졌다.

황 형사는 서영대의 아들 서해준의 집 쪽으로 차를 몰았다. 서해준은 경찰서에 출석해 참고인 진술을 해달라는 지형사의 요청을 거절했다. 조현병 약을 복용하는 관계로 정신이 맑지 못해 먼 외출은 무리라고 이유를 댔다. 서해준은 집 근처 커피숍을 만남의 장소로 지정했다.

목적지에 당도해 주차를 하는 동안 지 형사가 서해준에게 전화를 걸었다. 5분도 채 지나지 않아 커다란 체격의 남자가 커피숍 입구에 나타났다. 지 형사는 손을 높이 들어 위치를 알렸다. 서해준은 큰 키, 퉁퉁한 몸집의 삼십대 남자로 잘생긴 이목구비를 지니고 있었다. 서해준이 성큼성큼 걸어왔다. 먼 외출은 어렵다고 몸을 사리던 사람치곤 보폭도 넓고, 걸음걸이도 안정돼 보였다.

의자에 앉은 서해준이 불안하게 눈알을 굴렸다. 형사 두 명이 버티고 앉아 있으니 긴장한 모양이었다. 황 형사가 눈치 빠르게 음료를 주문하러 갔다. 지 형사는 친근한 어조로 말문을 열었다.

"서해준 씨, 나와 주셔서 감사합니다. 묻는 말에 사실대로만 대답해 주시면 됩니다."

"무엇을 알고 싶은데요?"

서해준이 어린아이처럼 몸을 비틀었다. 황 형사가 음료 석 잔이 담긴 쟁반을 들고 돌아왔다. 서해준은 기다렸다는 듯 플라스틱 뚜껑을 거칠게 열어젖히더니 콜라를 벌컥벌컥 들이켰다. 그의 목울대가 격렬하게 움직였다. 큰 컵을 단숨에 비운 서해준이 얼음을 우두둑 씹어 삼켰다.

"서해준 씨, 3월 8일에 아버지 집에 가셨죠? 참고로 3월 8일은 서영대 씨가 돌아가신 날입니다."

"아빠가 돌아가신 날이 언제인지 정도는 저도 알고 있어요."

"먼 외출은 어렵다고 하더니 그날은 어떻게 아버지 집에 간 거죠?"

"아빠가 보고 싶어서 갔어요. 버스를 갈아타고 갔어요."

"평소에도 자주 아버지 집에 갑니까?"

"아빠가 보고 싶으면 가요."

"서영대 씨에게 수면제를 드렸습니까?"

서해준이 세차게 머리를 내저었다. 그 바람에 이마를 덮은 덥수룩한 장발이 헝클어졌다.

"수면제는 해지가 갖다드려요. 저는 아빠가 보고 싶어서 갔어요."

"아버지가 자살을 암시하는 말을 하거나 평소와 다른 행동을 보이지는 않았습니까?"

서해준이 고개를 가로저었다. 그는 컵을 치켜들고 바닥난 콜라의 방울까지 털어 마시는 중이었다. 컵에 콜라가 남아 있지 않다는 것을 알 텐데도 서해준은 같은 행동을 반복했다. 보다 못한 지 형사가 눈짓을 하자 황 형사가 뛰어가 대 사이즈 콜라를 사왔다. 서해준은 고맙다는 인사도 없이 컵을 낚아채더니 목구멍에 콜라를 들이부었다. 그리고 얼음을 와작와작 씹었다.

"아버지에게서 이상한 낌새를 눈치 채지 않았습니까?"

지 형사가 재차 질문했다. 서해준은 볼살이 떨릴 정도로 과격하게 머리를 흔들었다. 그는 의사 표시를 주로 몸으로 했다.

"아버지와 어떤 대화를 나누었죠?"

"아빠와 이야기하지 않았어요. 아빠를 가만히 보고 있다가 돌아왔어요. 아빠가 보고 싶어서 갔으니까요."

무슨 말을 물어도 단답형으로 끊어버리니 대화가 이어지지 않았다. 그렇다고 영판 엉뚱한 대답을 내놓는 것도 아니어서 더 종잡을 수 없었다.

"아버지와 새엄마는 사이가 좋았습니까?"

서해준은 콜라에 대한 미련을 버리지 못했다. 그렇게 콜라를 마시고 싶으면 더 사오면 될 텐데도 제 돈을 쓸 의향은 없는 듯했다. 서해준과 대화를 나누려면 콜라를 궤짝으로 사줘야 할지도 모른다는 생각이 얼핏 스쳤다. 콜라가 바닥나자 서해준의 주의력이 급격히 떨어졌다. 또다시 대사이즈 콜라를 들이밀고서야 서해준의 입이 열렸다.

"아빠와 새엄마요? 좋아하니까 결혼했겠죠. 부부 사이를 제가 어떻게 알아요?"

지 형사는 속으로 한숨을 푹 내쉬었다.

"서해지 씨 말로는 당신한테서 수면제를 받아다가 아버지에게 전달했다고 하던데, 맞아요?"

"해지가 약장에서 수면제를 꺼내 가요. 수면제는 약장에 있으니까 해지가 마음대로 가져가요. 저는 간섭하지 않아요. 해지가 아무 때나 집에 와서 가지고 가요."

서해준에게서 단서가 될 만한 진술을 얻어내지 못했다. 허우대 멀쩡한 어린아이를 상대하는 기분이 들었다. 지 형사는 고맙다는 인사를 한 뒤 돌아가도 좋다고 말했다. 서해준은 빈 콜라 컵을 노려보더니 입맛을 다셨다. 돌아서는 서해준의 등 뒤에서 황 형사가 가만히 한숨을 뱉어냈다. 서해준은 겉으로 보기보다 더 깊이 병에 잠식된 상태인 것 같았다.

지 형사는 남현숙의 집에 가려던 일정을 바꾸었다. 남현숙의 진술은 이미 받아놓았고, 현재로선 달라질 것이 없었다. 서영대의 몸에서 수면제 성분이 검출됐다는 부검 결과가 나온 뒤에 불러들이는 편이 효과적이리라.

서해지

"너희가 가지고 있는 회사 주식을 내게 넘겨라. 대표이사에 취임하려면 너희 지분이 필요해. 내가 대표이사가 돼야 해준이 생활비랑 용돈, 해지 월세를 내줄 것 아냐. 곧 임시주주총회가 예정돼 있어. 아빠랑 살았던 이 아파트는 회사 자금으로 운용해야 하니까 상속포기각서를 써줬으면 한다. 회사를 운영하려면 돈이 필요해. 현재 회사 빚이 3억이야. 당장 빚을 갚아야 하는데……, 너희 앞으로 들어둔 보험으로 우선 회사 빚을 갚자. 아무리 생각해도 그 방법밖에는 없어. 해준아, 당장 생활비 끊기면 어떻게 살 거야? 해지, 너는 월세 필요 없어? 내 말대로 하면 아무 문제없어. 아빠 살아계실 때랑 똑같이 지낼 수 있다고."

새엄마는 오빠와 해지를 집으로 부르더니 일방적인 통보를 했다. 뭐 놀랍지도 않았다. 아빠가 돌아가신 뒤로 한 번도 눈물을 보인 적이 없던 새엄마는 장례식에서도 총무부장과 밀담을 나누기에 바빴다. 흐느끼는 해지 옆에서 새엄마는 끝없이 돈타령을 늘어놓았다.

"왜 대답이 없어? 회사 운영을 해야 너희한테 돈을 대줄 것 아냐. 대표이사는 회사 사정을 잘 아는 사람이 맡아야지. 해준이가 할 수 있겠어? 아니면 해지가 할래? 너희는 회사가 어떻게 돌아가는지도 모르잖아."

새엄마는 넙데데한 면상을 오빠와 해지의 코앞으로 들이밀었다.

"생각 좀 해볼게요. 아빠 돌아가신 지 얼마나 됐다고……."

해지가 마지못해 대꾸하자 새엄마는 침방울을 튀기며 달려들었다.

"생각하고 자시고 할 것도 없어. 다 너희를 위해서 하는 말이야. 아빠는 돌아가셨어도 산 사람은 살아야지. 당장 다음 달 생활비와 월세는 어떡할 거야? 대표이사 자리가 공석이라 지금 회사가 엉망이야. 빨리 회사를 정상화시켜야 될 것 아냐."

새엄마의 거듭되는 공세에 앉아 있기가 불편해진 해지가 오빠에게 눈짓을 했다.

"왜? 가려고? 오늘은 여기서 자고 가지." 새엄마는 갑자기 태도를 바꿔 억지웃음을 지으며 두 사람을 만류했다. 해지는 속이 훤히 들여다보이는 새엄마의 빤한 행동에 구역질이 났다.

"내일 출근 때문에 집에 가야겠어요."

"그럼 내 말 잘 생각해 보고……, 난 너희뿐이야. 너희는 내 친자식이나 다름없어. 오로지 너희를 위해서 난 아이도 낳지 않았다. 내가 대표이사가 되려는 것도 다 너희 때문이야. 총무부장도 그게 최선이라고 하더라."

네네, 어련하시겠어요. 해지는 속으로 웅얼거리며 오빠를 끌고 새엄마의 집을 빠져나왔다.

상속포기각서를 요구하고, 회사지분에, 연금보험까지 빼앗으려는 새엄마의 마수가 턱밑까지 뻗쳐왔다. 새엄마는 절대로 단념하지 않을 것이다. 뭐 보험을 해약해서 회사 빚을 갚자고? 빤한 거짓말이다. 회사에 빚이 있다는 말도 처음 들었고, 설혹 빚이 있다고 쳐도 다른 부동산을 처분해서 갚으면 그만이다. 어리숙한 오빠와 해지를 얕보고 어떻게든 돈을 뽑아내려는 계략이다.

해지는 당장이라도 달려가 새엄마의 목을 비틀어 버리고 싶었다. 증오가 불길처럼 솟구쳐 해지는 꽉 쥔 두 주먹을 부르르 떨었다.

"나쁜 년…… 아빠를 죽인 것도 모자라 재산까지 가로채려고?"

감정이 격해진 탓에 속에 있던 말이 밖으로 터져 나왔다. 해지는 오빠에게 전화를 걸었다.

"해지야, 집에 잘 도착했어?"

오빠의 다정한 목소리를 듣자 해지는 또 눈물이 났다.

"해지야, 그만 울어. 운다고 아빠가 살아서 돌아오는 것도 아니잖아."

오빠는 해지가 아빠 때문에 운다고 여겼는지 무조건 달래 주려고 했다.

"오빠, 상속포기각서에 절대 서명하면 안 돼. 새엄마 꼬임에 넘어가서 오빠가 사인할까봐 걱정돼서 전화했어. 생활비랑 용돈도 안 주면 그만이지, 오빠가 무슨 수로 받아내겠어? 오빠, 새엄마 수법에 말려들면 안 돼."

흥분한 해지와 달리 오빠의 대꾸는 느긋했다.

"해지야, 오빠 바보 아냐. 걱정 안 해도 돼."

해지는 오빠의 듬직한 대답에 안도했지만, 찰거머리처럼 달라붙을 새엄마의 책동을 견뎌낼 수 있을까 또다시 불안이 몰려왔다.

"오빠, 절대로 혼자 행동하면 안 돼. 무슨 일이든 나랑 같이 하겠다고 약속해줘."

"약속할게. 해지가 오빠 걱정도 해주고 기분 좋은데. 헤헤헤."

오빠의 해맑은 웃음소리가 전화기를 통해서 들려왔다. 사태의 심각성을 모르는 천진한 오빠였다. 과연 이 위기를 넘길 수 있을까?

해지의 염려는 현실이 되었다. 새엄마는 매일같이 전화를 걸어와 오빠와 해지를 설득하고자 안달을 냈다. 어느 날은 엄포를 놓았고, 어느 날은 협박을 했다. 지어낸 웃음과 거짓 친절로 유화전술을 쓰기도 했다.

"해지야, 새엄마 말이 맞는 것 같아. 새엄마가 대표이사가 돼서 회사를 운영해야 내게 생활비랑 용돈을 주지, 안 그래? 당장 생활비 없으면 내가 어떻게 살겠어?"

새엄마의 연이은 회유에 뒤가 무른 오빠가 많이 약해졌다. 새엄마는 집요했다. 매일 안부 전화를 하고, 먹을 것을 보내오고, 살가운 척 저녁을 같이 먹자고 청했다. 정에 굶주린 오빠의 약한 마음이 새엄마에게 기울 수밖에 없었다. 판단력이 부족한 오빠로선 당연한 반응이었다. 이대로라면 당장 내일이라도 오빠는 상속포기각서에 서명하고, 보유하고 있는 회사지분을 새엄마에게 넘길 것이다.

지택근

부검 소견을 전달받은 지 형사의 얼굴이 경악으로 일그러졌다. 상상도 하지 못했던 결과가 그의 눈앞에 펼쳐졌기 때문이다. 서영대의 사인은 사이안화 칼륨에 의한 죽음, 즉 청산염 중독사였다. 사망 시간은 21시 30분에서 22시 30분 사이로 추정되었다. 베란다에서 떨어지기 전, 서영대는 이미 죽은 상태였다. 서영대의 몸에서 수면제 성분은 검출되지 않았다. 경찰은 서영대가 평소 복용하던 약을 수거해 성분 검사를 하려 했으나 이미 처분했다는 남현숙의 대답이 돌아왔다.

남현숙과 총무부장의 통화 내역 조회결과 두 사람은 불륜 관계인 것으로 드러났다. 그들이 관계를 맺은 시기는 대략 3년 전으로 서영대가 우울증에 걸린 시점과 일치했다. 이상의 사실로 두 사람이 공모해 서영대를 죽였다는 가설이 힘을 얻었다.

지 형사는 남현숙을 불러들였다. 참고인 조사라는 명목을 댔지만, 피의자성 참고인이 남현숙의 정확한 신분이었다. 서영대의 독살에 대해 추궁하자 남현숙은 모르는 일이라며 강하게 부인했다.

"이미 사망한 사람이 베란다에서 투신하다니 말이 됩니

까?"

"전 모르는 일이에요."

"모르쇠로 일관한다고 문제가 해결되는 게 아닙니다. 대답을 해보세요. 3월 8일, 무슨 일이 일어났던 거죠?"

"……."

"청산가리를 먹고 죽은 사람이 벌떡 일어나서 베란다 창문을 열고 떨어집니까? 지금 그 말을 믿으라는 겁니까? 당신은 현장에 있었던 유일한 사람이고, 서영대 씨의 마지막을 목격한 사람입니다. 뭐라고 말을 좀 해보세요."

"……."

무조건 모른다면서 입을 다물고 있던 남현숙이 변호사의 도움을 받겠다고 나섰다. 피의자로 전환될 가능성에 대비하겠다는 것이다. 사건 관계인 전원에게 확대된 변호인 참여권에 대해 알아보고 온 것인지, 그녀는 자신의 권리를 지키는 데 빈틈이 없었다. 남현숙은 변호사 선임 후에 조사를 받겠다고 당당히 밝혔다. 추후에 조사 기일을 조율하자는 말을 남기고, 남현숙은 경찰서 밖으로 유유히 사라졌다.

남현숙이 서영대에게 청산가리를 먹였다는 증거를 찾기 전에는 경찰도 그녀의 귀가를 막을 수는 없었다. 사망 추정 시간이 21시 30분에서 22시 30분 사이이므로 아내 남현숙을 비롯해 총무부장 김인수, 아들 서해준, 딸 서해지 모두가 용의자가 될 수 있었다. 남현숙의 경우, 서영대가 복용할 약에 미리 청산가리를 주입한 뒤 출근했을 가능성이 존재했다. 서영대는 평소 여러 종류의 약을 복용했고, 용의자 네 사람 중 누구라도 그에게 청산가리가 든 약을 건넬 기회가 있었다. 수면제나 피로회복제, 또는 영양제라고 속이고 청산가리 캡슐을 주었으리라.

수사팀은 청산가리의 구입 경로를 찾기 위해 용의자 네 사람의 인터넷 구매기록을 뒤졌으나 나오는 것이 없었다. 분명 살인은 일어났고 죽은 사람도 있는데, 범인을 특정하지 못하니 미치고 팔짝 뛸 노릇이었다.

"서영대가 청산가리를 삼키고 베란다 밖으로 뛰어내린 게 아닐까요?"

소득 없는 탐문을 마치고 경찰서로 돌아가던 길이었다. 황 형사의 답답한 심정이 이해되지 않는 것도 아니지만, 지 형사는 일고의 가치도 없다는 듯 일축해 버렸다.

"왜 그런 짓을 하지? 두 가지 고통을 느끼면서 자살하는 이유가 뭐야? 음독과 투신을 동시에 한다고? 황 형사 같으면 그렇게 자살하겠어?"

"서영대의 우울증이 극심했다고 하니까요. 사람들이 고통스럽게 자살하는 이유는 그만큼 삶이 힘들었음을 알리기 위해서래요. 세상에는 별의별 사람들이 많잖아요. 자살에도 관종의 시대가 도래한 게 아닐까요?"

"이건 100% 타살이야. 자살일 리 없다고."

있을 수 없는 일이라고 단언했지만, 지 형사는 만에 하나의 가능성도 염두에 둬야 했다.

약속한 조사 기일이 되자 남현숙은 변호사를 대동하고 나타나 충격 발언을 쏟아냈다.

"사실대로 자백하겠습니다. 3월 8일 밤 10시 10분경 귀가한 저는 남편이 자고 있는 것을 봤습니다. 어두운 방 안 요 위에 누운 남편은 깊이 잠들어 있는 것처럼 보였습니다. 우울증 발병 이후 남편은 작은 방에 요를 깔고 잤습니다. 큰 소리로 남편을 불러 보았지만, 대답은커녕 미동조차 없는 것이 업어 가도 모를 정도로 푹 잠들었다고 생각했습니다. 그즈음, 남편은 깊이 잠든 적이 많았기에 특별히 이상하다고 여기지는 않았습니다.

그때 제 마음속에서 잠자고 있던 악마가 깨어났습니다. 악마는 제게 속삭였습니다. '지금이야. 지금 남편을 베란다 밖으로 던져버려. 그럼 아무도 모를 거야.' 남편은 극심한 우울증에 시달렸고, 자살하고 싶다는 말을 입버릇처럼 달고 살았기에 아무도 의심하지 않을 거라고 판단했습니다. 저는 마음속 악마의 말에 귀가 솔깃해졌습니다. 남편의 몸무게는 50㎏ 남짓으로 요째 질질 끈다면 어렵지 않게 베란다까지 옮길 수 있을 것 같았습니다. 저는 20분쯤 망설이다가 요의 끝을 손으로 잡고 베란다까지 끌고 갔습니다. 전등은 켜지 않았습니다. 건너편에 마주 보는 아파트는 없었지만, 불안했거든요. 남편은 깨지도 않고 조용했습니다. 베란다 새시를 살그머니 열었습니다. 세차게 내리는 비가 베란다 안으로 들이쳤습니다. 베란다 난간은 허리께 높이였고, 비쩍 마른 남편을 들어올리기는 그다지 힘들지 않았습니다. 남편의 허리를 난간에 걸쳤습니다. 저는 남편의 양다리를 잡고 베란다 밖으로 밀어버렸습니다. 남편은 비명조차 지르지 않았습니다. 잠에서 깰 법도 한데 이상하다고 생각했지만, 그런 것까지 신경 쓸 마음의 여유는 없었습니다. 119에 신고도 해야 했고, 일단 또 밖으로 뛰쳐나가야 했으니까요. 투신한 남편을 모른 체하고 집 안에 앉아 있을 아내는 없을 테니까요."

남현숙 측은 부인만 해서는 빠져나갈 수 없다고 판단한 듯했다. 서영대의 사인은 청산염 중독사, 음독이든 독살이든 이미 죽은 사람을 던진 것은 살인이 아니다. 처벌은 받겠지만, 집행유예 정도로 끝날 확률이 높았다. 남현숙은 다른 전과도 없었다.

"저는 남편에게 청산가리를 먹이지 않았습니다. 하지도 않은 일까지 덤터기를 쓰고 살인혐의를 받을 수는 없습니다. 제가 남편에게 청산가리를 먹였다는 증거가 없지 않습니까? 그날 방문했던 사람들 중 누군가가 남편에게 독약을 주었을 거예요. 아니면 스스로 독약을 먹었던가요. 해준이와 해지가 집에 자주 드나들었는데, 이전에 건넨 독약을 남편이 그날 먹었는지도 알 수 없고요."

"당신이 서영대 씨의 약들 중 하나를 청산가리로 바꿔 놨을 수도 있죠."

지 형사는 다른 가능성을 제기했지만, 앞뒤가 맞지 않음을 인정해야만 했다.

"그랬다면 남편을 왜 던지죠? 독약을 먹고 죽었는지 확인하지도 않고 창밖으로 던지는 바보도 있나요?"

남현숙의 주장은 타당했다. 남현숙이 서영대에게 청산가리를 먹였다는 증거가 없을 뿐더러 독을 먹인 뒤 베란다 밖으로 밀어버렸다는 것도 이해가 되지 않았다. 남현숙이 자백했지만, 용의자는 여전히 네 사람이었다. 그들은 서영대의 사망으로 이익을 얻는다는 공통점이 있었다.

"경찰은 왜 저만 붙들고 늘어지죠? 해준이와 해지, 걔네들은 조사 안 해요? 저는 해지가 범인 같아요. 그 애가 남편에게 수면제를 줬잖아요. 해지가 수면제를 청산가리로 바꿔

치기한 거예요. 형사님, 해지 외모에 속으시면 안 됩니다. 겉은 하늘하늘 가녀리게 생겼지만, 속은 욕심으로 꽉 찬 애랍니다. 오빠만 아파트 사줬다고 아빠를 들들 볶았어요. 하도 졸라대니까 남편이 무리하게 대출을 받아서 아파트를 사주려고 했었는데……, 그게 잘못되는 바람에 돈만 날리고 우울증에 걸리고 말았어요. 남매가 오죽 속을 썩였어야죠. 정신병자 아들에, 탐욕스러운 딸까지……, 둘 다 허우대는 멀쩡해서 겉만 보면 선남선녀가 따로 없다니까요. 저만 족치지 말고 해지, 해준이 뒤 좀 캐보세요. 어쩌면 해지가 해준이에게 사주했는지도 몰라요. 가스라이팅한 거죠. 해준이는 해지 말이라면 깜빡 죽거든요."

"두 사람 역시 수사하고 있습니다."

남현숙은 비대한 몸을 흔들어대며 지 형사를 설득하려고 애썼다. 그녀는 서해지의 악행과 악독한 심성에 대해 알리느라 입에 거품을 물었다.

수사팀은 서해지를 불러들였다. 남현숙의 자백이 신빙을 얻으면서 의심은 자연스럽게 서해지에게 쏠렸다. 경찰서에 나타난 서해지는 초췌한 모습이었다.

지 형사는 서해지에게 종이를 건네고 3월 8일의 행적을 분 단위로 쪼개어 쓰라고 시켰다. 서해지가 작성한 3월 8일의 행적은 그녀가 이전에 했던 진술과 다를 것이 없었다.

"서해지 씨, 3월 8일 20시 45분경 아버지에게 수면제를 건 넸다고 썼는데, 서영대 씨 몸에서는 수면제 성분이 검출되 지 않았습니다. 어떻게 된 거죠?"

"아빠가 수면제를 삼키는 것을 제 눈으로 직접 본 건 아니 니까요. 수면제를 먹겠다고 하셨지만, 마음이 바뀔 수도 있 잖아요. 지 형사님은 말한 대로 다 행동에 옮기시나요?"

서해지가 항변했다. 서해지의 눈빛이 초조하게 흔들렸다. 갸름한 하얀 얼굴은 빛을 잃은 듯 창백했고, 입술은 바싹 말 라 있었다.

"수면제라고 했지만, 실은 청산가리를 넣은 캡슐을 아버 지에게 준 거 아닙니까?"

지 형사는 일단 말을 던져 놓고, 그녀의 반응을 지켜보았다.

"무슨 근거로 그런 말을, 어떻게 저에게?"

서해지는 거세게 부정하며 놀란 눈으로 지 형사를 응시했 다. 믿었던 사람에게 배신을 당한 듯 분노의 기운이 그녀의 파리한 낯을 뒤덮었다.

"서해준 씨한테서 수면제를 받아 아버지에게 전달했다고 했는데, 평소와 다른 수면제였다든가 뭔가 이상한 점을 눈 치 채지 않았습니까?"

"모르겠어요. 봉투에 들어 있는 약을 일부러 꺼내보지는 않았으니까요."

억울함을 호소하며 흐느껴 울던 서해지가 고개를 들었다. 서해지는 지 형사가 건넨 티슈로 얼굴에 번진 눈물을 닦았다. 서해지의 또렷한 음성이 지 형사의 귓속을 파고들었다.

"제가 아빠를 죽인 범인이라면 지 형사님을 찾아와 부검해 달라고 요청했겠어요? 투신자살로 마무리된 사건을 들쑤셔 살인사건으로 만드는 멍청이도 있나요?"

서해지의 말이 맞았다. 그녀의 제보가 아니었으면 흔하디흔한 투신자살로 처리돼 묻힐 뻔한 사건이었다. 세찬 빗줄기에 의한 것인지, 남현숙이 손을 댄 것인지, 시체의 얼굴이 말끔히 씻긴 탓에 음독한 정황도 알아차리지 못했다. 지 형사는 대꾸할 말이 없었다.

"경찰은 왜 새엄마를 구속하지 않죠? 범인이 확실한데도 구속하지 않는 이유가 뭔가요?"

서해지의 반격이 이어졌다. 그녀의 눈에 힐난의 빛이 가득 찼다.

"남현숙 씨가 청산가리를 먹였다는 증거가 없습니다."

"경찰이 이렇게 무능할 줄은 몰랐어요. 새엄마와 총무부장의 합작품이 확실한데도 엉뚱한 저만 괴롭히고 있네요."

수사팀은 서해준에게 전화해 출석요구 통지를 했다. 정

신병증으로 인해 긴 외출이 불가하다는 서해준의 변명은 묵살되었다. 지 형사는 참고인 소환조사에 불응하면 추후 피의자로 전환될 경우 불이익으로 작용할 수 있다고 으름장을 놓았다.

서해준에게서 단서를 잡으리라 기대하지는 않았지만, 그의 수면제가 서영대에게 전달된 이상 본인의 말을 들어보지 않을 수 없었다.

"3월 8일 서해지 씨에게 준 수면제는 평소와 같은 종류였습니까?"

서해준은 경찰서 조사실이 신기한지 두리번거리는 중이었다. 경찰서에서 정식으로 참고인 진술조서를 받는 행위는 커피숍에서 약식으로 만나는 것과는 중압감 면에서 비교가 되지 않는다. 그럼에도 서해준은 특별히 긴장한 기색이 없었다.

"약은 해지가 알아서 가져가요. 저는 병원에서 처방받은 수면제를 욕실 약장에 넣어 놔요. 아빠가 해지에게 전화하고, 해지가 수면제를 갖다드려요. 저는 수면제에 관여하지 않아요."

"당신은 수면제를 복용할 만큼 밤에 잠을 자지 못합니까?"

"정신과 약을 상용하면 늘 몽롱하고 졸려요. 굳이 수면제를 먹을 필요가 없어요. 저는 하루 종일도 잘 수 있어요. 수면제는 아빠 때문에 처방받는 거예요. 그러니까 저는 수면제와 아무 상관없어요. 수면제와 관계있는 사람은 정신과 의사, 아빠, 해지예요."

서해준의 이상한 논리를 듣고 있자니 지 형사의 머리까지 혼란스러워져 그의 말이 맞는 것 같기도 했다. 지 형사는 눈앞에 앉은 잘생긴 남자를 노려봤다. 그러거나 말거나 서해준은 지 형사의 시선을 슬쩍 피하며 딴청을 피웠다.

"경찰서는 콜라 없어요? 목이 말라요. 콜라 주세요."

지 형사는 종이컵에 가득 생수를 따라주었다.

"목마르면 이걸 마셔요."

서해준은 못마땅한 표정으로 종이컵을 움켜쥐었다. 종이컵 밖으로 물이 흘러넘쳤다. 서해준은 종이컵의 물을 단숨에 들이켰다. 입술 양옆으로 물이 흘러내려 옷깃을 적시는데도 전혀 개의치 않았다. 용의자의 동요 여부를 알아보는 종이컵 작전이 실패로 돌아갔다. 심리가 불안정한 용의자는 아무리 주의해도 물을 쏟거나 손을 떨기 마련이다. 그래서 넘치도록 가득 물을 따라주는 것이다.

서해준은 조심해서 물을 마시려는 시도조차 하지 않았다. 서해준이 연기를 하고 있는지 모른다는 생각이 지 형사의 뇌리를 스쳤다. 정신병자 연기를 하고 있다 해도 지 형사가 알아챌 방도는 없었다. 서해준은 정식으로 조현병 진단을 받은 자였고, 25년간의 병원기록이 그것을 뒷받침했다. 서해준이 수면제를 청산가리로 바꿔쳤다고 가정해도 전혀 이상하지 않았다. 다만 그의 범행 동기가 모호했다. 생활비와 용돈을 대고, 연금 보험료까지 내주던 헌신적인 아버지를 죽여야 할 이유가 있을까? 아버지를 죽인다고 해도 재산을 독차지할 수도 없다.

서해지의 진술에 따르면 서해준은 아버지에게 과도하게 의존했었다고 한다. 그래서 아버지의 건강을 많이 염려했다는 것이다. 건강했던 아버지가 허약해지자 더는 필요 없다고 결론 내린 걸까? 아니면 서해준의 병력대로 환각이나 망상, 환청이 작용했던 것일까? "서영대 씨의 사인이 뭔지는 알고 있죠?"

서해준의 눈이 가늘어졌다. 서해준이 갑자기 키득거리기 시작했다. 이번에는 지 형사의 눈꼬리가 올라갔다. 이 또한 비정상으로 보이기 위한 연기의 연장선일까.

"형사님, 저 바보 아니거든요. 조현병이라고 하면 지적장애로 착각하는 사람들이 있는데, 저 아이큐 높아요. 아빠의 사인은 청산염 중독사예요."

"아버지의 몸에 청산가리가 들어간 이유가 뭐라고 생각합니까?"

"새엄마가 먹였겠죠."

서해준은 망설임 없이 대답했다.

"남현숙 씨가 청산가리를 먹이고 베란다에서 떨어뜨렸다고요?"

"그게 뭐 이상해요?"

"독살과 떨어뜨리기를 동시에 한 이유가 뭘까요?"

"아빠에게 청산가리를 먹였는데, 양 조절을 잘못한 게 아닐까요? 빨리 안 죽고 버둥거리니까 확실하게 보내려고……, 확인사살 같은 거죠."

"죽지 않은 상태에서 떨어뜨렸다고요?"

"형사님, 이건 어때요? 총무부장이 준 청산가리를 먹고 아빠가 죽었어요. 그걸 몰랐던 새엄마가 아빠를 베란다 밖으로 던져요."

"살해한 이유는요?"

"돈과 사랑을 한꺼번에 얻으려는 거죠. 아빠의 재산을 차지한 뒤 둘이 함께 살려고요."

지난번 커피숍 때와는 달리 서해준은 청산유수로 말을 줄줄 쏟아냈다. 발갛게 상기된 낯빛을 보니 기분이 몹시 고조된 상태 같았다. 쉽게 결론을 도출하는 서해준의 말을 듣고 있자니 맞는 것 같기도 하고, 아닌 것 같기도 하고, 또다시 머리에 혼란이 왔다.

총무부장 김인수에게 출석요구 통지를 했다. 남현숙에게 귀띔을 받았는지 김인수는 변호사를 동반해야 하냐는 질문부터 던졌다. 지 형사는 참고인 조사일 뿐이라고 그를 안심시켰다. 피의자로 신분이 바뀌면 고지를 하며 그때 변호인을 선임해도 충분하다고 알려주었다. 변호사를 대동하면 제대로 된 조사는 물 건너간다고 봐야 했다.

김인수는 여유로운 모습으로 나타났다. 평소 근력운동을 열심히 하는지 재킷을 벗자 근육이 울룩불룩한 상체가 드러났다.

"제가 진술할 내용이 아직도 남았습니까? 대표이사 자리가 공석이라 회사를 비워둘 수가 없어요."

지 형사는 정공법을 택했다.

"남현숙 씨와 내연관계죠?"

기습적으로 던진 질문에 김인수가 적지 않게 놀란 듯했다. 김인수의 안면근육이 씰룩거렸다.

"왜 그런?"

김인수는 더 말을 잇지 못했다.

"사실대로 말씀해 주십시오. 이미 조사 끝났습니다."

초장에 그의 기세를 눌러둘 필요가 있었다. 계산된 여유로움에 균열이 생겼고, 김인수는 순순히 시인했다.

"본의 아니게 그렇게 됐습니다."

"언제부터였죠?"

"한 3년 됐을까요."

"서영대 씨의 우울증 발병시기와 겹치는군요. 우울증의 원인이 당신과 남현숙 씨의 불륜 때문인가요?"

"아닙니다. 사장님은 우리 사이를 몰랐습니다."

김인수는 커다란 손을 마구 내저었다.

"불륜하는 사람들에겐 공통점이 있어요. 불륜 사실을 아무도 모를 거라고 생각한다는 거죠. 두 분 사이, 회사 직원들이 전부 알고 있던데요."

김인수의 낯이 벌겋게 달아올랐다.

"한번도 내색한 적이 없으셔서, 저는 사장님이 모를 거라고 생각했습니다. 알았으면 가만두지 않았겠죠."

김인수의 말대로 보통의 상식으로 가당한 일은 아니었다.

"사람에 따라 다르겠죠. 서영대 씨는 혼자 끙끙 앓다가 우울증에 빠진 걸 수도 있지요."

"사장님께는 몹쓸 짓을 저질렀어요. 가족처럼 따뜻하게 대해 주셨는데……, 제가 죽일 놈입니다."

김인수는 지 형사가 죽은 서영대라도 되는 양 머리를 조아렸다.

"사건 당일의 행적을 하나도 빠짐없이 이 종이에 적으세요."

"이미 말씀드렸잖습니까. 대체 몇 번을 반복해야 합니까?"

"당신은 별 이유도 없이 서영대 씨를 만나러 갔고, 남현숙 씨가 남편을 떨어뜨렸던 22시 30분경 현장에 머물렀습니다. 이상하잖아요. 평소 발걸음도 안 하던 사람이 방문했던 날, 공교롭게 서영대 씨가 사망했습니다."

"형사님, 무슨 말을 하고 싶으신 겁니까? 저를 의심합니까? 제가 사장님 집에서 나온 시간은 저녁 8시쯤이고, 사망 추정시간은 밤 9시 반에서 10시 반 사이라면서요. 1시간 반에서 2시간 반 차이가 나는데, 제가 어떻게 사장님을 죽이죠? 아, 형사님의 가설은 잘 알고 있습니다. 몸에 좋은 약이라고 속이고 청산가리 캡슐을 두고 나왔다고요. 하지만 그 추정엔 오류가 있어요. 사장님이 그 약을 먹을지 안 먹을지 저로선 알 수 없는 노릇 아닙니까? 사장님이 불륜 사실을 알고 있었다면 제가 건넨 약을 먹겠습니까?"

"서영대 씨가 복용하는 약과 청산가리를 바꿔치기했을 가능성도 있죠."

"사장님은 눈 감고 약 먹습니까? 매일 먹던 약과 다르게 생긴 약을 먹겠습니까?"

"당신은 남현숙 씨와 내연관계입니다. 약의 생김새 정보는 남현숙 씨를 통해서 얼마든지 입수할 수 있죠. 약에 청산가리를 발라놓거나 캡슐 안의 내용물을 비우고 청산가리로 채우는 방법도 있습니다."

"허어 참. 이래서 제가 변호사를 대동해야 하느냐고 물어본 겁니다. 증거도 없는 넘겨짚기식 질문에는 더 이상 대답하지 않겠습니다. 형사님, 저와 남 실장님만 닦달하지 말고 망나니 남매를 조사해 보세요. 정신병자 아들이 했을 수도 있고, 탐욕스러운 딸이 죽였을지도 몰라요."

말을 마친 김인수는 입에 지퍼라도 채운 양 더는 아무 말도 하지 않았다.

지 형사는 더 이상 김인수를 추궁하지 못했다. 다른 세 명의 용의자와 동일하게 김인수가 서영대에게 청산가리를 먹였다는 증거가 없었다.

김인수와 남현숙이 공모했다고 가정하면 앞뒤가 맞지 않는 점이 있었다. 김인수가 두고 간 청산가리를 서영대가 먹었다고 치자. 범행은 그것으로 끝났어야 했다. 우울증이 깊어진 서영대가 음독자살한 것처럼 현장을 꾸밀 수 있었다. 청산가리의 출처야 서영대가 예전부터 소지하고 있었던 것이라고 둘러대면 된다. 남현숙이 서영대를 베란다에서 던진 이유가 설명되지 않는다.

지 형사는 또 다른 가설을 세워 보았다. 어떤 속임수를 썼든 김인수가 주고 간 독약을 먹고 서영대가 사망한다. 서영대가 독살된 사실을 모르는 남현숙이 남편을 베란다에서 던진다.

김인수가 남현숙 몰래 살인을 저지르고 음독자살로 위장하려고 했던 걸까. 우렁 각시가 되어 연인의 걸림돌을 치워 준다? 김인수가 서영대를 독살한 날, 하필이면 남현숙이 남편을 던진 게 이상하지 않은가. 단순한 우연일까. 남현숙은 남편이 깊이 잠든 것처럼 보여 던질 마음이 생겼다고 자백했다.

지 형사는 거친 신음을 내뱉으며 머리를 움켜쥐었다. 각각의 용의자에 들어맞는 가설을 세우고 추리를 거듭하다 보니 머리가 뱅뱅 돌고, 누가 범인인지 점점 더 오리무중이 되어갔다.

서해지

주말을 이용해 오빠의 집을 찾았다. 해지가 전화로 방문 사실을 알렸을 때, 오빠는 환호성을 지르며 기뻐했다. 아빠가 돌아가신 뒤로 몇 차례 대화를 나누긴 했지만, 오랜 기간 해지는 오빠와 소원한 관계였다.

맛집이라고 소문난 초밥집에 들러 오빠가 좋아하는 연어

초밥을 넉넉히 샀다. 해지는 식료품이 든 봉투를 손에 들고 착잡한 심정으로 오빠 집 문 앞에 섰다. 오빠를 설득할 수 있을까. 해지는 자신이 없었다. 오빠와 진지한 대화를 나눠 본 기억이 나지 않았다. 진지한 대화는커녕 아빠가 돌아가시고 나서야 겨우 몇 마디 주고받은 게 다였다.

벨을 누르자 오빠가 한달음에 달려 나와 여동생을 반겼다. 오빠는 현관까지 맨발로 뛰어나왔다. 해지는 오빠의 진심 어린 환대에 진한 혈육의 정을 느꼈다. 초밥과 과일을 식탁 위에 차리고 오빠와 마주 앉았다. 오빠가 좋아하는 콜라를 커다란 잔에 가득 따랐다. 오빠는 해지가 차린 식탁을 둘러보더니 함박웃음을 지었다.

"내 생일도 아닌데……, 무슨 일이야? 해지가 맛있는 초밥에, 콜라, 과일까지 사왔네."

"오빠, 미안해. 그동안 내가 오빠한테 너무 무심했어."

"해지야, 그런 말 하지 마. 우리 사이에 거리감 느껴지잖아."

"미안해, 오빠. 정말 미안해."

눈물이 터질 것만 같았다. 해지는 오빠에게 죄책감을 느꼈다. 아빠가 돌아가시고 나서야 육친의 소중함을 깨닫다니. 암에 걸려 비참하게 생을 마감한 엄마는 떠올리고 싶지도 않았다. 세상에 믿을 사람은 단 하나, 눈앞에서 해맑게 웃고 있는 오빠뿐이다. 그렇게도 잘라내고 싶었던 질긴 인연의 표상, 오빠와 단둘이 남았다.

몇 달간 사귀던 남자가 있었다. 해지와 남자는 자주 데이트를 즐겼고, 점점 더 서로를 아끼게 되었다. 사랑이 깊어진 남자가 결혼을 서두르게 되면서 해지의 마음에 불편함이 깃들었다. 남자가 부모님께 인사를 드리러 가자는 말을 꺼낸 날, 해지는 그에게 이별을 통보했다.

"우리 헤어지자."

"해지야, 농담이지? 갑자기 왜 그러는데? 부모님 만나기 싫어서 그래? 우리 부모님 좋으신 분들이야. 분명 널 마음에 들어 하실 거야."

"여태 말을 안 해서 미안한데, 우리 오빠 조현병 환자야. 중학교 때 발병했고, 지금까지 쭉 정신과 치료받고 있어. 정신병원에 입원한 전력만도 셀 수가 없다고. 조현병은 유전 확률이 꽤 높다고 하더라. 그래도 좋다면 너희 부모님께 인사드리러 가자."

남자는 변변한 변명 한마디 꺼내놓지 못하고 해지에게서 떨어져 나갔다. 그날 밤 해지는 밤새워 통곡했고, 오빠를 용서하지 않겠다고 다짐했다.

모질고 야멸찬 여동생이었다. 오빠를 무시하고 부끄러워

했으며 쓰레기처럼 치워버려야 할 존재로 치부했다. 해지는 지긋지긋한 혈육의 끈을 저주하며 날마다 오빠가 사라지기를 기도했다. 말조차 섞고 싶지 않아 오빠가 자는 시간에 일어나 움직였다. 누구에게도 오빠를 보여주고 싶지 않았고, 인생을 망친 원흉이라 낙인찍으며 끊임없이 오빠에게 책임을 전가시켰다.

해지는 행복하게 초밥을 먹는 오빠를 바라보며 까맣게 잊고 있던 어린 날의 기억들을 떠올렸다. 오빠는 해지에게 없어서는 안 될 든든한 보호자였다. 카바레를 전전하며 외박을 밥 먹듯 하는 엄마를 대신해 오빠는 해지의 끼니를 정성스럽게 챙겼다. 엄마가 없는 저녁, 라면을 끓이고 냉동만두를 구워주던 변함없는 내 편, 누가 괴롭힐세라 한걸음에 달려와 주던 든직한 지원군, 오빠…….

애틋한 추억에 목이 멘 해지가 콜라를 한 모금 꿀꺽 삼켰다. 서른아홉 살의 남자가 의당 누려야 할 즐거움을 한번도 경험하지 못한 불쌍한 오빠가 해지 앞에서 환하게 웃고 있다. 해지는 오빠가 마지막 초밥을 입에 넣는 것을 보고 나서야 말문을 열었다.

"오빠, 새엄마가 이번 달 생활비랑 용돈 보내줬어?"

"내가 상속포기각서에 서명을 안 해서 못 주겠대."

오빠는 무심한 표정으로 콜라를 꿀꺽꿀꺽 마셨다.

"그럼 지금 무슨 돈으로 살고 있어?"

"통장에 돈이 좀 있어. 얼마 안 되긴 하지만." 해지는 오빠를 매섭게 쏘아보았다. 해지의 시선이 거북했는지 오빠는 슬그머니 고개를 돌렸다.

"오빠, 언제까지 이렇게 살 건데? 한 달 한 달 자비를 구하듯 새엄마만 쳐다보며 살 거야?"

"그럼 어떡해? 달리 방법이 없잖아."

"참 오빠, 경찰서에 갔다 왔지? 형사가 뭐라고 해?" 여동생과 나누는 돈 얘기가 거북했던 오빠는 바뀐 화제에 냉큼 대답했다.

"나를 범인 취급하더라."

"형사가 뭐라고 하는데?"

"내가 수면제를 청산가리로 바꿔치기했다던데."

"진짜 오빠가 그랬어? 오빠가 수면제를 청산가리로 바꿔놓은 거야?"

오빠가 풋, 웃음을 터트렸다. 오빠는 재미난 농담이라도 들은 양 배를 잡고 낄낄거렸다. 불룩 솟은 오빠의 배가 출렁였다.

"하도 어이없는 소리를 하니까 웃음이 빵 터졌네. 내가 왜 그런 짓을 해? 아빠가 돌아가시면 내게 좋을 일이 뭔데?"

"하긴."

말년의 아빠는 건강하지 못했지만, 그래도 오빠에겐 아빠가 있는 편이 더 나았다. "형사가 너한테는 뭐라고 했어?" 이번에는 오빠가 해지에게 똑같은 질문을 했다.

"내가 아빠한테 청산가리를 주었냐고 물어보더라고."

"정말 네가 그랬어? 네가 그랬다고 해도 나는 죽을 때까지 비밀을 지킬 거야. 오빠는 해지 편이니까."

오빠는 진지한 표정으로 고개를 주억거렸다.

"오빠 미쳤어? 내가 왜 그런 짓을 해? 난 아빠를 사랑했다고."

오빠가 해지의 눈을 들여다보았다.

"나도 아빠를 사랑했어. 그럼 아빠는 자살한 걸까?"

"아빠가 자살을? 말도 안 돼. 바깥출입도 제대로 못하는 사람이 청산가리는 어디서 구하고?"

"인터넷 주문했겠지."

"오빠, 말이 되는 소리를 해라. 청산가리가 생필품이야? 인터넷 주문하게. 그리고 인터넷 구매내역은 경찰이 죄다 조사했을 거야."

"다크 웹으로 했을지도……."

"오빠, 점점 왜 그래? 아빠는 병원 가기 싫어서 수면제도 오빠 걸 먹었던 사람이야. 잘 알지도 못하는 다크 웹 같은 걸 썼을 리 없다고. 아빠는 새엄마가 죽인 거야. 틀림없어."

오빠는 미심쩍은 듯 머리를 갸우뚱했다.

"청산가리는 어쩌면 아빠가 갖고 있던 것일지 몰라. 군인으로 오래 복무했으니까 청산가리를 접할 기회가 있었는지도 모르잖아. 새엄마가 그걸 사용한 거고."

해지는 단정 짓듯 말했다.

"새엄마는 베란다에서 던진 것만 인정했어."

"당연히 거짓말이지. 오빠는 그 말을 믿어?"

"청산가리를 먹인 뒤에 베란다에서 던졌다고? 왜 두 가지 살해 방법을 쓰지?"

"그 여자의 시커먼 뱃속을 누가 알겠어? 어쩌면 고도의 전략일지도 몰라. 앞뒤가 맞지 않는 동작을 이중으로 해놓고, 베란다에서 떨어뜨린 것만 자백하면 집행유예로 빠져나갈 수도 있잖아. 주변 사람들 전부 의심받고, 사건은 미궁에 빠지고, 미제 사건을 만들려는 계략이지. 회사와 재산을 차지하려고 새엄마가 철저하게 계획을 세운 거야. 작은 것은 인정하고, 큰 것을 빠져나가려는 영리한 수법이지. 오빠는 정신병원에 영원히 처박아 놓고, 나는 이런저런 핑계로 구워삶아 유산을 포기하게 만들려는 수작이야."

해지의 속사포 사격이 제대로 신경을 건드렸는지 오빠가 거칠게 콜라를 들이켰다. 오빠의 입술 양옆으로 콜라가 줄

줄 흘러내렸다. 오빠가 빈 잔을 소리 나게 식탁 위에 내려놓았다. 붉게 상기된 뺨을 보니 화가 많이 난 것 같았다.

"나쁜 년."

"그 여자는 우리한테서 아빠를 빼앗아갔어. 불쌍한 아빠……"

"당장 경찰서에 신고하자. 그 여자를 구속시키라고."

오빠가 주먹을 불끈 움켜쥐었다.

"증거가 없으면 형사들은 움직이지 않아."

"아빠를 죽인 살인범을 이대로 두고 보잔 말이야?"

흥분한 오빠가 큰 소리로 외쳤다. 기대했던 대로 일이 풀려가고 있었다. 해지는 내심 흡족했으나 내색하지 않았다. 아직은 부족하다. 좀 더 오빠의 화를 돋워야만 한다.

"아빠가 오빠를 얼마나 사랑하셨게. 이 아파트를 사준 사람도 아빠잖아. 아빠는 우리 노후를 위해 연금 보험료까지 꼬박꼬박 내주셨어. 아빠 없는 오빠와 나는 낙동강 오리알 신세야. 회사지분을 넘기는 순간, 새엄마에게 헌신짝처럼 내쳐질걸. 오빠가 새엄마를 이길 수 있을 것 같아?"

오빠가 거친 동작으로 의자를 밀면서 일어났다. 주방 벽에 부딪친 의자에서 큰 소리가 났다. 주방을 빙글빙글 걸어다니는 오빠의 뺨이 땀으로 번들거렸다.

"아무래도 형사를 찾아가는 게 좋겠어. 차근차근 설명하고 부탁하면 들어주지 않을까?"

"오빠, 경찰에선 우리를 의심하고 있어. 증거가 없는 한 절대 우리 말을 들어주지 않을 거야."

"아빠, 미안해. 아빠, 미안해. 내가 아빠를 지켜줬어야 했는데……. 엉엉엉."

급기야 오빠가 울음을 터트렸다. 해지는 오빠의 몸을 당겨 의자에 앉히고, 다정하게 어깨를 감싸 안았다. 오빠를 안아보기는 처음인 것 같았다. 진한 체취와 땀 냄새가 풍겨 왔지만, 해지는 감은 팔을 풀지 않았다. 오빠의 울음소리가 더욱 커졌다. 오빠를 안은 해지의 팔에 힘이 들어갔다. 오빠는 여동생의 품에서 아빠를 부르며 어린아이처럼 울었다. 남매의 마음이 하나로 연결되는 순간이었다.

"오빠, 괜찮아?" 해지는 오빠의 손을 꼭 잡았다. 두툼하게 살이 오른 오빠의 손은 따뜻했다. 해지는 오빠에게 곁을 내어준 적이 없었다. 한번도 오빠를 보듬어주지 않았다. 오빠가 조현병에 걸리고 싶어서 걸린 것도 아닌데……. 지나간 날들에 대한 회한이 해지의 가슴을 아프게 때렸다. 해지의 눈에서 가책의 눈물이 흘러내렸다.

"해지야, 울지 마. 우리 힘을 합쳐서 새엄마의 계략에 맞서자. 나 이제부터 강해질 거야. 상속포기각서에 절대 사인 안 해."

오빠가 크게 소리쳤다.

"오빠, 상속포기각서는 의미가 없어."

"왜? 절대 사인하면 안 된다고 신신당부해 놓고서."

"우리가 할 일은 따로 있어. 불쌍하게 돌아가신 아빠의 복수를 해야지. 아빠의 재산을 되찾아와야지. 아빠가 피땀 흘려 일군 회사를 살인자의 손에 넘겨줄 거야? 그 살인마가 총무부장과 시시덕거리며 아빠 돈을 쓴다고 상상하면 난 피가 거꾸로 솟아. 이대로라면 새엄마가 대표이사가 되고 말 거야."

"복수를 하자고?"

"오빠는 분하지도 않아? 당연히 복수를 해야지."

"어떻게 복수를 하자는 거야? 새엄마를 죽일 수도 없고."

"새엄마를 왜 못 죽여? 새엄마도 했는데, 우리가 못하란 법 있어? 그 여자는 잔인하게 아빠를 독살하고 베란다에서 던지기까지 했어. 우리가 새엄마를 해치우자."

오빠의 눈이 화등잔만큼 커졌다. 커진 두 눈에 놀란 빛이 가득했다.

"새엄마를 죽인다고?"

"계획만 잘 세우면 100% 성공할 수 있어. 새엄마가 벌인 범죄의 결말을 봐. 증거가 없으니까 사건은 미궁에 빠지고, 그 여잔 구속되지도 않았잖아. 새엄마는 전과도 없으니까 집행유예로 끝나고 말 거야."

"어떻게 새엄마를 죽이는데?"

"그 여자가 아빠에게 했던 것과 똑같은 방법을 쓰자."

"청산가리?

"청산가리는 구하기도 어렵고 추적당할 수 있으니까 베란다에서 던지는 방법을 쓰자."

"살아 있는 사람을 어떻게 베란다에서 던져? 잠들었다고 해도 베란다까지 옮기는 동안 깨어날 텐데."

오빠의 음성이 약하게 떨렸다. 망설임이 끼어들지 못하도록 더 강하게 밀어붙여야 한다. 해지는 막힘없이 말을 이어 갔다.

"내가 새엄마를 재워 둘게. 강한 수면제를 먹이면 쉽게 깨어나지 못할 거야. 베란다까지 옮겨도 세상모르고 잘걸."

"……."

"새엄마를 베란다 밖으로 던져버리자. 새엄마가 투신한 걸로 위장하면 돼."

"새엄마가 왜 투신을 하지? 많은 재산을 상속받게 됐는데, 자살하는 사람이 어디 있어?"

"오랜 수사로 심적 압박을 받은 거야. 구속은 안 됐지만 재판을 받아야 하고……, 판결이 어떻게 나올지 모르잖아. 실형이 떨어질 수도 있으니까."

"경찰은 부검을 해서 수면제 성분을 밝혀낼 거야. 수면제를 먹고 투신하는 사람도 있나?"

오빠의 날카로운 지적에 해지는 가슴이 철렁했다. 구슬리는 대로 따라올 줄로만 알았는데, 어리숙한 오빠에게 허를 찔린 기분이었다. 지리멸렬한 경찰 수사가 오빠에게 학습효과를 주었던 모양이다.

"경찰은 자살했다고 판단하지 않을 거야."

"그럴 때를 대비해서 오빠가 필요한 거지. 부검해서 수면제 성분이 검출되면, 그때는 오빠가 자수를 하는 거야. 오빠의 정신병력이면 쉽게 빠져나갈 수 있어. 심신장애 판정을 받을 수 있다고. 국립법무병원에서 몇 년 살면 끝이야."

"국립법무병원?" "오빠가 정신병원에서 치료받은 기록 다 남아 있잖아. 오빠처럼 이상적인 조건을 가진 사람은 드물어."

"……."

"새엄마가 회사지분을 넘기라고 지속적으로 압박하는데, 분노가 폭발해서 우발적으로 죽였다고 주장하면 돼."

"분노가 폭발해서 우발적으로 죽인 사람이 미리 수면제를 먹여?"

오빠의 지적이 타당했다. 해지는 오빠를 설득하는 일이 점점 더 힘들게 느껴졌다.

"그렇다면 바로 자수하자. 그럼 부검까지 가지 않을 거야. 자수를 했으니까 형량은 더욱 줄어들 테고. 진술은 횡설수설, 기억은 오락가락, 오빠는 정신 나간 모습만 보여주면 돼."

"아빠 사건이 해결되지도 않았는데, 경찰이 조현병 환자말만 믿고 부검을 안 할까?"

"새엄마가 스스로 수면제를 먹었다고 하자. 새엄마한테불면증이 있었다고 둘러대면 돼. 수면제를 복용한 새엄마가오빠와 다툼을 벌이다 베란다에서 떨어진 거야."

해지는 오빠를 설득하는 데 정신이 팔린 나머지 아무 말이나 마구 뱉어냈다. 머릿속엔 온통 오빠 찬스를 포기할 수 없다는 생각만 가득했다.

"상속포기각서를 강요하고 회사주식을 양도하라는 새엄마의 협박들, 내가 전부 녹음해 놨어. 경찰에 증거로 제출하면 돼. 새엄마의 도를 넘은 압박에 오빠의 정신이 견디지못하고 폭발한 거야. 오랜 기간 조현병을 앓은 탓에 분노조절 능력이 상실된 거지. 참작 사유로 충분해."

"……."

"오빠, 독살당한 아빠를 떠올려 봐. 아빠가 얼마나 고통스럽게 돌아가셨겠어. 아빠의 마지막 순간을 상상하면 난가슴이 갈기갈기 찢기는 것 같아. 아빠가 고생해서 모은 재산을 그 악마한테 다 빼앗길 거야? 그년은 아빠의 군인연금까지 차지하게 된다고. 오빠는 억울하지도 않아? 우리 둘이 뭉치면 새엄마한테 복수할 수 있어. 자의 입원도 골백번 했던 오빠가 치료감호소를 두려워하는 거야? 치료감호소는 정신병원과 다를 게 없어."

"……."

오빠의 침묵이 길게 이어졌다. 짜증이 날 정도로 길어진 침묵에 해지의 심장이 타들어갔다.

"아빠가 왜 우울증에 걸렸는지 알아?

"몰라." 오빠가 무뚝뚝하게 대답했다.

"새엄마가 총무부장과 바람난 걸 아빠가 알게 됐어. 똑같이 바람이 났지만, 새엄마는 엄마와 달랐지. 그 여자는 인간쓰레기에 막가파였거든. 아빠가 알게 됐는데도 대놓고 불륜 행각을 벌인 거야. 이혼도 해주지 않고 여봐란 듯이 막나간 거라고. 아빠 심정이 어땠겠어? 상대는 회사 총무부장이야. 집 나간 엄마한테도 신사적으로 대했던 아빠였어. 뼈만 앙상하게 남았던 아빠 몸을 떠올려 봐. 아빠가 얼마나 괴로웠으면 그렇게 말했겠어. 새엄마와 총무부장이 작당해서 우리 아빠를 죽인 거라고."

"아빠는 왜 새엄마와 이혼하지 않은 거지?"

"새엄마가 순순히 이혼해 주지 않았고, 아빠도 이혼소송까지 가고 싶지는 않았던 것 같아. 엄마에 이어 새엄마까지, 똑같은 이유로 이혼한다고 해 봐. 사람들 입방아가 어떨지. 아빠 자존심 강한 거 오빠도 알잖아."

오빠의 눈썹이 팔자로 휘었다. 미간에 깊은 고랑이 생겨났다. 마음이 흔들리고 있다는 증거였다. 오빠는 동요하고 있어. 오빠를 더 압박해야 해!

"내 제보 때문에 아빠를 부검하게 됐잖아. 경찰은 새엄마 말만 믿고 투신자살로 결론을 내렸어. 조사하기 귀찮으니까 경찰도 웬만하면 자살이나 사고사로 종결한다고 하더라고. 으흐흑, 흐흐흑."

해지가 돌연 울음을 터트렸다. 오빠를 설득하다 보니 감정이 끓어올랐고, 그만 임계점을 넘겨버린 것이다. 해지의 눈에서 쉼 없이 눈물이 흘러내렸다. 아빠에 대한 그리움과 새엄마를 향한 분노, 자기 연민에 빠진 해지는 쉽게 울음을 그치지 못했다. 조금 전 해지가 그랬던 것처럼 이번에는 오빠가 여동생을 감싸 안았다. 해지는 오빠의 품에 안겨 서럽게 울었다. 아빠가 곁에 없는 것이 슬펐고, 오빠에게 살인을 종용하는 현실이 서글펐다.

"오빠는 해지가 하라는 대로 할게."

오빠가 여동생의 어깨를 다독이며 부드럽게 말했다.

"진짜? 오빠, 진짜로 할 거야?"

"해지가 원한다면……."

"나야 당연히 원하지."

"그럼 할게."

"내가 면회 자주 갈게. 영치금도 많이 넣어주고, 오빠 불편하지 않게 내가 잘 챙길게. 정신병원과 많이 다르지 않을 거야. 치료감호소에서 몇 년만 견디면 아빠 유산으로 평생 편안히 살 수 있어.""해지가 원하면 오빠는 할 거야."

"내가 새엄마를 재워 둘게. 그 여자, 주식 양도해 준다고 미끼를 던지면 환장하며 달려들걸. 술 한잔하자고 분위기 띄우면서 맥주에 수면제를 타서 먹이면 돼. 수면제를 먹인 뒤 문자로 알려 줄게. 오빠는 그때 와도 충분해. 자수하면 부검까지 가지 않을 거야. 오빠가 베란다에서 담배를 피우고 있는데, 새엄마가 마구 덤벼들었다고 하자. 새엄마가 먼저 오빠를 폭행했고, 화가 난 오빠가 정신착란을 일으켜 창밖으로 던졌다고 하면 돼. 내가 증언해 줄게."

"……."

"오빠, 최고의 변호사로 선임해 줄게. 자수하고 심신장애 판정받으면 형 많이 안 나올 거야."

"그런데 해지야, 우리가 원하는 대로 일이 잘 풀릴까? 너 후회하지 않을 자신 있어?"

"절대 후회 안 해. 선수를 치지 않으면 우리가 당한다고.

새엄마는 오빠를 정신병원에 강제로 입원시키고 평생 못 나
오게 할 거야. 틀림없어. 그 여자는 그러고도 남을 악마니
까."

"절대 후회 안 한다고?"

"절대로 후회 안 해. 오빠, 걱정하지 마. 다 잘될 거야."

오빠의 용기를 북돋으려고 한 말이지만, 스스로에게 해주
고 싶은 격려이기도 했다.

"오빠는 해지가 원하는 대로 할 거야."

결심을 굳혔는지 오빠가 힘주어 말했다. 평소에 듣던 어
눌한 말투가 아니었다. 해지는 오빠를 꼭 끌어안았다. 물보
다 진한 혈육의 정이 사무치는 순간이었다.

해지는 매일 저녁 오빠가 좋아하는 음식을 사들고 오빠 집
으로 퇴근했다. 오빠의 결심이 흐트러지지 않도록 독려하고
의지를 다지기 위해서였다. 수차례에 걸친 시뮬레이션이 행
해졌다. 오빠는 해지가 이끄는 대로 군말 없이 따라와 주었
다. 먼저 해치우지 않으면 당할 거라는 살인의 당위성 또한
잘 이해했다. 남매로 태어나 가장 친밀하게 보낸 일주일이
흘러갔다. 세상에 믿을 사람은 혈육뿐이라고, 절실히 깨닫
게 된 일주일이었다.

지택근

서영대 사망사건의 수사가 늪에 빠졌다. 자살인지 타살인지 사건의 성격규정도 명확히 내리지 못한 채 용의자 네 명은 여전히 거리를 활보하고 다녔다. 남현숙이 서영대를 베란다 밖으로 던진 것을 자백했지만, 사인이 청산염 중독사로 밝혀진 이상 그녀를 살인죄로 처벌할 수는 없었다. 구속의 사유에 해당되지도 않았기에 경찰은 불구속 상태로 수사를 이어갔다.

경찰은 지푸라기라도 잡는 심정으로 용의자들에게 심리생리검사를 요청했다. 서해준은 조현병 환자였기에 불가했고, 남현숙과 김인수는 거부 의사를 밝혔다. 서해지는 검사에 동의했으나 판단불능 판정이 나왔다. 거짓말 탐지기 조사까지 무용지물이 되자 형사들은 더 이상 할 일이 없어졌다.

지 형사는 용의자의 입장이 되어 그들의 욕망을 추측해 보았다. 범행 동기는 유산이고, 총무부장을 제외한 유족 3명이 나눠야 하기에 서영대를 죽인 것만으로는 성에 차지 않을 터였다. 1명을 더 죽여야만 재산을 마음대로 운용할 수 있다. 용의자 누구의 관점에서 봐도 그랬다. 다만 추가 범행을 벌일까? 그것이 의심스러웠다. 지 형사는 욕심에 눈이 먼 범죄자의 이상심리에 도박을 걸어보고 싶어졌다.

새엄마 남현숙 : 의붓자식 두 명과 유산을 나눠야 하지만, 두 명 모두를 죽이기엔 위험 부담이 큼. 서해준을 살려두고, 서해지를 죽일 확률이 높음. 서해지에 비해 서해준이 조정하기 쉽고, 여차하면 정신병원에 영구 감금시킬 수 있음.

총무부장 김인수 : 남현숙과 공모공동정범이거나 종범 가능성 높음.

아들 서해준 : 남현숙을 죽일 확률이 높음. 서해지에게 조정당하거나 공모 가능성 있음. 남현숙과 서해지, 두 사람을 죽이기엔 위험 부담이 큼.

딸 서해지 : 서해준을 조정하거나 공모 가능성 있음. 남현숙과 서해준, 두 사람을 죽이기엔 위험 부담이 큼. 남현숙을 죽일 확률이 높음. 남현숙에 비해 서해준이 조정하기 쉽고, 여차하면 정신병원에 영구 감금시킬 수 있음.

지 형사는 본인이 작성한 기록을 가만히 들여다보았다. 그의 머리가 도리질을 했다. 말도 안 된다는 생각이 들었기 때문이다. 소설에나 나올 법한 무리한 추정이라 여겨졌고, 사건은 미제로 빠지고 말 것이라는 불길한 예감이 들었다.

수사팀은 진술분석 전문가에게 용의자 4명의 진술분석을 의뢰한 상태였다. 진술분석만으로 유죄를 판결한 사례도 있다고 하지만, 지 형사는 좀 더 확실한 결론을 원했다. 책상 앞에 앉아 끙끙거리던 지 형사가 마침내 결단을 내렸다. 담당 형사로서 뭐라도 해야 스스로를 납득시킬 수 있을 것 같았다. 제보까지 해가며 사건을 수면 위로 건져 올린 유족의 기대를 저버릴 수는 없었다.

지 형사는 사건의 핵심 인물이자 주요 표적인 남현숙과 서해지를 감시하기로 결심했다. 팀장의 허락은 따로 구하지 않았다. 특별한 조짐이 있는 것도 아니고, 언제까지 감시하겠다는 계획도 없었다. 그저 형사의 근성과 촉에 따라 행동할 따름이었다. 지 형사는 파트너 황 형사를 구슬려 남현숙과 서해지의 미행에 돌입했다.

"황 형사, 오늘 어땠어? 뭐 특이사항 있었나?"

지 형사는 피곤한 하루의 마무리 겸 황 형사에게 전화를 걸었다. 황 형사는 퇴근한 남현숙의 뒤를 쫓는 중이었다.

"남현숙은 총무부장과 일식집에서 저녁식사 중이에요. 거하게 한상 때려먹는지 나올 생각을 안 하네요. 지 형사님, 이제 그만 하시죠. 일주일 내내 감시했는데, 별거 없었잖아요. 매일 호화판으로 먹고 마시는 거 지켜보니까 제 배만 더 고파집니다. 수상한 낌새는 전혀 없습니다. 그쪽은 어떻습니까?"

"어제랑 같아. 서해지는 일주일째 오빠 집으로 퇴근하고 있어. 식당에 들러서 음식을 포장하고 마트에서 식료품을 사는 것도 똑같고. 매일 오빠랑 저녁을 먹기로 했나 봐."

"아버지가 돌아가시고 나니까 남매의 우애가 돈독해졌나 보죠. 둘이 힘을 합쳐 계모한테 맞서야 하니까요. 지 형사님, 이제 그만해요. 별일 없을 겁니다. 지 형사님 심정은 이해하지만, 괜한 짓 같습니다."

피로에 절은 황 형사의 음성에서 옅은 짜증이 배어 나왔다. 선배의 노파심에 군말 없이 따라와 준 착한 후배였다.

금요일 밤이었고, 서해준의 아파트 앞에 차를 댄 채 우두커니 앉아 있던 참이었다. 지 형사는 스스로가 한심하게 여겨졌다. 황 형사의 말대로 공연한 걱정이었다. 나이가 들어서 쓸데없이 염려만 느는 걸까. 서영대가 죽은 지 얼마나 됐다고 추가 범행을 벌인담. 내 머리가 어떻게 된 게 틀림없다. 지 형사는 황 형사에게 미안한 마음이 들었다. 황 형사가 좋아하는 삼겹살에 소주 한잔 찐하게 사야겠다. 지 형사는 남현숙과 서해지의 감시를 그만두기로 마음먹었다. 진술분석 결과에 따라 용의자들을 압박하면 뭐라도 결론이 나겠지. 지 형사는 진술분석 결과에 기대를 걸었다.

서해지

거사를 치르기로 예정한 운명의 토요일이 밝았다. 새엄마에게는 미리 연락해 두었다. 주식 양도에 관해 긍정적으로 검토하고 싶다고 운을 뗐더니 새엄마는 크게 기뻐하며 해지를 불러들였다. 음식과 술을 사가지고 가겠다는 해지의 제안에, 새엄마는 직접 요리를 해주겠다면서 술만 사오라고 시켰다. 주식 양도라는 미끼가 제대로 먹혔는지 새엄마는 그녀의 비밀 병기 한우 스테이크를 들고 나왔다.

"해지야, 기대해. 인생 스테이크 맛을 보게 해줄 테니까."

새엄마는 간드러지게 웃으며 호들갑을 떨었다.

오후 8시, 일몰을 고려해 잡은 시간이다. 베란다에서 사람을 던지려면 해가 진 이후라야 위험부담이 적다. 새엄마는 좀 더 이른 시간을 원했지만, 주말 야근이 있다고 대충 둘러댔다. 해지는 편의점에 들러 소주와 맥주를 구매했다. 술을 좋아하는 새엄마의 주량에 맞추어 넉넉히 구입했다. 해지는 청바지 주머니 안에 넣어둔 수면제 봉지를 손으로 꾹꾹 눌렀다. 오빠에게 받아온 수면제였다. 새엄마에게 수면제를 먹인 뒤 문자를 보내기로 오빠와 약속을 해두었다. 얄팍한 수면제 봉지가 납덩이처럼 무겁게 허벅지를 짓누른다. 앞으로 벌일 범행의 무게를 일깨우는 것만 같다.

오빠를 살인자로 만들고, 새엄마를 죽이는 것이 옳은 선택일까. 오빠의 정신이 살인의 중압감을 견뎌낼 수 있을까. 살인에 성공한다고 해도 그 뒤의 일이 더 문제였다. 경찰과 검찰, 법정을 거치는 긴 시간 동안 오빠가 버텨낼 수 있을까. 여동생이 범행을 사주했다는, 해서는 안 될 말을 내뱉고 될 대로 되라는 식으로 나자빠질 가능성도 충분했다. 자수하면 부검하지 않을 거라고 오빠를 안심시켰지만, 아빠에 이어 새엄마까지 죽는다면 부검 가능성은 100프로다.

상관없었다. 계획적이든 우발적이든 오빠는 심신장애 판정을 받을 수 있다. 그것은 누구나 가질 수 있는 조건이 아니다. 오빠가 무슨 헛소리를 지껄이든 정신이 온전치 못한 사람의 허언으로 밀어붙이면 그만이다. 범인을 가리키는 화살표의 끝이 나를 향하게 해서는 안 돼. '오빠를 이용해 새엄마를 죽인다.' 이 달콤한 유혹의 손짓을 어찌 뿌리칠 수 있으랴.

해지는 머리를 흔들어 잡념을 날려버리려고 애썼다. 그녀는 크게 숨을 내쉬고, 어깨를 쫙 편 채 성큼성큼 걸음을 옮겼다. 불안했던 마음이 조금은 가라앉는 것 같았다.

편의점 봉투를 조수석에 던져두고, 새엄마의 아파트까지 천천히 차를 몰았다. 새엄마의 집이 가까워지자 심장박동이 거세지고, 날이 선 칼끝처럼 예리한 긴장감이 시시각각 몰려든다. 이대로라면 시작도 하기 전에 일을 그르칠 것만 같다. 아빠, 저에게 힘을 주세요. 해지는 결의를 다지듯 핸들을 쥔 손에 힘을 주고 어금니를 꽉 깨물었다.

"웬 술을 이렇게 많이 사왔어? 취하려고 아주 작정을 했구나."

새엄마는 식료품 봉투를 받아들며 친딸을 대하듯 반갑게 해지를 맞았다. 그녀는 해지의 기분을 맞춰 주려고 작정한 사람 같았다. 푹 퍼진 상판에 억지웃음을 흘리면서 푸근한 엄마 역할을 하느라 여념이 없었다. 목적을 위해서라면 살인도 불사하는 인간이니까. 해지는 새엄마의 악행을 되새기며 약해지려는 마음을 다잡았다.

"허심탄회하게 대화를 나누려면 이 정도는 마셔야죠." 해지는 짐짓 너스레를 떨며 새엄마에게 장단을 맞췄다.

"해준이는 안 오는 거야?"

"술도 못 마시는 오빠는 왜 불러요. 오늘은 여자들끼리 한잔해요. 오빠가 재산 문제는 제게 일임한다면서 알아서 하라고 했어요."

해지는 오빠에 대한 영향력을 은근히 과시했다. 새엄마의 눈꼬리가 느슨해지며 함지박 같은 미소가 번졌다. 그 바람에 못난이 얼굴이 조금 예쁘게 보였다. "그것도 그러네."

새엄마는 식사 준비가 거의 됐다면서 해지를 주방으로 이끌었다. 그녀는 와인 냉장고에서 와인을 꺼내더니 해지에게 건넸다.

"메뉴가 스테이크라서 소주보다는 와인이 어울릴 것 같구나. 우리 해지, 와인 좋아하지?"

"그럼요. 없어서 못 마시죠."

해지는 코르크스크루를 마개에 박아 넣고 와인을 땄다. 새엄마는 해지에게 등을 돌린 채로 식재료를 손질하느라 바빴다. 요리에 신경을 썼는지 가니쉬도 다양하게 준비돼 있었다. 새엄마에겐 마지막 만찬일 테니까 제대로 즐겨야 여한이 없겠지.

"도와드릴 일 없어요?"

해지는 새엄마 곁에 가서 섰다. 새엄마가 와인잔이 들어 있는 수납장을 가리켰다.

"이제 굽기만 하면 돼. 기다리는 동안 먼저 마시고 있어."

새엄마는 땅콩 접시를 건네주었다. 해지는 와인잔을 식탁 위로 옮겼다. 두 개의 잔에 와인을 가득 따랐다. 핏빛 레드 와인이 오늘 밤의 살인에 잘 어울린다는 생각이 들었다. 새엄마는 여전히 등을 돌린 채였다. 이렇게 쉽게 수면제를 넣을 기회가 찾아오다니……. 해지는 청바지 주머니에 손을 넣어 수면제를 꺼냈다. 스테이크를 굽느라 정신이 팔린 새엄마의 움직임을 눈으로 좇으며 와인잔에 수면제를 쏟아 넣었다. 수면제는 와인잔 안에서 흔적도 없이 사라졌다. 해지는 스마트폰을 꺼내 오빠에게 문자를 보냈다.

"다 됐다. 이제 만찬을 즐기자꾸나."

새엄마가 풍성한 요리 접시를 식탁 위에 내려놓고 맞은편 의자에 앉았다. 김이 모락모락 피어오르는 먹음직스러운 스테이크에서 유혹적인 냄새가 풍겨왔다. 새엄마가 마지막으로 솜씨를 발휘한 것 같았다.

"우와, 맛있겠는데요. 잘 먹을게요, 새엄마."

해지는 찬탄을 아끼지 않았다. 식탁은 호화롭게 꾸며졌고, 최고의 만찬을 준비한 새엄마에게 경의를 표하고 싶었다.

"엄마라고 불러주면 안 되니? 언제까지 새엄마라고 부를 거야?"

"그럴까요? 엄마."

이런 부탁쯤 얼마든지 들어줄 수 있다. 게다가 마지막이 아닌가.

"어머, 해지야, 너한테 엄마 호칭은 처음 듣는다. 한 번 들으니까 실감이 안 나네. 한 번만 더 불러 줄래?"

"엄마……."

"역시 넌 내 딸이야. 호호호."

경박한 웃음소리가 주방에 울려 퍼졌다. 새엄마가 미소

가득한 얼굴로 와인잔을 잡았다. 해지 역시 와인잔을 집어
들었다. 두 사람은 잔을 부딪치며 건배했다. 앞으로 잘해
보자고, 친엄마와 친딸처럼 사이좋게 지내자고 덕담도 나누
었다. 새엄마는 기분이 매우 좋은지 단숨에 와인잔을 비웠
다. 해지는 잔을 입에 댄 채 불안한 눈빛으로 새엄마를 주시
했다. 수면제의 효과는 언제쯤 나타날까.

"ㅇㅇㅇ, ㅇㅇㅇ, ㅇㅇㅇ."

억눌린 신음이 새엄마의 입에서 새어나왔다. 그것은 으르
렁거리는 소리 같기도 했고, 탄식을 내뱉는 소리 같기도 했
다. 듣는 이의 마음마저 지옥의 나락으로 끌어내리는 고통
스러운 단말마였다. 새엄마가 의자에서 굴러 떨어졌다. 바
닥에 쓰러진 새엄마의 몸이 부들부들 격렬하게 떨렸다. 눈
이 돌아가고 입에서는 피가 뿜어져 나왔다. 모골이 송연해
지는 광경이었다. 깜짝 놀란 해지가 의자에서 벌떡 일어났
다. 눈앞에 펼쳐진 충격적인 장면에 해지의 다리가 얼어붙
었다. 해지는 꼼짝도 하지 못한 채 새엄마를 지켜보았다.
두려움이 엄습해 새엄마 곁으로 다가갈 엄두조차 나지 않았
다. 바닥을 뒹굴며 비정상적인 경련을 이어가던 새엄마의
몸이 축 늘어졌다. 새엄마가 죽었다.

서해준

해지의 문자를 받았다. 해준이 등장할 시점을 알려주는 문자였다. 의미 없는 자음을 한 개 쳐서 보내면 그것이 신호라고, 해지는 몇 번이나 다짐을 주었었다. 해준은 해지의 문자를 확인하고도 움직일 기미를 보이지 않았다. 대신에 그는 어딘가로 전화를 걸었다.

"지택근 형사입니다."

"지 형사님, 어, 어떡하죠? 해지가 새엄마를 주, 죽인 것 같아요. 빠, 빨리 추, 출동해 주세요."

"서해준 씨? 밑도 끝도 없이 무슨 소립니까? 진정하고 차분히 말해 보세요."

"어, 해지가 새엄마를 죽이겠다고 했어요. 새엄마가 아빠를 죽인 것과 똑같은 방법으로 복수하겠다고요. 방금 해지의 문자를 받았어요. 으음……, 새엄마를 죽인 뒤에 제게 문자를 보내겠다고 했거든요. 해지가 정말로 실행에 옮길 줄은 몰랐어요. 그냥 화가 나서 하는 말인 줄로만 알았는데……. 우리 해지 어떡하죠? 지 형사님, 도와주세요. 으흐흑, 흑흑흑."

어눌한 발음으로 더듬거리며 도움을 요청하던 서해준이 급기야 울음을 터트렸다.

지택근

남현숙 살인혐의로 서해지를 현장에서 체포했다. 서해지는 큰 충격을 받은 사람처럼 멍한 표정이었고, 주방 바닥에 무기력하게 주저앉아 있었다. 그녀는 별 저항 없이 순순히 체포에 응했다.

남현숙의 사인은 청산염 중독사로 추정되었고, 와인잔에서 청산가리 성분이 검출되었다. 형사들은 서해지의 바지 주머니에서 청산가리를 담았던 것으로 보이는 작은 봉투를 찾아냈다. 봉투에는 서해지의 지문이 선명히 찍혀 있었다. CCTV 분석 결과, 사건 당일 남현숙의 집을 방문했던 사람은 서해지가 유일했다.

경찰서로 연행된 서해지는 범행을 전면 부인했다.

"그게 청산가린지 정말로 몰랐어요. 제가 와인잔에 넣은 것은 수면제였어요. 수면제는 오빠에게 받아왔어요. 오빠가 수면제라고 하면서 제게 주었어요. 청산가린 줄 알았다면 결코 새엄마 잔에 넣지 않았을 거예요. 억울해요, 지 형사님. 제 말을 믿어 주세요."

"남현숙 씨의 잔에 수면제를 탄 이유는 뭡니까?"

"그건……."

서해지는 오빠와 공모해 새엄마를 죽이려던 계획을 실토

했다.

"새엄마를 재워 놓기만 하면 오빠가 알아서 처리하겠다고
했어요. 그래서 새엄마의 잔에 수면제를 넣은 거예요. 흑흑
흑."

서해지는 억울함을 호소하듯 격렬히 어깨를 들썩거렸다.
지 형사는 범인들의 눈물을 믿지 않았다. 범죄자들은 누구
보다 자기 연민이 강한 족속이다. 본인의 잘못은 절대 인정
하지 않는다. 사회 탓, 가족 탓, 피해자 탓까지, 그들은 언
제나 남의 탓을 한다.

"당신 오빠의 말은 다르던데요. 당신이 복수를 하겠다면
서 새엄마를 죽이러 가겠다고 했다더군요."

"오빠가요?"

반문하던 서해지가 갑자기 입을 다물었다. 그녀는 입술을
꼭 깨문 채로 깊은 상념에 빠졌다.

"이제 알겠어요. 오빠가 저를 이용해 새엄마를 제거한 거
예요. 제가 살인범이 돼서 교도소에 가면 오빠의 계획이 완
성되는 거고요. 이런 일을 벌이다니⋯⋯, 오빠는 악마예요.
새엄마에게 수면제를 먹인 뒤 오빠의 폰으로 문자를 보내기
로 했었어요. 그때 오빠가 새엄마 집에 오기로 한 거고요.
지 형사님, 오빠에게 보낸 문자가 증거가 되지 않을까요?"

지 형사는 천천히 고개를 가로저었다.

"당신은 오빠에게 자음 한 개를 쳐서 문자를 보냈습니다. 뜻 없는 자음 1개가 당신에게 유리한 증거가 될 수 없습니다. 서해준 씨 말로는 당신이 살인을 완수했다는 의미로 문자를 보낸 거라고 하더군요."

"그건 오빠가 먼저 제안한 거예요. 증거를 남기지 않기 위해서 자음 한 개만 쳐서 보내야 한다고요."

절망에 빠진 서해지가 절규하듯 외쳤다.

"모든 증거가 당신을 가리키고 있습니다."

"지 형사님, 전 함정에 빠졌어요. 진범은 오빠라고요. 오빠를 조사해 보세요. 이렇게 부탁드릴게요."

지 형사 앞에 두 손을 모은 서해지는 몹시 절박해 보였다.

"지 형사님, 오빠를 경찰서로 불러 주세요. 오빠와 저를 대질신문 하세요. 그러면 진실이 밝혀질 거예요."

지 형사는 서해지의 진술을 꼼꼼히 따져보았다. 서해지는 일주일 동안 오빠 집에서 범행을 모의했다고 자백했다. 그녀가 일주일간 오빠 집에 간 것은 사실이었다. 그건 서해지를 미행했던 지 형사가 누구보다 잘 알았다. 과연 서해지는 오빠에게 뒤통수를 맞은 걸까. 서해지의 호소를 어떻게 받아들여야 할까.

서해지는 시종일관 오빠가 범인이라고 주장했지만, 그녀의 말을 뒷받침할 증거가 없었다. 서해준은 25년간 조현병 환자로 살아온 인물이다. 그런 자가 치밀한 범죄를 저지를 수 있을까. 콜라에 집착하던 서해준의 비정상적인 언동이 지 형사의 뇌리에서 점멸했다.

참고인 조사를 위해 서해준에게 경찰서 출석을 요구했다. 서해준은 살이 많이 빠진 모습으로 나타났다. 통통하던 몸집이 눈에 띄게 홀쭉해졌다. 면도도 하지 않았는지 진한 수염이 얼굴의 반을 뒤덮었다. 갑자기 살이 빠진 이유가 뭘까. 여동생에 대한 염려 때문일까. 서해준은 전처럼 콜라를 달라고 조르지도 않았다.

"지 형사님, 해지는 어떻게 되는 거예요? 해지 때문에 너무 걱정이 돼서요."

지 형사는 서해준의 태도에 주목했다. 형사의 예리한 시선이 그의 행동거지를 훑었다. 여전히 어눌한 말투였으나 서해준은 전과 달리 침착한 자세를 유지했다.

"당신이 청산가리를 주었다고 서해지 씨가 진술했습니다. 수면제라고 속이고 청산가리를 건넸다고 하더군요. 오빠가 여동생을 이용해 새엄마를 제거한 거라고요. 어떻게 된 거죠?"

"지 형사님, 해지가 정말로 그렇게 말했어요?"

"그렇습니다. 당신이 서해지 씨에게 청산가리를 주었습니까?"

"음……, 어……, 제가 그렇다고 인정하면 해지가 풀려날까요? 해지가 벌을 받지 않게 되나요? 그렇게 될 수 있어요?"

"이것 봐요, 서해준 씨. 경찰 조사가 장난인 줄 압니까? 허위 진술하면 처벌받습니다. 경찰이 자백만 받고 끝낸다고 생각하면 큰 착각입니다. 형사들이 전부 확인합니다."

지 형사는 단호한 어조로 못을 박았다. 서해준이 여동생을 각별히 아낀다는 사실은 탐문을 통해 이미 파악하고 있었다. 주변 인물들 대부분이 그렇게 증언했다. 범인을 감싸는 서툰 시도 따위 일찌감치 차단할 필요가 있었다.

"서해준 씨, 거짓말은 통하지 않습니다. 사실대로 말씀하세요."

지 형사의 엄한 일갈에 서해준은 마음의 짐을 내려놓은 듯 편안한 표정을 지었다.

"제겐 청산가리가 없어요. 제가 어디서 청산가리를 구하겠어요?"

그렇다. 청산가리의 출처를 밝힐 수 없다는 것이 이 사건의 최대 난제였다. 서해지와 서해준은 물론 사망한 서영대와 남현숙까지 면밀히 조사했지만, 소득이 전무했다.

"그러면 돌아가신 서영대 씨가 청산가리를 소지하고 있었습니까? 서해지 씨가 그렇게 진술했습니다."

"아빠가 청산가리를 소지했었다고요? 저는 그런 말을 들은 적이 없어요. 만약에 그랬다 쳐도 새엄마와 제가 청산가리를 나누어 썼다는 해지의 가정은 말이 안 돼요."

서해준과 남현숙이 공범 관계가 아닌 이상 집에 보관된 청산가리를 나누어 썼을 리 없다. 죽은 서영대가 청산가리를 소지했는지의 여부도 현재로선 알아낼 방도가 없다. 지 형사는 서해준이 보기보다 똑똑한 인물일지 모른다는 생각이 들었다.

여동생을 떠올린 것인지 서해준의 눈빛이 한없이 유순해졌다.

"저는 해지의 마음을 이해해요. 해지는……, 막상 살인을 저지르고 나니까 두려워진 거예요. 얼마나 두려웠으면 제게 범행을 덮어씌우려 할까요. 불쌍한 해지……. 해지는 어릴 적부터 그랬어요. 언제나 제게 잘못을 떠넘겼죠. 오빠가 받아 주리라는 걸 알고 있으니까요. 다만……."

서해준에겐 아직 남은 말이 있는 듯했다.

"서해준 씨, 사소한 거라도 좋으니까 남김없이 말씀해 주세요."

서해준은 쭈뼛거리는 동작으로 스마트폰을 꺼내 탁자에 놓았다.

"녹음된 내용이 있습니까?"

서해준의 머리가 깊숙이 숙어졌다. 그가 폰을 조작하자 격정에 찬 서해지의 음성이 조사실을 크게 울렸다. 목소리만 들어도 증오의 깊이를 능히 짐작할 수 있었다.

"복수를 할 거야. 새엄마를 죽일 거라고. 그년이 아빠에게 했던 것과 똑같은 방법으로 죽일 거야. 그 연놈이 아빠 재산을 차지하는 꼴은 못 봐. 절대로 못 본다고. 새엄마를 죽이고 말 거야."

녹음된 음성 파일은 한두 개가 아니었다. 서해지는 앞뒤 가리지 않고 무작정 직진하는 타입일까. 지 형사는 뒷일을 염두에 두지 않고 무모하게 범행을 벌이는 범죄자들을 수없이 보아왔다.

"해지는 아빠를 사랑했어요. 아빠를 사랑하는 마음에 우발적으로 벌인 범행이에요. 아빠를 죽인 새엄마를 용서할 수 없었던 거예요. 지 형사님, 우리 해지 불쌍해서 어떡하죠?"

서해준은 뺨에 흐른 눈물을 주먹으로 훔쳤다.

"지 형사님, 제가 해지에게 청산가리를 준 걸로 조서를 작성해 주세요. 그러면 우리 해지 풀려날 수 있잖아요. 해지만 풀려나면 저는 어떻게 돼도 상관없어요."

서해준은 지 형사에게 막무가내로 매달렸다.

서해준

해준은 아빠가 보고 싶었다. 그는 매일 아빠를 그리워했다. 아빠는 세상에서 해준을 사랑해준 유일한 사람이었다. 해준은 아빠만 떠올려도 눈물이 났다. 불쌍한 아빠…….

3월 8일, 해준은 아빠 집을 방문했다. 일을 벌이기 전 아빠의 얼굴을 실컷 보아두고 싶었다. 새엄마의 학대가 얼마나 악독했던지 아빠의 몸무게가 50kg으로 줄었다. 아빠는 화장실 출입조차 힘들어할 만큼 건강이 악화됐다. 해준은 아빠를 대할 때마다 심장을 저미는 고통을 맛봐야만 했다.

결단을 내릴 시점이었다. 새엄마는 이미 회사를 장악했고, 머지않아 아빠의 재산을 송두리째 꿀꺽할 것임이 자명했다. 인내심이 바닥난 새엄마가 아빠를 살해할 위험도 존재했다. 새엄마는 그러고도 남을 괴물이었다.

해준은 아빠를 대할 때마다 느꼈던 가슴을 짓찧는 슬픔에서 벗어나고 싶었다. 아빠는 해준의 마음을 아프게 만드는 존재였다.

그래! 죽음보다 못한 삶에서 아빠를 해방시켜 주자. 아빠를 새엄마로부터 해방시켜 주자. 마지막 효도를 하자.

'아빠, 미안해. 내가 아빠에게 해줄 수 있는 건 이것밖에 없어.'

해준은 아빠의 깡마른 손을 부여잡고 눈물을 뚝뚝 흘렸다. 나뭇가지 같은 아빠의 손가락이 해준의 손 안에서 바스러질 듯 떨렸다. 해준은 꼬챙이처럼 말라버린 아빠의 어깨를 단단히 감싸 안았다.

"아빠, 미안해."

아빠는 의아한 눈빛으로 해준을 바라볼 뿐 아무런 말이 없었다. 해준은 주머니에서 약봉지를 꺼내 아빠의 손에 쥐어주었다.

"아빠, 내가 두통에 잘 듣는 특효약을 구해왔어. 아빠 머리 많이 아프다고 했었지? 이 약 먹으면 푹 잘 수 있을 거야."

아빠의 여윈 손이 약봉지를 움켜잡았다. 아빠는 아들이 준 약봉지를 잠옷 주머니 안에 소중히 챙겨 넣었다.

아빠의 죽음은 해준이 의도한 대로 흘러가지 않았다. 해준은 아빠를 독살한 혐의로 새엄마가 체포되길 바랐다. 물론 음독자살로 마무리되는 것도 나쁘지 않았다. 둘 중 어느 것이든 좋았다. 그런데 새엄마가 끼어들어 일이 복잡하게 꼬여버렸다. 정말이지 새엄마는 못 말리는 여자였다. 사람이 죽은 것도 알아채지 못하고 베란다에서 던지는 멍청이라니. 해준은 혀를 끌끌 찼다.

엄마의 청산가리는 제대로 효과를 발휘해 주었다. 청산
가리는 덩어리 형태로 분유 깡통에 보관돼 있었다. 그것은
엄마의 유품이었다. 우울증이 도질 때면 엄마는 어린 남매
의 코앞에 분유 깡통을 들이대며 자살하겠다는 위협을 일삼
았다. 그때마다 해지는 자지러지게 울음을 터트렸었다. 해
지는 기억이 왜곡되어 청산가리가 아빠 것이라고 착각한 것
같았다. 해준은 엄마의 유품을 소중히 보관했다. 엄마가 어
떤 사람이었는지 기억하기 위한 물건으로 그보다 더 좋은
건 없었다.

해준은 사건이 잘 마무리되었다고 생각했다. 새엄마와 해
지가 끼어드는 바람에 일이 커져 버렸지만, 결말만큼은 놀
랍도록 신선했다. 해준은 그녀들의 선물을 받을 자격이 충
분하다고 여겼다.

가나다 살인사건

행운의 편지

1

고진시 마석동 번화가 뒤편 공터에서 칼에 찔려 죽은 남자 시체가 발견됐다는 신고가 들어온 것은 4월 10일 정오경이었다. 차를 가지러 갔던 자영업자가 119에 신고했다.

"처음엔 취객이 자고 있다고 생각했어요. SUV 차량 밑에 남자가 엎어진 자세로 누워 있었어요. 4월이라고 해도 날이 쌀쌀해서 잠들어 있는 남자가 걱정됐어요. 남자를 불러 봤습니다. 대답이 없었습니다. 잠깐 망설이다가 깨우려고 가까이 다가갔습니다. 그제야 바닥에 고인 피가 눈에 들어오더군요. 얼마나 놀랐던지……, 곧바로 119에 신고했습니다."

"남자를 만지지는 않았습니까?"

"만지지 않았습니다. 남자가 죽은 것이 확실했고, 제가 할 수 있는 일이 없다고 판단했습니다."

"왜 119에 신고했죠? 이미 죽은 시체라면 112가 맞을 텐데요."

"모르겠어요. 그때 머릿속에 떠오른 번호가 119였어요."

"공터에는 왜 갔습니까?"

"전날 지인들과 술자리가 있었습니다. 저는 술 약속이 있

을 때마다 공터에 차를 세워 둬요. 저를 비롯해 지인들이
종종 이용하는 공터거든요. 숙취가 심해 평소보다 늦게 차
를 가지러 갔지만, 대낮에 시신을 발견하게 될 줄은 몰랐네
요."

사망한 남자는 왼쪽 가슴을 칼에 깊게 찔렸다. 구급대원
은 112에 신고했고, 고진경찰서 강력 1팀과 과학수사팀이
출동했다.

공터에 폴리스 라인이 설치되자 현장은 긴박하게 돌아갔
다. 사진 촬영과 감식작업이 진행됐고, CCTV 확보와 탐문
을 위해 형사들이 돌아다녔다. 범행 도구는 현장에서 발견
되지 않았다.

남자의 신원은 곧 밝혀졌다. 상의에 지갑이 남아 있었으
며 운전면허증과 신용카드, 현금 3백만 원이 들어있었다.
사인은 과다 출혈에 의한 실혈사로 추정되었고, 신체 여러
부위에 시반이 형성되었다. 정확한 사인 규명을 위해 법원
에서 부검 결정이 내려졌다.

사망한 남자는 45세의 이현수로 대부업에 종사했다. 40세
의 아내와 초등학교 6학년 딸이 이현수의 유족이었다. 고진
경찰서 강력 1팀 지택근 형사는 이현수의 아내 정은현을 불
러 유족 진술을 들었다.

지택근 형사는 정중한 태도로 정은현에게 조의를 표했다. 정은현의 눈가는 붉게 물든 채였다. 지 형사는 유족을 배려해 최대한 부드러운 어조로 질문을 시작했다.

"남편분에게 원한을 가질 만한 사람이나 의심 가는 인물이 있습니까?"

정은현은 남편 이야기만 나와도 슬픔이 사무치는 듯했다. 정은현의 눈에서 눈물이 방울져 흘러내렸다.

"전 아무것도 몰라요. 남편은 제게 사업 이야기를 하지 않았거든요."

정은현이 핸드백에서 손수건을 꺼냈다. 그녀는 손수건을 눈에 대고 어깨를 들썩이며 흐느꼈다. 지 형사는 정은현의 울음이 잦아들기를 기다렸다. 불시에 남편을 잃은 아내의 마음을 헤아려야만 했다.

"남편분의 사업이 잘되었습니까?"

"그런 것 같아요. 생활비를 넉넉히 가져다주었거든요."

"남편분과의 사이는 어땠습니까?"

정은현은 가만히 한숨을 내쉬었다. 그녀의 하얀 얼굴에 그늘이 내려앉았다.

"사채업자에 대한 세간의 시선이 어떤지는 잘 알고 있어요. 그이가 거친 세계에서 살아왔다는 것은 인정해요. 다만 저와 딸아이에게는 자상하고 다정한 사람이었어요. 여자문제로 속을 썩인 일도 없었고요."

"치정문제로 돌아가신 건 아니라는 말씀이군요."

머릿속이 사건으로 가득하다 보니 치정이라는 단어가 불쑥 튀어나와 버렸다. 치정은 유족에게 상처를 줄 수 있는 말이었다. 정은현이 쓴웃음을 지었다.

"그이는 여자보다 술을 더 좋아했어요."

"남편분을 마지막으로 보신 게 언제였죠?"

"4월 9일 오전 9시 30분, 남편은 평소처럼 출근했어요."

"누구를 만난다든가 특별히 언급한 말은 없었습니까?"

"그이는 주로 밖에서 저녁을 먹고 들어왔어요. 워낙 술을 좋아해서 지인들과 자주 어울렸거든요. 술을 마시면 외박하는 일도 종종 있었기에 크게 걱정하지 않았답니다."

특별히 아내가 의심스럽지는 않았지만, 행적 확인은 필수 절차였다. 진술 내용을 기록해 두었다가 혐의점이 있을 때 진위를 가리면 된다.

"4월 9일부터 10일 오전까지의 행적을 알려 주세요."

"4월 9일 오후 6시경, 딸이 학원수업을 마치고 집에 돌아왔어요. 그때부터 10일 오전 8시 반까지 딸과 함께 있었습니다."

대화를 하면서 진정이 되었는지 정은현의 음성에서 떨림이 사라졌다.

"이현수 씨의 휴대전화가 잠겨 있습니다. 혹시 패턴을 알고 계십니까?"

지 형사는 내심 기대를 품고 정은현의 입을 바라보았다. 사이좋은 부부라면 배우자의 비밀번호쯤 의당 알고 있으리라. 아니나 다를까 기다리던 대답이 정은현의 입에서 흘러나왔다.

"물론 알고 있어요. 남편은 제게 비밀이 없었거든요."

지 형사는 가뭄에 내리는 단비처럼 정은현의 대답이 반가웠다.

이현수의 휴대전화를 살펴보던 중 수신된 문자 메시지 한 통이 지 형사의 눈길을 끌었다. 수신 날짜는 4월 4일이었다.

〈이것은 '행운의 편지' 양식을 빌려 쓴 기회의 편지입니다. 당신에게 기회를 주고자 합니다. 인생을 돌아보면서 진솔한 반성의 편지를 쓰세요. 잘못한 일이 있는지, 남에게 피해를 주지는 않았는지, 곰곰이 따져 보세요. 편지는 4일 안에 당신 곁을 떠나야 합니다. 진솔한 반성의 편지 7통을 행운이 필요한 사람에게 보내세요. '가'로 시작하는 지역에 거주하는 가씨 7명에게 행운의 편지를 보내십시오.

영국의 HGXWCH라는 사람은 1930년에 행운의 편지를 받았습니다. 그는 비서에게 편지를 복사해서 보내라고 지시했습니다. 며칠 뒤에 그는 복권에 당첨되어 20억을 받았습니다. 어떤 이는 행운의 편지를 받았으나 96시간 이내에 자신의 손에서 떠나야 한다는 사실을 잊었습니다. 그 사람은 곧 해직되었습니다. 나중에야 이 사실을 깨닫고 7통의 편지를 보냈는데, 다시 좋은 직장을 얻었습니다.

미국의 존 F. 케네디 대통령은 행운의 편지를 받았지만, 그냥 버렸습니다. 9일 후, 그는 암살당했습니다.

기억하세요. 당신이 행운의 편지를 보내면 7년 동안 행운이 함께할 것이고, 그렇지 않으면 죽음이 뒤따를 것입니다. 힘들겠지만 좋은 게 좋다고 생각하세요.

당신에게 기회를 주고 싶은 '가나다'로부터〉

MMS로 보내온 행운의 편지였다. 지 형사는 초등학교 시절 친구들 사이에서 유행했던 행운의 편지를 떠올렸다. 7통의 편지를 일일이 베껴 쓰느라 손가락이 아팠던 기억이 여전히 생생하다. 편지를 보내지 않으면 불행이 찾아올 거라는 경고를 무시할 배짱은 없었기에 급우들 대부분이 행운의 편지를 베껴 적었고, 친구들의 책상 속에 몰래 던져 넣었었다.

어린애도 아니고 45세의 남자에게 이런 편지를 보내다니⋯⋯, 지 형사는 고개를 갸웃거렸다. 지 형사에게 행운의 편지란 구시대의 유물과 동일한 말이었다. '가'로 시작하는 지명에 거주하는 가씨 7명에게 편지를 보내라고? 이현수가 수신한 행운의 편지는 원래의 것에는 없는 해괴한 문장들이 추가돼 있었다.

지 형사는 인터넷을 검색했다. 가씨 성은 충청남도 서산과 태안에 압도적으로 많으며 태안군에 집성촌이 있다고 나온다. 2015년 통계청 조사결과 가씨 성은 9,936명이라고 나와 있었다. 가씨 집성촌인 태안군에'가'로 시작하는 지명은 없었다. 'ㄱ'으로 시작하는 고남면과 근흥면이 있을 뿐이다. 서산에는 고북면이 'ㄱ'으로 시작하는 지명이었다.

'가'로 시작되는 지역에 거주하는 가씨라……. 1명도 찾기 어려울 판에 7명이라니, 편지는 불가능한 임무를 부여한 셈이었다. 기회를 주겠다고 포장했으나 가만히 앉아서 죽음을 기다리라는 경고 아닌가. 혹시 살인 예고? 실제로 이현수는 칼에 찔려 살해당했다.

이것을 우연이라고 치부할 수 있을까? 행운의 편지를 보낸 전화번호는 이현수의 통화 목록에 없는 번호였다.

고진서 강력 1팀은 4월 9일 이현수의 동선을 파악하는 한편 주변 인물들의 탐문에 돌입했다. 4월 9일 09시 30분, 서울 문화동 아파트를 나선 이현수는 사무실이 있는 명동까지 본인 소유의 벤츠 SUV 차량으로 이동했다. 점심을 먹으러

나간 시간을 제외하고 내내 사무실에 머물렀다. 17시 30분, 이현수의 벤츠는 건물 주차장을 빠져나가 경기도 고진시 마석동으로 향했다. 18시 30분, 마석동에 도착한 이현수는 상가 뒤편 공터에 차를 세운 뒤 김수철이 운영하는 족발식당으로 갔다.

지 형사는 이현수의 오랜 고객이라는 족발식당 사장 김수철을 찾아갔다. 마석동 번화가에 위치한 김수철의 족발식당은 저녁장사 위주인지 매우 한산했다. 지 형사가 출입문을 열고 들어가자 사장 김수철이 계산대 의자에서 일어났다. 전화로 방문 사실을 알려 두었기에 놀라는 기색은 없었다. 김수철은 40대 후반쯤으로 작은 키에 단단한 체격을 지닌 남자였다.

"지택근 형사입니다."

지 형사는 김수철에게 경찰 신분증을 보여주고 명함을 내밀었다. 김수철은 빈 테이블로 지 형사를 안내했다. 테이블이 전부 비어 있는 탓에 식당 풍경이 황량했다. "이현수 씨 사건으로 몇 가지 여쭤보겠습니다. 시간 많이 빼앗지 않겠습니다."

김수철은 고개를 살짝 끄덕이는 것으로 대답을 대신했다. 그의 손에는 여전히 지 형사의 명함이 들려 있었다.

"커피라도?"

"괜찮습니다."

거리가 내다보이는 안쪽 자리에 앉은 김수철은 시선을 창 밖으로 두었다.

"4월 9일 저녁, 이현수 씨와 만났던 때의 일을 상세히 말씀해 주세요."

"보시다시피 가게 형편이 좋지 않아요."

김수철은 식당 안을 휘휘 휘둘러보았다.

"이현수 사장에게 3천만 원을 빌렸는데, 변제 기일을 연장해 달라는 부탁을 하려고 연락했습니다. 이 사장이 고진으로 직접 오겠다고 하더군요. 저녁을 먹으면서 차분히 얘기하자고요. 마침 잘되었다고 생각했죠. 족발과 술을 대접하면서 부드럽게 대화를 풀어갈 작정이었습니다."

"이야기는 잘되었습니까?"

"그럭저럭요. 이자만 확실히 지불하면 별 상관없다는 식으로 대답하더군요."

김수철의 낯빛은 어두웠지만, 특별히 동요하는 기색은 없었다.

"가게 사정이 많이 안 좋은가요?"

"코로나가 극성일 때는 배달 주문이 들어와서 그나마 버텼는데……."

김수철은 말끝을 흐렸다. 식당은 종업원 없이 사장 혼자 운영하는 듯했는데, 손님은커녕 주문전화 한통 없이 썰렁하기 이를 데 없었다. 쇼 케이스를 가득 채운 족발들이 찾아가는 사람 없는 유실물 더미마냥 쓸쓸해 보였다.

"이현수 씨와는 몇 시까지 함께 계셨습니까?"

"이현수 사장은 소문난 술고래예요. 한번 마시기 시작하면 끝을 보는 사람이죠. 족발에 소주로 시작한 술자리가 자정 가까이까지 이어졌어요."

"이현수 씨가 식당에서 나갔을 때는 어땠습니까?"

"제가 대리기사를 불러주겠다고 말했는데, 이 사장이 직접 부르겠다고 하면서 비틀비틀 걸어 나갔어요. 상가 뒤 공터에 차를 세워놨다고 하더군요. 차에서 한숨 자려는 모양이라고 짐작했어요."

"두 분이 자주 술자리를 갖습니까?" "이현수 사장과 알고 지낸 세월이 꽤 됩니다. 장사를 하다 보면 자금 압박이 들어올 때도 있고……, 그럴 때마다 이 사장에게 돈을 빌려서 쓰고는 했지요. 이자는 다소 비싸지만, 급할 때는 꽤 요긴합니다. 저 같은 영세업자에게 은행 문턱은 턱없이 높거든요."

김수철은 앞이마로 흘러내린 머리카락을 버릇처럼 쓸어넘겼다. 김수철의 오른손에 두꺼운 밴드가 감겨 있었다. 지 형사의 시선이 김수철의 오른손에 꽂혔다. 이현수에게 칼질을 하다가 다친 것일까? 사람을 죽일 정도로 찔렀다면 가해자의 손 또한 무사할 리 없었다.

"손은 왜 다치셨죠?"

지 형사는 지나가는 투로 물어보았다. 김수철은 오른손에 힐끗 눈길을 주더니 대수롭지 않다는 듯 대꾸했다.

"족발을 썰다 보면 늘 있는 일입니다. 족발에 기름기가 좀 많아야죠. 칼이 미끄러지는 바람에 살짝 베었습니다. 별거 아닙니다."

"상처 사진을 찍어도 될까요?" 지 형사는 부드러운 표정으로 요청했다.

"왜요?"

김수철의 눈매가 사나워졌다.

"사진을 찍으면 안 되는 이유라도 있습니까?"

지 형사는 거부하면 의심을 받을 수 있다는 의미를 담아 말했다. 김수철은 항변을 하려는 듯 입술을 달싹였으나 이내 마음을 정하고는 왼손으로 거칠게 밴드를 벗겨냈다. 엄지손가락과 집게손가락 사이에 붉게 베인 상처가 지 형사의 눈에 들어왔다. 상처는 꽤 깊어 보였다.

"많이 베였는데, 병원에서 치료받지 않으셨습니까?"

지 형사가 여러 각도로 사진을 찍으면서 물었다. 채무면 탈이라는 강력한 동기를 가졌고, 피해자와 마지막까지 있었던 사람이며 오른손에 깊은 상처까지……. 범인을 지목하는 화살의 끝이 김수철로 모아지고 있었다.

"병원은 무슨……."

김수철은 왼손으로 상처 입은 오른손을 감싸며 말했다. 그의 안색이 유독 어두웠다.

"이현수 씨가 식당을 나가면서 누구를 만날 예정이라거나 특별히 언급한 말이 있었습니까?"

"자정이 가까운 시간에 누굴 만나겠습니까?"

"이현수 씨가 신상에 관한 이야기를 하지 않았습니까? 생명에 위협을 느낀다던가……."

김수철은 지 형사의 질문마다 아니라고 고개를 저었다.

"사채업자가 모두 칼침을 맞는 것도 아니고……, 이 사장이 막가파식 사채업자는 아니었어요. 터무니없는 고리를 부과한다든가, 신체포기각서를 받거나 불법적인 채권추심을 한다든가……, 그런 일은 없었어요. 나름 원칙을 가지고 사업을 했기에 이 사장에겐 단골이 많았어요."

지 형사는 김수철의 눈을 지그시 응시했다. 김수철의 말이 진실이라고 가정한다면 족발식당에서 나간 이현수가 공터로 이동한 뒤에 칼을 맞은 것이 된다. 김수철이 공터까지 따라가서 찌른 걸까? 아쉽게도 공터에는 CCTV가 없었다. 족발식당부터 공터까지 CCTV를 확보해 김수철이 등장하는

지 확인하면 된다. 공터에 주차했던 차들의 블랙박스에도 기대를 걸어볼 만했다.

"이현수 씨와 헤어진 뒤의 행적은요? 바로 귀가하셨습니까?"

"시간도 늦었고, 술도 많이 취해서 가게 뒷방에서 잤습니다."

김수철은 주방 옆의 작은 방으로 지 형사를 안내했다. 한 사람이 누울 수 있는 작은 공간이 가게 안쪽에 있었다. 지 형사는 할 일을 머릿속으로 챙기며 족발식당을 나섰다.

기대를 걸었던 CCTV 수사는 수포로 돌아갔다. 족발식당에서 공터까지 멀지 않은 거리에 설치된 CCTV는 단 1대였고, 각도 문제로 김수철은 물론 죽은 이현수의 윤곽조차 찍히지 않았다. 시체를 발견한 자영업자의 블랙박스는 주행 녹화로 설정돼 있었다. 4월 9일 밤, 공터에 주차했던 차들을 특정할 수도 없었다.

하긴 마음먹고 살인을 저지르는 자가 CCTV와 블랙박스를 염두에 두지 않았을 리 없다. 과학수사팀이 김수철의 족발식당에 혈흔반응 검사를 했지만, 핏자국은 발견되지 않았다.

범행은 공터에서 벌어진 것이 확실했다. 현금 300만 원과 롤렉스시계가 남아 있는 것으로 보아 강도의 소행은 아니었다. 동일수법 전과자나 우범자 수사는 의미가 없어 보였다.

아내 정은현의 말대로 이현수 주변에 내연관계를 의심할 만한 여자는 없었다. 사채업자는 여자관계가 복잡할 것이라는 선입견이 제대로 뒤통수를 맞았다. 강력 1팀은 원한에 의한 살인에 초점을 맞추고 이현수의 주변을 캐기 시작했다.

"이현수의 통화 내역에서 눈에 띄는 인물은 없었나?"

수사 회의를 하는 중에 강력 1팀장이 질문을 던졌다.

"이현수 휴대전화에서 이런 문자를 발견했습니다."

지 형사는 이현수의 폰에 수신된 행운의 편지를 팀장에게 보여 주었다.

"이게 뭐야? 어린애 장난도 아니고. 발신번호 확인해 봤어?"

"이미 사망한 사람의 이름으로 등록된 번호였습니다."

"'가'로 시작하는 지명에 거주하는 가씨 7명에게 행운의 편지를 보내라?"

"단순한 장난일까요? 인터넷에 떠도는 행운의 편지를 베껴 썼는데, 추가로 덧붙인 내용이 있어요."

강력 1팀의 막내 손 형사가 빠른 손놀림으로 스마트폰을 검색한 뒤 말했다.

"이현수가 행운의 편지를 발신한 기록은 없었어요. 어쩌면 편지의 지시대로 따르지 않아서 죽음을 맞았는지도 몰라요. 이거 살인 예고장일까요? 왠지 으스스한데요."

"살인 예고라……, 대포폰으로 이런 편지를 보낸 게 수상하긴 하네."

강력 1팀장은 행운의 편지를 인쇄한 종이를 뚫어질 듯 노려보았다.

지택근 형사는 명동에 위치한 이현수의 대부업 사무실을 찾아갔다. 사무실은 삭막한 분위기를 풍겼고, 남직원 1명과 여직원 1명이 쓸쓸히 자리를 지키고 있었다. 사장의 비명횡사로 개점휴업 상태인지라 직원들에게 미리 방문 사실을 알려 두었다. 여직원이 종이컵에 담긴 커피를 내왔다. 남직원과 여직원이 나란히 지 형사의 맞은편에 앉았다. 지 형사는 커피를 한 모금 마신 뒤 늘 하던 대로 의례적인 질문을 이어 갔다.

"이현수 사장에게 원한을 가질 만한 사람이 있었습니까?"

"글쎄요. 영업이나 대출업무는 사장님이 전담하셔서 자세한 내용은 알지 못합니다. 저는 심부름 정도로만 관여했습니다."

마동석 배우 정도는 아니지만, 한눈에 보아도 힘깨나 쓸 것 같은 삼십대의 남직원이 대답했다. 이현수가 불법 추심을 하지 않았다고, 족발식당 김수철이 증언했지만 실상은 알 수 없는 일이었다.

"저는 단속을 나온 게 아닙니다. 살인사건 수사에 필요한 정보를 얻으려고 왔습니다. 그래서 혼자 온 거고요. 어떤 내용을 진술하셔도 불이익을 당하는 일은 없을 겁니다."

지 형사는 차분하게 용건을 설명했다. 앞에 앉은 남직원이 작은 눈을 깜빡거렸다. 불룩한 팔근육과 대비되는 단춧구멍 눈이 재빠르게 움직였다. 눈알을 굴리는 속도만큼 머리도 빠르게 돌아가는 듯했다. 뜸을 들이던 남직원이 입을 열었다. 지 형사의 절박한 심정이 남자에게 전달된 모양이었다.

"금파시장 상인들을 상대로 일수대출을 했어요."

지 형사는 잠자코 남직원의 다음 말을 기다렸다.

"일수대출이란 게 가볍게 여겼다간 큰 코 다치기 십상이죠."

"알고 있습니다."

"하루 4만 원씩 90일, 이런 식으로 원리금을 쪼개서 받으니까 별거 아닌 것 같지만, 알고 보면 연리 수백 프로에 달하는 살인 이자예요."

남직원의 단춧구멍 눈이 교활하게 빛났다. 그는 망설이

는 듯했다. 지 형사는 어서 계속하라는 듯 미소를 지어 보였다.

"형사님이 원한에 관해서 물어보시니까 말씀드리는 겁니다. 대부업은 원한과 무관할 수 없습니다. 일수 연체를 하게 되면 곤란한 상황에 처하고, 돈을 갚는 과정에서 자연스럽게 원한이 쌓이죠."

"일수 연체를 하면 어떻게 되는데요?"

"이른 바 꺾기에 들어갑니다."

"꺾기가 뭐죠?"

"미납 이자를 원금에 포함시켜서 다시 빌려준다고 생각하시면 됩니다. 꺾기가 무서운 게 300만 원을 빌렸다가 1년 10개월 뒤에 6,700만 원이 된 케이스가 있어요. 연리로 따지면 2,000프로가 넘는 폭탄 이자죠."

"이현수 씨가 그런 계약을 했습니까?"

"계약서를 쓰지 않고 증거를 남기지 않으니까 더 무서운 거죠. 빌리는 액수가 얼마인지, 일수인지, 월변인지, 용도가 무엇인지에 따라 상환시스템이 달라져요. 일수로 300만 원을 빌렸다고 칩시다. 선이자와 수수료로 60만 원을 떼요. 매일 3만 원씩 135일에 걸쳐 돈을 갚는 방식이죠. 300만 원에서 선이자 떼고 240만 원을 빌렸는데, 상환해야 될 금액은 405만 원에 달해요. 법정 최고 금리의 10배가 넘는 311.3

프로 이자니까 말 다 했죠."

"사람들이 꼬박꼬박 돈을 잘 냅니까?"

"우리는 세 가지 조건에 동의하지 않으면 돈을 빌려 주지 않습니다. 매일 자정이 되기 전에 돈을 입금하고, 일과 시간인 09시부터 18시 외엔 무조건 전화를 받아야 하며 집과 직장 주소를 알려줘야 한다는 조건이에요."

"동의하지 않는 사람들도 많을 것 같은데요."

"휴대전화를 뺏어서 가족이나 동료, 지인들의 전화번호를 적어놔요. 신용도 없는 상태에서 돈을 빌려주는데, 인맥정보 확보는 필수죠."

"그렇게까지 하면서 돈을 빌리는 사람들이 있습니까?"

"대부분 다중 채무자거나 연체기록 때문에 은행, 저축은행은 물론 대부업체에서도 돈을 빌리지 못하는 사람들이에요. 급전이 필요하면 무리한 요구라도 응할 수밖에 없죠."

"돈을 내지 못하면 어떻게 됩니까?"

"계속 찾아가고, 수백 통씩 전화하고……, 한마디로 정신을 붕괴시킵니다. 가족과 지인들에게 대신 상환하라고 협박도 하고요. 조폭들을 동원해 실력행사를 할 것처럼 겁을 주기도 합니다. 자살을 하는 경우도 종종 있다고 들었어요."

남직원은 말문이 터졌는지 이야기를 술술 쏟아냈다. 지 형사는 종이컵의 식은 커피를 마셨다. 듣기만 해도 현기증이 나는 지옥금리였다. 족발식당 김수철은 이현수가 고리를 뜯지 않았다고 두둔했었는데……. 살인이 발각 날까 봐 일부러 감싸준 걸까?

"이현수 사장 때문에 자살한 사람도 있습니까?"

남직원이 두꺼운 목을 살살 흔들었다.

"사람이 궁지에 몰리면 그렇게 될 수도 있다는 말이지요. 우리 회사는 정식으로 등록된 업체입니다. 불법적인 협박, 납치, 폭행은 일체 하지 않습니다."

남직원이 너무 나갔다고 여겼는지 슬쩍 발을 뺐다. 지 형사는 이현수에게 원한을 가질 만한 사람을 골라 달라고 부탁했다.

"아까도 말했지만, 저는 심부름 정도로만 관여했어요. 영업 내용은 사장님만 알고 계십니다. 외부 심부름은 제가 처리했고, 사무실 업무는 여직원이 했습니다. 영업부터 추심까지, 전부 사장님이 직접 하셨어요. 그렇지, 김나미 씨?"

남직원의 부름을 받은 여직원이 어깨를 움찔했다. 그녀는 지 형사의 시선을 피한 채 고개만 까딱였다. 여직원의 온몸에서 거부의 의사가 풀풀 뿜어져 나왔다. 아마 무엇을 물어도 모르쇠로 일관하겠지.

"이 편지를 좀 봐 주세요."

지 형사는 행운의 편지를 인쇄한 종이를 남직원과 여직원에게 들이밀었다.

"이현수 사장의 폰으로 수신된 문자 메시지입니다. 이현수 사장이 편지에 관해 언급한 적이 있었습니까?"

행운의 편지를 읽은 남직원이 머리를 흔들었다.

"처음 보는 겁니다. 사장님이 말한 적도 없었고요. 김나미 씨는 어때?"

남직원이 여직원을 돌아보았다. 여직원은 눈길을 종이로 둔 채 고개만 저었다. 지 형사는 문득 그녀의 목소리가 듣고 싶어졌다.

"형사님, 행운의 편지가 사장님의 죽음과 관련이 있습니까?"

"모르겠습니다. 두 분은 이현수 사장과 매일 만나는 사이였으니까 무슨 말을 듣지 않았을까 궁금해서 보여드린 겁니다."

"어린애 장난 같은 행운의 편지를 아직도 보내는 사람이 있군요."

남직원은 두툼한 어깨를 으쓱했다. 지 형사는 마지막으로 두 사람의 알리바이를 들은 뒤 소파에서 일어났다.

"시간 내주셔서 감사합니다. 사소한 거라도 좋으니까 생각나는 게 있으면 언제든지 연락 주십시오."

지 형사는 남직원과 여직원에게 명함을 한 장씩 건넨 뒤 대부업 사무실을 나왔다. 죽은 이현수가 불법 사채업자였음이 확실하다고 심증을 굳힌 시점이었다.

강력 1팀은 이현수의 고객 목록에 이름을 올린 사람들을 일일이 찾아가 탐문을 벌였다. 사무실 직원들은 물론 고객들 대부분이 알리바이가 명확했고, 혐의점이 없었다. 이현수의 아내 역시 용의선상에서 배제되었다. 이현수가 일수대출을 했던 금파시장 쪽 수사도 별 소득이 없었다.

이현수를 도왔던 조폭 똘마니들도 용의점이 없기는 매한가지였다. 수사는 진전 없이 제자리를 맴돌았다. 아침저녁으로 회의를 열고 의견을 교환했지만, 뾰족한 단서가 나오지 않았다. 고진서 강력 1팀 형사들은 점점 지쳐갔다. 신바람이 나서 단서를 좇을 때는 힘든 줄도 모르던 형사들의 입에서 한숨이 나오는 횟수가 잦아졌다.

대략적인 부검 결과가 강력 1팀에 전달됐다. 이현수의 사망 추정시간은 4월 10일 00시 무렵이었다. 족발식당에서 나간 이현수가 공터에 도착했을 시간과 얼추 비슷했다. 뒷머리에 두피 밑 출혈이 관찰되었으며, 폭 2.5cm, 길이 15cm의 예기에 의한 흉부 손상이 치명상이었다. 늑골의 중심을 지나 심장을 관통한 자창으로 칼을 회전시킨 흔적이 있었다. 이현수의 혈중 알코올 농도는 0.283%로 만취 상태였다. 술에 취한 이현수의 뒷머리를 둔기로 강타한 뒤 흉부에 예기를 찔러 넣고 비튼 것으로 추정되었다. 이현수의 손가락이나 손등, 팔에서 방어창은 발견되지 않았다.

"예사 솜씨가 아냐. 칼이 늑골 사이를 지나 심장을 관통시켰어. 분명 칼을 다룰 줄 아는 자의 소행이야."

강력 1팀장의 미간에 깊은 내천자가 그려졌다.

"특수부대 출신이나 조폭일까요? 아니면 전문 킬러?"

강력 1팀의 막내 손 형사가 몸을 부르르 떠는 시늉을 했다.

"조건에 부합하는 인물이 이현수 주변에 있는지 알아 봐야지. 직업이 직업이니만큼 원한을 가진 자가 있을 거야. 손 형사 말대로 청부를 붙였을지도 몰라. 불법 체류자가 칼질을 한 뒤 출국해 버리면 골치 아픈데."

"족발식당 사장 김수철은 어떨까요? 오른손의 상처가 마음에 걸려요."

지 형사는 김수철의 오른손을 찍은 사진들을 탁자 위에 펼쳐 놓았다.

"수상하긴 하네. 채무면탈은 강력한 동기가 되지. 3천만 원이라고 진술했지만, 더 많은 빚이 있었는지도 알 수 없고. 지 형사, 김수철의 뒤를 철저하게 캐봐. 족발식당을 한다니까 칼도 잘 다룰 것 아냐."

"김수철이 범인이라면 그날 그 장소를 택한 것이 이해가 되지 않습니다. 의심을 살 게 뻔한데, 이현수가 족발식당에 온 날 굳이 살인을 저지를까요?"

강력 1팀장이 얼굴을 찡그렸다.

"그렇긴 한데, 분별없이 범행을 저지르는 또라이들도 널렸으니까."

종착역은 역시 족발식당 사장 김수철이었다. 강력 1팀은 김수철에게 심리생리검사를 요청했다. 거짓말 탐지기는 법적 효력이 없지만, 범인들의 자백을 끌어내는 데 큰 효과를 발휘한다. 거짓으로 판정이 난 뒤 거세게 압박하면 대부분 자백을 하게 마련이다.

"김수철 사장님, 거짓말 탐지기 조사에 동의하십니까?"

"제가 왜 그런 걸 해야 하죠?" "수사는 털어가는 과정입니다. 김 사장님이 당당하다면 혐의를 털어버리기 위해서라도 조사에 응하세요."

"그딴 기계를 어떻게 믿습니까. 경찰서에 들어서는 순간 제 가슴이 얼마나 두근거리는지 아십니까? 저의 심리는 몹시 불안정합니다. 죄가 없는데도 온몸이 부들부들 떨린단 말입니다. 경찰서 조사실에 앉아 있는 것만으로도 심장이 벌렁거려요."

"이해합니다만, 걱정하시는 것만큼 폴리그래프가 물렁하지 않습니다. 정확도와 신뢰도가 매우 높기 때문에 안심하셔도 됩니다. 참고인 조사다, 뭐다, 경찰서 들락거리기 귀찮지 않습니까? 폴리그래프로 한방에 끝내 버리세요."

지 형사는 김수철을 설득했다. 쉽게 범인을 잡을 거라고 예상했던 사건이 꽉 막혀버렸다. 평범해 보이는 사건이었는데, 제대로 마가 끼었는지 단서 하나 손에 쥐지 못했다. 팀장의 안색은 날마다 어두워져 아침엔 거의 검은색으로 보였다.

"싫습니다. 죄를 짓지 않은 사람도 심리가 불안할 수 있습니다. 태어날 때부터 마음이 약한 사람도 있다고요. 거짓으로 판정 나면 경찰은 범인으로 심증을 굳힌다는 말을 들었어요."

김수철은 단호하게 거부 의사를 밝혔다. 우유부단한 사람인 줄 알았는데, 의외로 강단 있는 태도를 보였다. 거짓말 탐지기 조사는 본인이 응하지 않으면 어쩔 도리가 없다.

지 형사의 입에서 긴 한숨이 흘러나왔다. 지 형사는 강한 무력감을 느꼈다. 원점 재수사가 필요한 시점일까?

2

4월 24일 01시 24분. 대수동 주택가 골목에 취객이 쓰러져 있다는 신고가 119구급 대에 접수되었다. 구급대원들이 출동했을 때 남자는 이미 사망한 상태였다. 박철환은 42세의 인력사무소 대표로 자택 근처에서 칼에 가슴을 찔려 살해당했다. 피해자의 가슴에서 쏟아져 나온 다량의 피가 노면을 흥건히 적셨다. 범행 도구는 범인이 챙겨간 듯 현장에 남아 있지 않았다. 피 묻은 족적이 골목 입구까지 찍혔다가 끊긴 것으로 보아 범인이 신발을 바꿔 신었거나 신발 바닥을 닦았을 것으로 추정되었다. 피가 튈 것을 염려해 갈아입을 옷이나 신발을 준비했다고 가정한다면 계획살인이 분명했다. 밤이라고 해도 피범벅이 된 옷을 입고 도주하기는 쉽지 않을 터였다.

성라경찰서 강력팀과 경기남부경찰청 과학수사팀이 현장에 투입되었다. 조명등을 켜고 사진 촬영과 증거물 수집에 들어갔다. 과학수사요원들이 범인의 입장이 되어 현장을 조망하고 범행 동선을 그려나갔다. 족적이나 바닥에 떨어진 증거물이 훼손되지 않도록 통행판이 설치되었다. 과수팀은 피 묻은 범인의 족적을 확보했다. 현장을 마음대로 오가며 감식작업을 벌이기 위해서 가장 먼저 해야 할 일이었다.

"취객을 노린 퍽치기나 부축빼기는 아닌 것 같네."

피해자의 손가방이 시체 발치에 남아 있고, 지갑과 신분증이 그대로 들어있었다.

"집 근처까지 따라와서 칼로 찌른 걸 보면 계획한 게 분명한데요."

"한 번 찔러서 절명시킬 정도라면 전문가 솜씨야."

"살인청부업자 짓일까요?"

조장과 조원 관계인 이남원 형사와 조성민 형사가 대화를 주고받았다. 고만고만한 원룸 단지와 작은 빌라가 오밀조밀 붙어있는 대수동 주택가 골목이었다. 조장 이남원 형사가 을씨년스럽고 추레한 건물들을 둘러보며 한숨을 푹 내쉬었다.

"CCTV가 제대로 붙어 있어야 할 텐데……, 이 동네 양아치들 허구한 날 CCTV 부수는 게 일이잖아."

방범용 CCTV의 위치를 확인하던 이 형사는 걱정이 앞섰다. 불법체류자들의 유입이 늘면서 대수동은 빠르게 우범화되었다. 원주민들이 하나둘 빠져나가고 낯선 이방인들이 속속 빈자리를 채웠다. 동네는 굴러온 돌들의 차지가 되었다. 그들은 눈에 보이는 족족 CCTV를 부쉈다. 고향에서의 감시 없는 삶을 재현하려는 의도인지, 코리안드림의 한계를 깨달아버린 분노 때문인지, 대당 설치비가 1,000만 원에 달하는 고성능 CCTV를 달아놓아도 며칠을 버티지 못했다. 국민의 세금으로 설치한 CCTV에 재미 삼아 돌을 던지고, 장대를 이용해 악의적으로 훼손했다. 대수동 거리에 어둠이 내리면 여자들은 대문을 걸어 잠그고 집 안으로 꽁꽁 몸을 숨겼다.

어느 골목에서 제2의 오원춘이 튀어나올지 몰랐다. 경찰들마저 도보 순찰을 꺼릴 정도로 흉포한 인간들이 대수동으로 모여들었다. 대낮에도 칼이나 망치, 쇠파이프 등을 들고 설치는 또라이 한둘쯤 어렵지 않게 만날 수 있었다. 낯선 이국의 음식점들이 거리를 메우고, 강한 향신료 냄새가 콧속을 자극하는 곳. 외국어가 일상으로 들려와 한국인지 외국인지 경계가 불분명한, 관계자가 아니면 절대로 들어오고 싶지 않은 곳이 바로 대수동이었다.

다행히 골목 입구에 설치된 오래된 CCTV 한 대를 건질 수 있었다. 위치가 높아 동네 양아치들의 돌팔매에서 살아남은 듯했다. 형사들은 CCTV 자료를 확보해 영상을 확인해 보았다. 옛날 디지털 카메라로 찍은 듯한 흐릿한 화면 속에 한 남자가 보였다. 사건발생 시간대, 남자는 빠른 걸음으로 골목을 빠져나갔다. 170cm가량의 키, 마른 몸매의 왜소한 남자였다. 남자는 어두운 색의 의복과 모자, 마스크를 착용했다. CCTV에 찍힌 용의자의 인상착의 정보는 만족스럽지 못했다. 얼굴 식별은 아예 불가능했고, 연령대도 가늠

할 수 없었다. 골목에 불법 주차한 차량들엔 블랙박스조차 달려있지 않았다. 블랙박스가 설치됐다 하더라도 그들이 경찰 수사에 협조할 리 만무했다.

"젠장, CCTV 건졌다고 좋아했었는데……."

이 형사의 입에서 욕설이 튀어나왔다.

"그래도 용의자의 체격 정보는 알아냈잖아요. 몸놀림이 가뿐한 것이 운동으로 단련된 놈 같았어요. 이 동네에서 인력알선업체를 운영할 정도면 피해자는 산전수전 다 겪은 인물입니다. 난폭한 인간들도 부지기수로 만났을 테고요. 그런 피해자를 한방에 죽인 놈입니다."

선배의 울화를 달래주듯 조성민 형사가 비위를 맞췄다. 삼십대 초반의 조 형사는 거친 동네에 어울리지 않는 곱상한 외모를 지녔다. 성격도 유해 선배의 기분을 잘 맞췄고, 눈치 또한 빨랐다.

"유족 진술을 들어봐야지."

"사망한 박철환은 2년 전에 이혼했답니다."

"유족이 없단 말이야?"

"동거녀가 있어요. 동거녀는 조선족이라고 합니다."

박철환의 동거녀는 35세로 중국 식당에서 일했다. 그녀의 이름은 리나였다. 이남원 형사와 조성민 형사는 리나가 근무하는 훠궈전문점에 들렀다. 두 형사는 구석 쪽 테이블을 차지하고 박철환의 동거녀와 마주 앉았다. 리나는 체구가 작고 앙증맞게 생긴 여자로 놀란 토끼를 연상시키는 커다란 눈이 인상적이었다.

"리나 씨, 4월 24일 새벽 어디에 계셨습니까?"

"어머 형사님, 저를 의심하는 거예요? 그 시간엔 집에서 자고 있었죠. 오빠가 들어오지 않았지만, 평소에도 귀가 시간이 일정치 않아서 걱정하지 않았어요."

"그럼 다른 질문을 하죠. 박철환 씨는 부모나 형제들과 왕래가 있었습니까?"

피해자의 인물분석은 무엇보다 중요했다. 가까운 사람들로부터 최대한 정보를 끌어내야 했다.

"오빠는 가족을 만나지 않았어요."

이 형사는 이미 짐작했다는 듯 고개를 주억거렸다. 리나의 한국어 실력은 완벽했는데, 조선족 억양이 약간 남아 있었다.

"박철환 씨와 함께 사신 지는 얼마나 되었죠?"

"1년 좀 넘었어요."

"박철환 씨에 대해 말씀해 주세요. 성격이라든가 인간관계, 금전문제, 뭐라도 좋으니까 리나 씨가 보고 느낀 대로 얘기해 주시면 됩니다."

리나는 생각을 정리하듯 큰 눈망울을 오른쪽 위로 치켜떴다.

"오빠는 식당에 자주 오던 단골손님이었어요. 대부분 혼자 식사를 하러 왔었죠. 팁을 많이 주는 후한 분이라 저는 반찬도 챙겨드리고 친절하게 대했어요. 그즈음 저는 남자 때문에 곤란을 겪고 있었어요. 예전 동거남이 식당으로 찾아와 자주 행패를 부렸거든요. 마침 식당에 왔던 오빠가 전 동거남을 혼내 주었고요. 저는 오빠가 마음에 들었어요. 전 동거남의 위협에서 벗어나기도 할 겸 오빠와 살림을 합치게 됐어요. 이 동네에서 여자 혼자 사는 건 위험하거든요."

문득, 이 형사는 뒤통수가 따가웠다. 돌아보니 50대의 주인 남자가 이 형사의 테이블을 노려보고 있었다. 주문도 하지 않고 종업원을 붙들고 있으니 심사가 뒤틀린 모양이었다. 이 형사는 요기도 할 겸 음식을 주문하기로 했다. 리나에게 뭘 먹겠는지 묻자, 그녀는 대뜸 맥주를 사달라고 청했다. 맥주와 샹라시아(사천식 새우튀김), 진장로스(간장에 볶은 돼지고기)를 주문했다. 매섭던 주인의 눈초리가 스르르 풀어졌고, 마음껏 이야기하라는 듯 그는 홀 선반에 매달린 커다란 TV에 시선을 고정했다.

리나가 음식 수레를 밀고 와 탁자에 요리 접시들을 올려놓았다. 눈치 빠른 조 형사가 리나의 잔에 맥주를 따랐다. 리나는 몹시 갈증이 났던 사람처럼 단숨에 맥주를 들이켰다. 그녀는 음식에는 손도 대지 않은 채 연거푸 맥주잔을 비웠다. 그때마다 조 형사가 리나의 잔을 그득하게 채웠다.

"박철환 씨는 어떤 사람이었습니까?"

"제겐 고마운 사람이었어요."

"왜죠?"

"아까도 말했지만, 동거하던 조선족 남자가 있었어요. 술버릇이 고약한 인간이었죠. 술만 마시면 절 때리고, 버는 족족 돈을 빼앗아 갔어요. 간신히 헤어지긴 했는데, 수시로 가게에 찾아와 다시 합치자고 협박을 했어요. 어디 하소연할 데도 없고……, 오빠가 아니었으면 그 인간은 아직도 저를 괴롭히고 있을 거예요. 식당에 들이닥친 전 동거남을 오빠가 쫓아줬어요."

"어떻게요?""오빠가 그 인간을 바깥으로 불러냈어요. 새로 사귄 놈팡이냐며 을러대는데, 오빠가 억지로 끌고 나갔어요. 한참 뒤 오빠 혼자 식당으로 돌아와서는 다시는 찾아오지 않을 테니 걱정 말라고 하데요. 전 반신반의했어요. 그런데 정말로 그 인간의 발길이 뚝 끊어진 거예요. 제가 흠씬 패주었냐고 물었더니 영업 비밀을 알려 주는 고수는 없다면서 오빠가 씩 웃었어요. 그때 얼마나 멋져 보였던지……, 오빠는 제게 고마운 사람이었어요. 흑흑흑."

리나가 울음을 터트렸다. 조 형사가 리나에게 티슈를 건 넸다. 울음소리를 들은 식당 주인이 힐끔거렸으나 그는 곧 TV 쪽으로 눈길을 돌렸다. 리나는 소리 내어 코를 풀더니 금세 눈물 흔적을 정리했다. 서비스업에 오래 종사한 탓에 감정관리에 능한 것 같았다.

"혹시 그 인간이 오빠를 죽인 게 아닐까요?"

"전 동거남 말입니까?"

조 형사가 리나에게 물었다. 리나는 작게 고개를 끄덕였 다. 리나의 커다란 눈에 두려움이 서렸다.

"그 인간이 오빠에게 원한을 품고 기회를 엿보고 있었을 지도 몰라요. 집착이 심하고 야비한 인간이거든요. 당하고 는 못 산다며 작은 일에도 이를 빠득빠득 갈곤 했어요."

"조사를 해보겠습니다." 조 형사는 전 동거남의 인적사항 을 메모했다.

"리나 씨, 경찰서로 와줄 수 있어요? 용의자가 CCTV에 찍혔는데, 전 동거남인지 확인을 해주세요."

리나는 식당 주인 쪽으로 고개를 돌리더니 크게 소리쳤다.

"사장님, 형사님이 경찰서로 나와 달라고 하는데, 가도 돼요?"

식당 주인의 미간 주름이 깊어졌다. 그의 두뇌회전은 누 구보다 빨랐다. 형사들의 심기를 거슬러서 좋을 것이 없다고 판단한 모양이었다.

"범인을 잡기 위해서라면 가야지. 대신 빠진 시간만큼 급료에서 뺄 거야."

리나는 주인의 뒤통수에 대고 입술을 삐죽였다.

"걱정 마세요, 형사님들. 저 의리 있는 여자예요. 오빠를 위해서라면 당연히 가야죠."

리나의 전 동거남이 용의자로 떠올랐지만, 여자나 괴롭히는 지질한 놈팡이가 전문적인 칼 솜씨를 지녔을 거라고 판단되지는 않았다.

"리나 씨, 박철환 씨의 휴대전화 패턴 알아요? 휴대전화에 록이 걸려서 수사에 어려움이 많아요."

리나가 씩 웃었다. 리나의 입에서 이 형사가 고대하던 대답이 흘러나왔다.

"당연히 알죠. 오빠는 제게 보이지 않으려고 조심했지만, 그 정도쯤이야……. 그래도 몰래 훔쳐본 적은 없어요. 저는 선을 지키는 여자거든요."

조 형사는 리나가 불러주는 대로 폰의 비밀번호를 수첩에 적었다. 두 형사는 다시 연락하겠다는 말을 리나에게 남기고 식당 문을 나섰다.

리나는 생각만큼 박철환에 대해서 많이 알지 못했다. 박철환은 리나에게 철저하게 선을 긋고 산 것 같았다. 그래도 동거녀를 만난 일이 수확 없이 끝나지는 않았다. 경찰서로 돌아가는 두 형사의 발걸음이 가벼웠다.

"행운의 편지? 요즘도 이런 장난을 치는 사람들이 있나?"

이남원 형사가 중얼거렸다. 박철환이 받은 문자 메시지를 훑어보던 중 행운의 편지를 발견했던 것이다. 수신 날짜는 4월 19일로 그가 죽기 5일 전이었다.

"'나'로 시작하는 지명에 거주하는 나씨 7명에게 행운의 편지를 보내라고? 가나다로부터? 이게 무슨 개 풀 뜯어 먹는 소리야?"

이 형사가 툴툴거렸다.

"이 형사님, KICS(형사사법정보시스템)에서 단서를 잡았어요. 우리 서 사건과 고진서 사건이 매우 흡사해요. 고진서 담당 형사에게 전화를 걸어봐야겠어요."

조 형사는 컴퓨터 화면에서 눈을 떼지 않은 채로 이 형사를 향해 소리쳤다.

성라경찰서 강력팀에서 수사 회의가 열렸다. 고진서 담당 형사와 통화를 마친 조 형사가 보고를 이어갔다.

"4월 10일 00시 고진시 마석동에서 45세 사채업자가 칼에 찔려 사망했습니다. 한 번의 칼질로 늑골을 지나 심장까지 관통했답니다. 담당 형사는 전문가 솜씨로 추정했습니다.

범인의 지문이나 DNA는 일체 검출되지 않았답니다. 주목할 점은 고진서 쪽 피해자도 행운의 편지를 수신했다는 사실입니다. 이것이 고진서 피해자 이현수가 받은 행운의 편지 전문입니다."

조 형사가 인쇄된 종이를 형사들에게 돌렸다.

"고진서 쪽은 '가'로 시작하는 지명에 거주하는 가씨 7명에게 편지를 보내라는 내용이고, 우리 서는 '나'로 시작하는 지명에 거주하는 나씨 7명에게 편지를 보내라는 내용입니다."

"이런 짓거리를 하는 이유가 뭐지?"

강력팀장이 프린트된 행운의 편지를 집어삼킬 듯 노려보며 말했다.

"4일 이내에 7통을 보내라고 했는데, 박철환은 1통도 발신하지 않았어요. 고진서 쪽 피해자 이현수도 발신한 기록이 없답니다. 두 사람 다 편지를 보내지 않았기 때문에 살해당한 걸까요?"

형사들의 난상토론이 한동안 이어졌다.

"고진서 쪽 행운의 편지는 불가능한 임무를 부여한 셈이야. 가씨는 드물기도 하지만, 찾는다고 해도 전화번호는 어디서 구하지? 인명편 전화번호부가 존재하는 시절도 아니고. 그나마 우리 쪽 피해자는 좀 수월하네. 나주에 사는 나씨 7명을 찾으면 되니까. 아마도 피해자들은 장난으로 치부하고 편지를 보내지 않았을 거야."

"두 피해자에게 행운의 편지를 발신한 전화번호가 같습니다. 당연히 대포폰이고요."

"연쇄살인이야. 두 사건이 연결됐어. 곧 수사본부가 설치될 거야."

박철환의 동거녀 리나를 경찰서로 불러들였다. 결과는 대실망이었다. 리나는 CCTV 속 용의자를 알아보지 못했으며 행운의 편지에 대해서도 금시초문이라고 답했다. 성라서는 시간을 내어 출석해준 리나에게 참고인 여비를 지급했다.

이 형사와 조 형사는 박철환이 운영했던 인력사무소를 찾았다. 인력사무소는 박철환의 집에서 멀지 않은 곳에 위치했다. 대표인 박철환이 사망했지만, 인력사무소는 여전히 영업 중이었다. 사무실 문을 열고 들어가자 대표 자리에 앉아 있던 50대 남자가 머리를 들었다. 경찰 신분증을 곁눈질한 남자의 낯빛이 급격히 어두워졌다. 남자의 얼굴에 깊게 팬 주름이 그의 지난한 인생을 말해 주는 것 같았다. 남자는 본인을 사무장이라고 소개했다. 말투로 보아 조선족인 듯했다.

"나는 아는 것이 아무것도 없습니다."

질문도 꺼내기 전 남자는 방어막부터 쳤다. CCTV 속 용의자와 달리 남자는 키가 컸다. 남자는 형사들에게 앉으라는 말도 없이 대놓고 싫은 티를 팍팍 냈다. 그러든지 말든지 이 형사와 조 형사는 소파에 털썩, 지친 엉덩이를 내려놓았다.

"4월 23일 박철환 대표는 몇 시에 퇴근했죠?"

"그날은 사무실에서 저녁을 배달시켜 먹으면서 밤늦게까지 함께 있었습니다."

"둘이서요?"

"남자 직원이 한 명 더 있습니다. 셋이서 요리를 배달시켜 먹었는데, 술을 과하게 마신 탓에 시간이 늦어졌습니다. 깜박 잠들었다 깼는데, 대표님은 안 계셨고 나와 남직원만 소파에서 자고 있었습니다. 그때가 새벽 2시경이었습니다."

"그때 당신은 집으로 돌아갔습니까?"

"사무실에 간이침대가 있습니다. 남직원은 소파에서 자게 두고, 나는 간이침대를 펼쳐서 잤습니다."

사무장의 말대로라면 박철환은 4월 24일 새벽 사무실에서 나와 집으로 가던 중에 살해를 당한 것이다. 범인이 박철환의 뒤를 미행한 것이 분명했다.

"컴퓨터를 보여줄 수 있습니까?"

조 형사가 책상에 놓인 컴퓨터를 가리키며 물었다.

"영장 가져왔습니까?"

사무장은 대뜸 영장 타령부터 했다.

"여기 불법 알선업체입니까? 거리낄 게 없다면 컴퓨터를 보여 주지 못할 이유가 없잖아요."

"우리 사무소는 경찰단속을 받을 짓을 하지 않았습니다. 조선족이라고 무시하면 아니 됩니다. 영장도 없이 컴퓨터를 보자는 무리한 요구는 통하지 않습니다."

사무장의 말이 끝나기가 무섭게 벌컥, 출입문이 성급하게 열렸고 30대로 보이는 젊은 남자가 구르듯 뛰어들어 왔다.

"사무장님, 남연읍 인력사무소와 한바탕 붙고 왔습니다. 남연읍 농가들에 배치한 우리 인력 중에 불법체류자가 섞여 있다고 막 지랄하지 뭡니까. 직업안정법 위반이라나 뭐라나. 아무튼 우리를 고발하겠답니다. 허가 등록된 인력사무소에 손해를 끼치고 경영악화를 초래하고 있다나요. 내 참, 기가 막혀서……."

젊은 남자가 속사포처럼 말을 쏟아냈다. 눈치가 없는 타입인지 남자는 조용히 하라는 사무장의 눈짓을 알아채지 못했다. 불법 인력알선업체들이 불법체류자들을 농가에 투입하고 있다는 제보를 받은 적이 있었다. 임금 담합, 웃돈 요구, 외국인 근로자의 고용 방해 등으로 적법한 인력소개소와 농가에 큰 피해를 입히고 있다는 내용이었다.

"사무장님, 우리는 단속하려고 온 게 아닙니다. 살인사건

수사를 하러 왔습니다. 협조 부탁드립니다."

이 형사는 사무장과 남직원을 앞에 앉히고, CCTV 영상 속 장면 하나를 보여줬다.

"아는 사람입니까?"

사진을 들여다보던 사무장과 남직원이 한목소리로 부르짖었다.

"모르는 사람입니다."

"인력사무소에 직업을 구하러 왔던 사람일 수도 있습니다. 자세히 좀 봐주세요."

"처음 보는 사람입니다. 이 자가 대표님을 살해했습니까?"

"그건 확실치 않습니다."

조 형사가 행운의 편지를 꺼내 두 사람에게 보여주었다.

"박철환 대표에게 수신된 메시지입니다. 박철환 대표가 행운의 편지에 대해서 언급했거나 보여준 적이 있습니까?"

두 남자가 동시에 머리를 내저었다. 도무지 영문을 모르겠다는 표정들이었다.

출입문 쪽에서 똑똑, 노크 소리가 작게 울렸다. 사무장이 들어오라고 소리치자 젊은 남녀 두 명이 쭈뼛거리는 모습으로 나타났다. 한눈에 보아도 외국인이 분명한 앳된 커플이었다. 피부색이나 생김새로 보아 남아시아인들 같았다.

"사무장님, 계약금 가져왔어요. 여기 2백만 원이요."

젊은 여자가 들고 온 가방에서 돈봉투를 꺼냈다. 살인사
건 수사가 우선이라고는 하나 형사가 눈앞에서 벌어지는 사
기를 못 본 척할 수는 없었다.

"사무장님, 이분들을 어디에 취업시키는데 계약금이 2백
만 원이나 필요합니까?"

사무장의 이마에 새겨진 주름이 뱀처럼 휘었다. 푹 팬 뺨
에 교활한 미소가 번졌다.

"우리는 이 사람들 취업시킨 적 없습니다. 이 사람들이 착
각하고 돈을 가져온 것 같습니다."

사무장은 젊은 커플을 향해 점잖은 어조로 타이르듯 말
했다.

"어디서 무슨 말을 듣고 왔습니까? 우리 사무소는 계약금
을 받지 않습니다."

"그렇죠? 고매하신 사무장님이 불법적인 알선을 하실 리
가 없지요."

이 형사가 너스레를 떨며 소파에서 일어났다.

"이봐요, 돈봉투 집어넣고 우리랑 같이 갑시다."

"어디로요?"

"일단 경찰서로 갑시다. 계약금을 받지 않는 직업소개소
를 안내해 드릴게요."

"경찰서요? 경찰서 가기 싫어요."

커플은 돈봉투를 가방에 넣고 줄행랑을 쳤다. 이 형사는 머리를 절레절레 흔들었다. 사무장 역시 아쉬운 듯 입맛을 다셨다. 이 형사가 다시 소파에 주저앉았다.

"손님들도 가셨으니 심도 있는 대화를 나눠 봅시다."

사무장은 지긋지긋하다는 듯 오만상을 찌푸렸고, 남자 직원은 힐끔힐끔 사무장 눈치만 살폈다. 사무장과 남직원을 붙들고 박철환에 대해 꼬치꼬치 캐물었으나 단서가 될 만한 정보를 캐내지 못했다. 조선족은 경찰에 협조하지 않는 것으로 유명했다. 눈앞에서 날아간 돈봉투에 대한 보복인지 사무장과 남직원의 입은 끝까지 열리지 않았다.

박철환의 사망 추정시간은 4월 24일 01시 무렵이었다. 고진서 쪽 피해자 이현수와 동일한 부검 소견이 나왔는데, 뒷머리에 출혈이 있으며 예기에 의한 흉부 손상이 치명상이었다. 늑골을 지나 심장을 관통한 자창을 입었고, 칼을 회전시킨 흔적이 있었다. 술에 취한 피해자가 방심한 상태에서 뒷머리를 둔기로 때려 넘어뜨린 후 심장에 칼을 찔러 넣고 비튼 것으로 추정되었다. 박철환의 혈중 알코올 농도는 0.195%였다. 칼을 뒤틀어 손상을 극대화시킨 것으로 보아 살인의 의지가 확고했음을 알 수 있다. 범인의 지문이나

DNA는 검출되지 않았다. 혈흔 족적을 통해 얻은 정보 또한 미미했다. 시장에서 파는 평범한 270mm 운동화였으며 구매자를 특정할 수도 없었다. 족적에 묻은 혈액 역시 피해자의 것으로 밝혀졌다.

2건의 살인은 동일범에 의해 저질러진 것이 확실했다. 경기북부경찰청과 경기남부경찰청의 공조수사 결정이 내려졌고, 성라서에 수사본부가 설치되었다.

언론은 이리떼처럼 달려들었다. 자극적인 사건에 목말랐던 기자들은 마음껏 펜대를 놀렸다. 직설적이고 과장된 제목을 내건 기사들이 매일 인터넷에 올라왔다. 피해자들이 받은 행운의 편지가 유출되면서 '가나다 살인사건'이란 별명까지 얻었다. 제목은 거창했으나 밝혀진 사실이 거의 없었기에 근거 없는 유언비어들만 무성해졌다. 상상을 보태 쓴 기사들과 클릭 장사에 눈이 먼 유튜버들까지 가세해 소문은 매일 눈덩이처럼 몸집을 불렸다.

사건이 인터넷상을 떠돌면서 사람들 사이에 때 아닌 행운의 편지 열풍이 불었다. 초등학생부터 직장인들까지, 행운의 편지는 들불처럼 번졌다. 어린 시절 접했던 행운의 편지가 진화해 살인 예고장이 되었다는 모순은 사람들에게 양가감정을 불러일으켰다. 추억 돋는 향수에 덧칠해진 핏빛 살인. 그것은 공포에 떨면서도 호러물을 즐기는 심리와 유사했다.

행운의 편지는 빠르게 대중들 사이를 파고들었다. 기사에서 읽었던 내용에 개인의 상상력을 더한 행운의 편지가 사람들 사이에 오고 갔다. 한 연예인이 행운의 편지를 SNS에 공유하면서 급속도로 퍼졌다. 수신한 행운의 편지를 캡처해 SNS에 올리는 행위가 일종의 챌린지처럼 번져갔다.

"경찰서죠? 행운의 편지를 받았어요. 96시간 이내에 행운의 편지 7통을 보내지 않으면 살해당할 거라는 협박 메시지를 받았다고요. 어떡하죠?"

"행운의 편지를 받았습니다. 저는 고양시에 사는 고씨인데, 살해당할까 두렵습니다. 지금이라도 다른 지역으로 전입신고를 해야 할까요?"

행운의 편지를 받았다면서 경찰서에 신변보호를 요청하는 사람들이 늘어났다. 일단 신고가 접수되면 경찰관들이 출동해 진위여부를 확인해야만 했다. 장난전화에, 허위신고에, 수사본부 형사들의 시름이 깊어갔다. 수사 인력이 대폭 보강됐음에도 신고전화에만 끌려 다니는 수사본부에 언론의 비난이 쏟아졌다. 〈경찰의 무능을 비웃는 신출귀몰한 가나다〉라는 헤드라인이 연일 인터넷을 장식했다.

성라서의 이남원 형사와 조성민 형사는 박철환 사건의 담당자로서 수사본부에 차출되었다.

"이 형사님, 예전에 읽었던 추리소설 중에 이런 내용이 있었어요. 애거사 크리스티의 'ABC 살인사건'을 모티브 삼아 쓴 일본 작가의 소설인데, 줄거리가 대충 이래요. A로 시작하는 지명에 사는 A씨가 죽습니다. 이어 B지역에 사는 B씨가 죽는 두 번째 살인이 일어납니다. 죽은 B씨의 주머니 안에서 C지역의 C씨를 죽이겠다는 살인 예고장이 발견돼요."

조 형사의 장황한 설명에 이 형사는 이해가 잘 가지 않는다는 듯 두 눈을 끔벅거렸다.

"무슨 소리야? 갑자기 소설 타령을 하고. 조 형사, 요지가 뭐야?"

"하여간 들어 보세요. A지역에 사는 A씨가 살해당하는 사건이 일어나요. 순전한 우연이죠. 사건을 접한 주인공은 기막힌 아이디어를 생각해내요. 지역과 성씨에 착안해 ABC 살인사건을 기획하는 거죠. 주인공에겐 죽이고 싶은 사람이 있었어요. 그게 C지역에 사는 C씨예요. C씨가 살해당하면 주인공이 용의자가 될 게 뻔해요. 주인공은 일면식도 없는 B지역의 B씨를 희생양으로 삼아 진짜로 죽이고 싶었던 C지역의 C씨를 살해해요. 'ABC'라는 가공의 연쇄 살인마를 만들어내서 주인공에게 쏟아질 의심을 비껴간다는 내용이에요."

"역시 살인은 한 번 더 일어나는 걸까? 조 형사, 우리나라에 다씨가 있어?"

"검색해 보니까 우리나라에 7명이 거주한다고 합니다. 범인이 일본 추리소설을 읽고 범죄를 계획한 게 아닐까요? 이현수나 박철환은 속임수고, 정작 죽이고 싶은 사람은 아직 죽이지 않았다는……, 범인이 스스로를 '가나다'로 지칭한 것만 봐도 한 명을 더 죽이겠다는 의미잖아요."

이 형사는 여전히 납득이 가지 않는 듯 이맛살을 찌푸렸다.

"현실과 추리소설은 엄연히 다른데, 왜 그렇게 번거롭게 살인을 하지? 무고한 사람을 2명이나 죽이면서 살인을 확대하는 이유가 뭔데? 살인중독도 아니고."

"의심을 받지 않기 위해 무고한 사람을 희생시켰다면 너무 나간 거겠죠?"

"이현수와 박철환을 죽인 게 속임수라고?"

"이현수나 박철환 중에 표적이 있을지도 모르고요. 아무래도 범인이 소설에서 힌트를 얻은 것 같습니다."

"전문 킬러 같은 칼 솜씨에 추리소설 마니아라……, 왠지 산으로 가는 느낌인데."

고진서 지택근 형사 역시 수사본부에 차출되었다. 수사본부에서는 이현수와 박철환의 통화 내역을 확인했다. 1년간의 기록을 살폈으나 통화는 물론 문자나 SNS 등 이현수와 박철환, 둘 사이엔 통신 자체가 전무했다. 철두철미한 범인이 피해자 선정을 무작위로 했을 리는 없었다. 그렇다면 끊긴 인연이 아닐까? 과거에는 연관이 있었지만 현재는 끊어진……, 그러한 인간관계는 흔하게 발생한다.

지 형사는 두 피해자의 과거에 초점을 맞췄다. 가나다 지명과 가나다 성씨를 연결 짓는 고리가 두 피해자의 과거 속에 반드시 존재하리라 믿었다. 이현수와 박철환, 뒤가 구린 인간들이다. 그들의 더러운 행적 속에 피눈물을 흘린 누군가가 복수를 감행한 것일까? 지 형사는 당장 오늘이라도 '다'의 살인이 일어날 것만 같아 불안하기 짝이 없었다. 수사본부를 꾸린 이유도 세 번째 살인을 막기 위함이 아니던가. 수사본부까지 설치하고도 추가 범행을 막지 못한다면 경찰이 존재할 이유가 없었다.

지택근 형사는 성라서의 조성민 형사와 가까워졌다. 두 사람은 사건을 바라보는 관점이 같았고, 성격도 잘 맞았다.

"이현수와 박철환의 과거를 캐봐야 합니다. 해답은 과거에 있다고 생각합니다."

지 형사가 의견을 피력하자 조 형사가 바로 동의하고 나섰다.

"저도 같은 생각입니다. 피해자들은 불법을 저지르며 살던 사람들입니다. 유유상종이라고 과거 행적에 분명히 접점이 있을 겁니다."

조 형사는 일본 추리소설을 언급했다.

"그런 소설이 있었습니까? 범인이 소설에서 암시를 받았을까요?"

"지 형사님, 범인은 가나다 성씨나 가나다 지역에 연고가 있을 거예요."

"이현수와 박철환을 관통하는 공통점을 찾아야 해요. 추가 범행이 일어나지 않도록 막아야 합니다."

"맞습니다. 우리가 꼭 범인을 잡읍시다."

두 형사는 의기투합했다.

3

윤상호는 스마트폰 화면을 뚫어져라 노려봤다. 스마트폰을 들고 있는 그의 손이 부들부들 떨렸다. 살인 예고장이나 다름없는 행운의 편지를 받았다. 뭐, 인생을 돌아보면서 진솔한 반성의 편지를 쓰라고? 이게 무슨 개소리야? 4일 이내에 '다' 지역에 거주하는 다씨 7명에게 행운의 편지를 보내라니, 정말 말도 안 되는 주문이었다. '다'로 시작하는 지명이라면 다도해 정도가 떠오를 뿐 머릿속이 텅 빈 것 같았고, 다씨가 세상에 존재하는지도 처음 알았다. 윤상호는 처남 허창수를 호출하는 벨을 길게 눌렀다.

똑똑, 힘이 실리지 않은 노크 소리가 들리고 허창수의 구지레한 면상이 방 안으로 쑥 들어왔다.

"야, 부른 지가 언젠데 이제야 어슬렁거리며 오는 거야?"

"벨 울리자마자 뛰어왔는걸요."

윤상호는 찰떡처럼 길게 늘어지는 허창수의 느릿한 말투만 들어도 속에서 울화가 솟구쳤다. 처남만 아니었으면 벌써 내치고도 남았을 인간이다. 윤상호는 허창수에게 스마트폰을 들이밀었다.

"경찰에 신고부터 해. 행운의 편지를 받은 사람은 살해된다는데, 경찰에 신변보호 요청을 해야겠어."

허창수가 문어처럼 흐느적거리며 걸어와 윤상호의 스마트폰을 들여다보았다. 허창수의 수박만 한 머리통이 윤상호의 코밑으로 쑤욱 들어왔다. 몇 되지 않는 머리카락이 붉은 두피를 간신히 가리고 있다. 삼십대에 대머리라니……, 굼뜬 행동만큼이나 허창수의 외모 또한 꾀죄죄했다.

"정말이네요."

"정말이지, 그럼. 내가 비싼 밥 먹고 네깟 녀석에게 구라

치겠냐?"

"걱정할 게 뭐가 있어요? 주문대로 진솔한 반성의 편지를 써서 7명에게 보내면 되잖아요."

"'다'지역에 사는 다씨 7명의 전화번호를 어디서 구해? 네놈이 구해다 줄래? 게다가 '다'로 시작하는 지명이 어디 있어? 한 군데라도 생각나는 데 있으면 말해 보라고."

허창수에게 실컷 화풀이를 했지만, 윤상호의 심사는 점점 더 불편해졌다.

"죽이려고 달려드는 살인자를 경찰이 무슨 수로 막아요? 신변보호 같은 거 아무 소용없어요."

허창수가 내뱉는 한마디 한마디가 윤상호의 신경을 긁었다. 윤상호는 점점 더 부아가 치밀었다.

"이 새끼가 죽으려고 환장을 했나. 쓸데없는 소리 지껄이지 말고 빨리 경찰에 신고부터 해."

허창수가 느려 터진 동작으로 꿈지럭꿈지럭 112 버튼을 눌렀다. 그는 스마트폰에 대고 뭐라 웅얼거리더니 금세 전화를 끊고는 윤상호를 향해 꾸물꾸물 입을 열었다.

"경찰서로 나와 달라는데요."

"경찰이 여기로 오는 게 아니었어?"

"신고전화가 많아서 일일이 출동할 수가 없다고 하네요."

"뭐야? 경찰새끼들, 하나같이 빠져가지고."

"신고전화가 많다는 건 행운의 편지를 받은 사람도 많다는 뜻인데, 죽은 사람은 아직 두 명이잖아요. 이 편지 가짜 아닐까요?"

들던 중 반가운 소리였다. 윤상호는 허창수의 말을 위로로 받아들였다.

"그렇다면 얼마나 좋겠냐."

윤상호는 의자에서 벌떡 일어나더니 외출 채비를 했다.

"편지에서 정한 기일이 4일이나 남았으니까 아직은 위험하지 않겠지. 일단 경찰서로 가보자고."

지택근 형사는 손에 든 종이를 읽고 또 읽었다. 그간 수많은 신고전화를 받았지만, 장난이나 엉터리로 작성한 행운의 편지가 대부분이었다. 행운의 편지가 언론에 유출됐다고는 하나 전문이 공개되지는 않았다. 덕분에 수많은 허위신고를 걸러낼 수 있었다.

지 형사는 미간을 한껏 찡그린 채 종이를 노려보았다. 남강경찰서를 통해 접수된 이번 편지는 달랐다. 형식이나 내용면에서 '가'와 '나' 피해자가 받았던 행운의 편지와 정확하게 일치했다. '가나다'라고 스스로를 지칭한 범인은 3중의 연쇄살인을 완성시키려는 참이었다.

지택근 형사와 조성민 형사는 신고자 윤상호를 찾아갔다.

윤상호가 소유한 지하 2층, 지상 6층의 상가 건물은 남강지하철역 부근에 위치했다. 6층은 윤상호의 살림집과 사무실로 사용했고, 나머지 층에는 다양한 업체가 입점해 있었다. 엘리베이터를 타고 6층에서 내리자 관리사무실이라고 적힌 현판이 눈에 들어왔다. 두꺼운 유리문을 밀고 들어가니 작은 책상 앞에 앉아 있던 사내가 고개를 들었다.

"경찰입니다. 행운의 편지를 받았다고 신고하셨죠? 윤상호 씨 맞습니까?"

사내는 엉거주춤 자리에서 일어났다. 지 형사는 사내에게 다가가 경찰 신분증을 제시했다. 사내는 잘생겼다고는 결코 말할 수 없는 인물이었다. 휑한 두피, 높게 솟은 광대 아래 푹 팬 뺨……, 지 형사는 나이도 가늠할 수 없었다. 큰 머리에 비해 지나치게 왜소한 체격 또한 비율이 맞지 않았다.

"저는 허창수라고 합니다. 윤상호 씨는 안쪽에 계세요."

사내가 찬찬한 어조로 대답했다. 그는 굼벵이처럼 꾸물거리며 걸어가 안쪽으로 통하는 나무로 된 문을 두드렸다.

"왜? 무슨 일이야?"

나무문 안에서 무례한 대답이 돌아왔다. 상대의 거친 말투에 기분이 상했을 법도 한데, 사내는 별일 아니라는 듯 천연덕스러운 표정으로 문을 열어주었다.

"경찰서에서 오셨어요."

방 안쪽 커다란 책상 앞에 육십대로 보이는 남자가 오만상을 쓴 채 앉아 있었다. 남자가 의자에서 거만한 몸짓으로 일어났다. 남자는 대뜸 경찰 신분증을 요구했다. 신분증 확인 절차가 끝나자 남자는 손가락으로 소파를 가리켰다.

"경찰에서 신변보호를 해주는 거요?"

"최대한 안전조치를 해드릴 생각입니다."

"당장 경찰관을 배치시켜 주시오."

남자는 고압적인 자세로 뚱뚱한 다리를 꼬았다.

"안전조치는 미봉책일 뿐 범인을 검거해야만 근본적인 위험이 사라집니다. 윤 선생님, 왜 행운의 편지를 받았는지 짚이는 점이 있습니까?"

"난 평생을 죽어라 일만 하면서 살아왔소. 남에게 원수질 만한 짓은 하지 않았단 말이오. 부자라고 해서 남에게 원한을 샀을 거라는 이분법적 사고는 부적절하오."

누가 뭐라고 하지도 않았는데, 이분법적 사고 운운하며 거들먹거리는 윤상호의 태도가 몹시 거슬렸다.

"앞선 피해자 두 분의 사진입니다. 혹시 아는 분들입니까?"

조 형사가 이현수와 박철환의 사진을 윤상호에게 내밀었다. 사진을 응시하는 윤상호의 눈동자가 커졌다. 두 형사는 침을 꼴깍 삼키며 윤상호의 입을 주시했다. 윤상호의 대답은 형사들의 기대를 보기 좋게 배반했다.

"모르는 사람들이오. 왜 내가 이 사람들을 알 거라고 생각하오?"

윤상호는 꺼림칙한 물건을 대하듯 사진들을 멀찍이 밀어놓았다. 윤상호가 벌게진 낯으로 밖을 향해 소리쳤다.

"이봐, 생수 좀 가져와."

"밖에 있는 남자분과는 어떤 관계입니까?"

"내 처남이요. 아내가 하도 졸라서 심부름이나 시키고 있소."

허창수가 생수 3병을 들고 들어왔다. 탁자 위에 쟁반을 내려놓던 허창수가 헉, 숨을 들이켰다. 그의 눈은 탁자 위의 사진들에 고정돼 있었다.

"잠깐 앉으시겠습니까?"

지 형사가 앉기를 권하자 허창수가 소파 끝에 걸터앉았다. 지 형사는 사진들을 모아 허창수에게 건넸다.

"아는 사람들입니까?"

"얘는 아무것도 몰라."

윤상호가 다급하게 소리쳤다. 윤상호는 소파에서 몸을 일으키더니 허창수의 손에 들린 사진들을 뺏으려고 팔을 뻗었다.

"다롄 공장에 상주했던 사람들인데요. 사장님, 기억 안

나세요?"

"다롄 공장이요?

지 형사가 윤상호에게 물었다. 윤상호의 미간에 깊은 주
름이 새겨졌다.

"다롄은 중국에 있는 도시예요."

허창수가 냉큼 대답했다.

"중국에서 공장을 했었다고요?"

지 형사의 추궁에 윤상호가 마지못해 고개를 끄덕였다.

"숨기는 게 있으면 보호를 해드릴 수가 없습니다. 빠짐없
이 말씀해 주십시오."

"다롄은 중국 랴오닝성 랴오둥반도 남쪽 끝에 위치한 항
구 도시예요."

재빠르게 스마트폰을 검색한 조 형사가 끼어들었다.

"다롄에서 공장을 운영한 적이 있소."

윤상호가 무겁게 입을 열었다.

"이현수 씨와 박철환 씨도 함께 일했고요?"

"이현수와 박철환과는 동업 관계였소."

"그런데 왜 모르는 사람들이라고 거짓말하신 거죠?"

"……."

"무슨 공장이었습니까?"

"희토류제련소."

허창수가 또박또박 대답했다. 윤상호의 눈에서 파란 불꽃이 튀었다.

"희토류?"

"……."

윤상호는 여전히 침묵했다. 눈치 빠른 조 형사가 스마트폰에서 검색한 내용을 읽어 내려갔다.

"희토류는 유사한 특성을 지닌 17개의 광물을 일컫는데, 채취하기 어렵고 희귀하기 때문에 희귀한 흙, 희귀한 광물이란 뜻을 가지고 있어요."

조 형사는 스마트폰에 눈길을 고정한 채 말을 이어갔다.

"희토류 관련 기사를 읽은 기억이 나네요. 중국의 자원 무기화 전략 때문에 미중 간 무역갈등이 심화되고 있다는 내용이었어요. 희토류가 전기 자동차, 전투기, 휴대전화, 배터리, 텔레비전, 영구 자석, 저에너지 전구, 풍차 등 첨단 기술 부문에서 중요한 원자재로 쓰이기 때문이죠."

"희토류 때문에 무역갈등이 벌어진다고요?"

지 형사가 묻고 조 형사가 대답하는 이상한 장면이 연출됐다.

"중국이 전 세계 희토류 생산의 85%, 매장량의 50%를 차지하고 있기 때문이죠. 희토류 개발과정은 선광공정과 정제공정으로 구분되는데요. 선광공정에서 비산 먼지, 방사성 함유 물질, 중금속 함유 폐석과 찌꺼기가 발생하고, 정제공정에서는 유해가스, 중금속, 방사성 함유 물질, 유기물 함유 폐수 및 광물 찌꺼기가 나온다고 해요. 희토류를 개발하기 위해서는 이런 조건들이 수반돼야 한대요. 풍부한 매장량, 저렴한 인건비, 통제가 수월한 노동자들, 환경보호 무시예요. 많은 국가들이 희토류 생산을 중국에 의존하는 이유입니다."

조 형사가 더욱 놀란 표정으로 기사를 읽어주었다.

"1982년 일본의 미쓰비시화학이 말레이시아에 아시안 희토제련소를 건설했는데, 방사성 물질들을 무단 폐기하는 바람에 노동자와 인근 마을 주민들이 백혈병에 걸리거나 선천성 기형아를 낳는 등 치명적인 피해를 입었다고 합니다. 세계 최대 희토류 광산인 중국의 바이윈어보 지역은 가축이 폐사하고, 주민들이 치아를 전부 잃는 등 각종 질환에 시달리고 있답니다."

지 형사는 윤상호를 쏘아보았다.

"윤상호 사장님, 다롄의 희토류제련소에서 무슨 일이 있었습니까?"

"……."

윤상호는 대답하지 않았다. 그저 비대한 몸을 소파에 기댄 채 두 눈을 질끈 감고 있을 따름이었다.

지 형사는 희토류에 관한 대략적인 지식을 습득하고 나서야 사건의 본질을 정확히 파악할 수 있었다. 희토류를 개발하는 과정에서 환경오염 물질이 발생했고, 피해를 입은 누군가가 제련소를 운영했던 인물들에게 복수를 감행한 것이다. 사건의 개념은 확실해졌지만, 범인의 정체는 여전히 오리무중이었다. 두 명의 동업자가 죽었고, 제련소의 대표였던 윤상호는 입을 열려 하지 않는다.

지 형사는 범인이 대중의 이목을 끄는 방법으로 살인을 계획한 이유를 알 것 같았다. 이현수, 박철환, 윤상호의 만행을 만천하에 드러내 살인의 당위성을 공표하고 싶은 것이다. 윤상호 곁을 지키면 범인을 잡을 수 있다. 범인은 반드시 온다.

수사본부에서는 윤상호의 상가 건물에 경찰을 배치하는 한편, 중국에 상주하는 우리나라 파견 경찰에게 희토류제련소에 관련된 정보를 모아달라고 요청했다. 파견 경찰관들은 한인사회나 중국 경찰과의 유대를 통해 정보를 쉽게 얻어낼 수 있다. 국내 형사가 중국에 출장을 가는 것보다 여러 면에서 유리했다. 다롄에 다씨 집성촌이 존재한다는 정보가 파견 경찰로부터 전달되었다. 윤상호가 운영했던 희토류제련소가 위치했던 곳이다. 파견 경찰은 중국 인민경찰과의 인맥을 최대한 활용해 조사하겠다는 확답을 보내왔다.

윤상호의 희토류제련소에서 피해를 입은 사람이 반드시 존재할 것이다. 윤상호가 입을 열지 않는 것을 보면 대강 짐작이 갔다. 다씨 집성촌의 주민이 죽었을 개연성이 매우 컸다.

　행운의 편지에서 정한 기일인 4일이 모두 지났다. 경찰들이 언제까지 윤상호의 주변만 지키고 있을 수는 없었다. '가'와 '나'의 살인패턴을 참고하면 4일이 지난 뒤 곧바로 살인이 자행됐다. 형사들은 한껏 긴장했다. 윤상호에게는 개인행동을 하지 말라고 신신당부해 두었다.

　수사본부 사무실에 앉아 있던 지 형사의 휴대전화 벨이 크게 울렸다. 윤상호의 상가 건물에서 잠복 중이던 조 형사가 걸어온 전화였다.

　"지 형사님, 방금 윤상호가 차량을 이용해 건물 밖으로 나갔습니다."

　"개인행동을 하지 않기로 약속했잖아요. 위험한 시기에 밖으로 나간 이유가 대체 뭐랍니까?"

　"윤상호는 기사가 운전하는 차를 타고 나갔습니다. 지금 형사들이 추적하고 있습니다."

　조 형사는 윤상호의 뒤를 쫓겠다는 말을 남기고 전화를 끊었다. 윤상호, 정말 대책이 안 서는 인간이다. 도대체 어디를 간 거지? 지 형사는 안절부절못하며 사무실 안을 서성거렸다. 지 형사의 휴대전화가 다시 요란스럽게 울렸다.

"지 형사님, 윤상호의 차가 판교 아파트 단지에 도착했습니다. 운전기사는 주차장에 남았고, 윤상호 혼자 아파트 안으로 들어갔습니다. 형사들이 아파트를 수색 하고 있습니다. 전화를 걸어도 받지를 않고……. 윤상호, 정말 협조가 안 되는 인간입니다."

지 형사는 윤상호의 아내 허미란에게 전화했다.

"수사본부 지택근 형사입니다. 윤 사장님이 판교 아파트로 가셨다는데, 누구를 만나러 가셨는지 아십니까?"

"…….."

허미란은 침묵했다. 부부가 쌍으로 형사들의 애를 먹이기로 약속이라도 했는지……, 지 형사는 짜증이 솟구쳤다.

"내 그럴 줄 알았다니까."

"네?"

"남편에게 여자가 있어요. 남편이 그년에게 아파트를 사줬어요. 거기 드나드는 건 예전부터 알고 있었지만, 이런 판국에 여자를 만나러 가다니 정신이 돌아도 단단히 돌았군요."

허미란은 42세로 윤상호와 나이 차가 무려 20년이나 난다. 이혼 경력이 있는 윤상호는 젊은 아내와 살면서 또 바람을 피우는 모양이다. 그 나이에 대단하다고 해야 할지, 수천억대의 자산가라는 소문이니 여자가 붙는 건 당연하다고 해야 할지, 아무튼 범상치 않은 인물이었다. 윤상호는 허미란과의 사이에 중학생 아들을 하나 두었고, 전처소생의 삼십대 딸이 한 명 있었다. 생명을 위협받고 있는 상황에서 내연녀를 만나러 가다니……, 어쩌면 불안한 심리가 윤상호를 내연녀의 집으로 이끌었을 수도 있었다.

금방이라도 불상사가 터질 것만 같아 지 형사는 속이 새까맣게 타들어갔다. 지 형사의 휴대전화 벨이 불길하게 울었다. 조 형사였다.

"지 형사님, 윤상호가 칼에 맞았습니다."

"아……."

결국 지키지 못한 것인가. 허무함이 거대한 파도가 되어 지 형사를 집어삼켰다.

"형사들이 잠복하고 있었잖아요?"

안타까운 마음에 힐문조의 말이 튀어 나왔다.

"윤상호는 19층 엘리베이터 앞에서 피습 당했습니다."

"죽었습니까?"

"다행히 죽지는 않았습니다. 구급대가 출동해 병원으로 옮겼습니다."

"범인은요? 범인은 잡았습니까?"

"사라져버렸습니다. CCTV에 범인의 얼굴이 찍혔습니다. 수배 때리면 금방 잡지 않겠습니까."

지 형사는 힘없이 휴대전화를 내려놓았다.

전문 칼잡이로 예상됐던 범인이 윤상호를 죽이지 못했다. 형사들의 추격 때문에 솜씨를 발휘하지 못한 것일까. 범인은 어떻게 윤상호의 목적지를 미리 알고 대기하고 있었을까. 조 형사의 말에 따르면 범인은 아파트 19층에서 윤상호를 기다리고 있었다고 한다. 판교의 아파트는 잠복했던 형사들도 미처 알지 못했던 정보였다.

4

판교 아파트를 빠져나온 태민영은 택시를 잡아탔다. 피범벅이 된 옷을 벗어버리고 미리 준비해간 옷으로 갈아입었다. 곧 경찰의 추격이 시작될 터였다. 태민영은 범행을 숨기고 싶은 생각이 전혀 없었다. 그동안은 잡히지 않으려고 무진 애를 썼지만, 이번에는 그럴 필요가 없었다. 그의 과업이 완수되었기 때문이다.

"인천 연안부두로 갑시다."

택시기사는 빠르게 승강장을 벗어났다. 태민영은 좌석 깊숙이 몸을 묻고 두 눈을 감았다. 마지막 임무를 마쳤다. 할 일을 다 했다는 만족감이 혈관 구석구석으로 퍼져나간다. 태민영은 눈을 감았지만, 한 여자를 보고 있었다. 태민영의 눈엔 한 여자만 보였다. 씬밍……, 태민영이 사랑했던 유일한 여자. 그는 비로소 씬밍 곁으로 갈 수 있게 되었다.

태민영은 북조선의 특수부대 항공륙전여단을 제대한 후 밀무역을 하던 과정에서 북중 국경을 넘었고, 중국 랴오닝성 다롄에 정착했다. 그는 다롄에서 운명처럼 씬밍을 만났다. 태민영은 선박 엔진과 사출 성형기, 발전 설비용 제품을 생산하는 주물공장에서 일했다. 공장 동료의 소개로 씬밍을 알게 됐다. 먹고 살기 바빠 제대로 연애 한번 해보지 못했던 태민영은 씬밍을 보는 순간 한눈에 반했다.

석류처럼 벌어지던 붉은 입술, 고르고 하얀 치아, 윤기 나는 긴 머리채가 손에 잡힐 듯 다가온다. 여동생과 단둘이 살았던 씬밍은 자매가 함께 희토류제련소에서 일했다. 씬밍 자매의 성은 다씨였고, 다씨 집성촌에서 살았다. 태민영은 씬밍 자매처럼 우애 깊은 언니와 여동생을 보지 못했다.

"민영, 교통사고로 부모님을 한날한시에 잃었을 때 내가 무슨 생각을 했었는지 알아?"

태민영은 씬밍이 안쓰러워 감히 대답도 할 수 없었다. "부모님이 동생을 낳아주신 걸 감사했어. 잉씬이 아니었다면 난 견디지 못했을 거야."

태민영은 씬밍을 품에 꼭 안았다.

"난 결혼해도 잉씬과 함께 살기로 약속했어. 당신은 어때? 잉씬과 한집에 살 자신 있어?"

"난 씬밍이 원하는 일이라면 뭐든지 할 수 있어."

씬밍과 태민영의 시선이 맞부딪쳤다. 씬밍의 검은 눈동자가 보석처럼 반짝였다.

"민영, 사랑해."

"민영, 잉씬에게 남자친구가 생겼어. 당신과 놀러 다니느라 잉씬에게 많이 소홀했거든. 가여운 잉씬, 샘이 된통 났나 봐."

씬밍이 들뜬 표정으로 태민영을 향해 종알거렸다. 씬밍은 곧 자리를 마련했고, 태민영은 잉씬과 그녀의 남자친구를 처음 만났다. 잉씬의 남자친구는 태민영과 나이가 같았다. 동갑이라 그랬는지, 그의 선량한 성품 때문이었는지, 두 남자는 죽이 잘 맞았다. 두 커플은 자주 더블데이트를 즐겼다. 그들은 주말마다 다롄의 명소를 찾아다녔다. 쌍둥이라고 해도 믿을 만큼 씬밍과 똑같이 닮은 잉씬은 스무 살의 어린 아가씨였다. 태민영은 태어나서 처음으로 행복감을 느꼈다. 그는 남은 생을 씬밍과 함께하고 싶다고 간절히 소망했다. 태민영은 씬밍에게 청혼했다.

"나는 좋지만, 한집에 살아야 하는 만큼 잉씬의 허락도 필요해."

씬밍은 웃으면서 말했다. 잉씬은 두말없이 언니의 결혼을 찬성했다. 그녀는 한술 더 떠 자기도 결혼하겠다고 나섰다. 자매의 합동결혼식이 거행됐다. 신혼집은 다씨 집성촌에 마련했다. 한집은 아니었으나 아파트 아래위층을 얻어 살았다. 행복한 나날이 흘러갔다. 주말이면 두 부부가 손을 잡고 놀러 다녔다. 태민영은 잉씬의 남편과 우애 깊은 동서 간이 되었다. 그는 동갑인 태민영을 형님이라 칭하며 깍듯이 대했다.

다롄은 광장의 도시였다. 아시아 최대 규모의 광장이 다롄에 존재했다. 그들은 광장을 자주 찾았다. 대륙의 스케일이 느껴지는 광활한 광장의 끝은 바다였다. 끝없이 펼쳐지는 푸른 바다를 배경으로 두 커플은 자전거를 타고 달렸다. 재미있는 조형물이 곳곳에 세워진 조경이 잘되어 있는 광장이었다. 광장의 야경은 더욱 아름다웠다. 음식점과 노점이 불야성을 이루고 놀이기구도 많아서 주말을 만끽하기에 더할 나위 없는 곳이었다. 여름이면 광장에서 맥주 페스티벌이 개최됐다. 그들은 맥주를 한없이 들이켜며 젊음과 사랑에 흠뻑 취했다.

태민영은 북조선에 두고 온 아버지의 병세가 위중하다는 소식을 동포로부터 전해 들었다. 홀로 계신 아버지 걱정에 마음이 편치 않았던 태민영은 북조선에 들어가기로 결심했다. 마지막 기회를 놓치면 평생 씻을 수 없는 불효를 저지를 것만 같았다. 아버지는 먼저 떠난 아내를 그리며 홀로 태민영을 키웠다. 태민영에게 아버지는 단 하나의 피붙이였다. 태민영은 아버지를 향한 그리움에 굴복하고 말았다.

"씬밍, 나 믿지?"

"무슨 소리?"

씬밍은 의아한 듯 어여쁜 머리를 갸웃했다.

"아버지가 위독하다는 소식을 들었어."

"민영, 어떻게 하려고?"

"북조선에 다녀올게."

"북조선은 마음대로 갈 수 있는 곳이 아니잖아."

"씬밍, 아버지만 뵙고 금방 올게. 지금 가지 않으면 살아 계신 아버지를 뵐 수 없을 것 같아."

"그래도……."

씬밍은 말을 잇지 못했다. 교통사고로 부모님을 한꺼번에 잃은 씬밍이었다. 씬밍은 무엇보다 가족을 소중히 여겼다. 태민영은 씬밍을 사랑했지만, 아버지 또한 사랑했다.

"국경을 넘다가 걸리면 어떡할 건데? 사살될 수도 있다고 들었어."

"그러니까 돈을 가지고 가야지. 돈만 찔러주면 중국이나 조선 국경경비대도 뚫을 수 있을 거야."

"민영, 꼭 가야 돼?" 씬밍의 커다란 눈에 눈물이 그렁그렁했다. 금방이라도 눈물이 주르륵 고운 볼 위로 흘러내릴 것만 같았다.

"무슨 일이 있어도 당신 곁으로 돌아올 거야. 씬밍, 나를 믿지? 나 항공륙전여단 제대했어. 특수부대 출신이라고."

씬밍의 눈에서 눈물이 방울방울 떨어졌다.

"아버지를 보러 간다는데, 막으면 안 되겠지. 민영, 아버지도 가족이지만 나도 가족이란 걸 잊지 말아."

태민영은 씬밍을 와락 끌어안았다. 마음이 흔들렸다. 혹여 불상사가 발생한다면? 불법으로 국경을 넘나드는 과정에서 위험에 노출되게 마련이다. 죽음을 각오해야 한다. 게다가 사랑하는 아내를 남겨 두고 가는 길이다. 태민영은 갈등했지만, 아버지를 저버릴 수는 없었다. 그는 마음먹은 일은 무조건 실행하는 사람이었다. 지금까지 그렇게 살아왔고, 앞으로도 그리 살아갈 것이다. 아버지의 병세가 위중해 시간을 지체할 수가 없었다. 태민영은 처제와 동서에게 씬밍을 부탁한 뒤 북중 국경을 넘었다.

북조선에 무사히 잠입한 태민영은 량강도의 고향집을 찾

앉다. 아버지는 살아 계셨지만, 말기암으로 오래 버티지 못
하셨다. 암이 전신으로 퍼져 손을 쓸 수도 없는 지경이었
다. 아버지의 장례를 무사히 치른 태민영은 국경지역으로
숨어들었다. 신의주에서 압록강만 넘으면 중국 단둥이었
다. 태민영은 국경 경비초소의 근무교대 시간을 이용해 도
강을 하는 방법을 선택했다.

기회를 엿보던 태민영에게 청천벽력과도 같은 일이 벌어
졌다. 무슨 이유에선지 북조선과 중국의 국경이 폐쇄돼 버
린 것이다. 북조선의 국무위원장이 국경지역에서의 밀수입
을 조장, 은폐하는 행위를 군법으로 엄중히 처단하라는 명
령을 내렸다. 개인의 소자밀수나 기관의 대자밀수가 공공연
히 행해지던 사정이 크게 바뀌어버린 것이다.

태민영의 발이 묶였다. 강화된 국경 경비체계가 언제까지
이어질지 알 수 없었다. 개미가 기어서 국경을 넘어가듯 시
간이 느릿느릿 흘러갔다. 태민영은 발을 동동 굴렀으나 할
수 있는 일이 없었다. 씬밍은 어떻게 지내고 있는지, 야속
한 남편을 원망하며 울고 있지나 않은지, 하릴없는 세월만
흘러갔다.

천신만고 끝에 태민영이 다롄에 다시 들어갔을 때는 몇 년
의 세월이 흐른 뒤였다. 씬밍과 살았던 아파트를 찾아갔으
나 그를 반기는 사람은 없었다. 씬밍도 잉씬도 동서도 모두

사라졌다. 아파트에는 모르는 사람들이 들어와 살고 있었다. 태민영은 씬밍과 잉씬이 근무했던 희토류제련소를 찾아갔다. 제련소는 폐쇄되었고, 그곳에는 아무것도 없었다. 그가 없는 동안 무슨 일이 벌어진 걸까.

태민영은 반미치광이가 되어 아내를 찾아 헤맸다. 다씨 집성촌을 헤집고 다니며 진상을 파악하려 애썼다. 집성촌 주민들이 태민영에게 들려준 이야기는 가히 충격적이었다. 씬밍과 잉씬은 죽었으며 잉씬의 남편은 어딘가로 증발해 버렸다는 것이다. 죽은 사람은 씬밍과 잉씬만이 아니었다. 희토류제련소에서 일했던 사람들 여럿이 죽거나 중병에 걸렸다고 했다.

회사는 희토류의 부작용에 대해서 설명하지 않았다. 그들은 값싼 임금으로 노동력을 착취할 사람들이 필요했을 따름이었다. 운영자들은 최소한의 보호장구도 지급하지 않았고, 영문도 모른 채 노동자들이 죽어나갔다. 살아남은 사람들도 백혈병이나 실명, 치아소실 등 심각한 부작용에 시달리고 있었다. 환경보호단체 소속의 여성 활동가가 중국 당국에 고발을 하면서 제련소는 폐쇄되었고, 운영자들은 도망을 쳤다.

태민영은 자살을 떠올렸다. 아버지가 돌아가셨고, 사랑했던 씬밍이 죽었으며 낯선 타국에 홀로 남겨졌다. 더 살아갈 이유도, 가치도 남아 있지 않았다.

"내가 몸만 성하면 그것들을 찾아내서 전부 죽여버릴 텐데……. 복수를 해야 하는데, 어떻게든 복수를 해야 하는데……."

다씨 집성촌에서 만난 노인은 깡마른 주먹을 그러쥐고, 힘겹게 한마디씩 토해냈다. 노인은 희토류제련소 때문에 아들을 잃었고, 자신도 암에 걸렸다고 울먹였다. 노인의 절규가 태민영의 가슴에 비수처럼 꽂혔다. 복수! 생면부지의 노인이 태민영에게 나아갈 길을 제시해 주었다. 죽기로 작정한 목숨인데, 못할 일이 뭐 있겠냐 싶었다. 잃을 것이 없는 인생이었다. 복수라도 통쾌하게 해치우고 죽어도 늦지 않으리라. 억울하게 죽어간 아내를 위한 복수였다. 아내는 얼마나 고통스럽게 눈을 감았을까. 돌아오지 않는 남편을 원망하면서 마지막 숨을 내쉬었겠지. 씬밍의 손이라도 잡아줬다면……, 태민영의 뺨 위로 뜨거운 눈물이 흘러내렸다.

결심을 굳히자 태민영은 빠르게 움직였다. 태민영은 희토류제련소를 운영했던 사람들에 대한 정보를 입수했다. 그들이 어디로 도망쳤는지 바로 감이 왔다. 그들은 남조선 사람들이었다. 그래, 남조선으로 가자. 씬밍을 죽인 원수를 찾아내고 그들의 목을 따자. 심장에 칼을 꽂아 넣자.

윤상호를 습격했던 범인의 얼굴이 아파트 CCTV에 또렷이 찍혔다. 앞선 두 번의 살인과 달리 그는 CCTV를 피하려는 노력을 전혀 하지 않았다. CCTV 사진을 뽑아 수배를 내리는 한편 판교 아파트부터 범인의 동선을 추적했다. 단지 내 헌옷 수거함에서 범인이 버린 것으로 추정되는 피 묻은 옷가지를 찾아냈다. 환복을 했으나 걸음걸이, 체격 등으로 범인의 동선을 파악할 수 있었다. 자포자기한 범인이 인질극을 벌이거나 자살을 선택할 수도 있는 상황이었다. 형사들이 우려하는 최악의 사태로 치달을 수도 있었다.

범인은 아파트단지를 빠져나가 대로변으로 걸어갔다. 그 뒤 행적이 끊긴 것으로 보아 택시를 탔을 가능성이 제기되었다. 택시 승강장 주변의 CCTV와 근방을 지나간 버스들의 블랙박스를 확보했다. 요행히 범인이 탄 택시를 특정할 수 있었다. 지 형사는 운이 따랐다고 생각했다. 그는 이 행운이 범인검거까지 이어지기를 간절히 바랐다.

"인천 연안부두로 가달라고 했어요. 삼십대 후반쯤으로 보였고, 키는 크지 않았습니다. 목적지에 도착할 때까지 등받이에 몸을 기댄 채 눈을 감고 있었습니다. 팁을 후하게 주어서 인상에 남았어요. 카드를 쓰지 않고 현금으로 계산했습니다."

인천 연안부두부터 CCTV 추적에 들어갔다. 형사들은 범인의 사진을 들고 대규모 탐문을 전개했다. 곧 범인의 행적이 잡혔다. 비슷한 인상의 남자가 연안부두 해양광장 쪽으로 걸어가는 것을 봤다는 제보가 들어왔다. 형사들 무리가 해양광장을 포위했다. 멀리 월미도와 정박된 배들이 보이자 시야가 확 트이고 바다 내음이 폐부 깊숙이 스몄다.

바다로 내려가는 계단에 걸터앉은 남자의 뒷모습이 형사들의 눈에 포착됐다. 남자는 도망치기를 포기한 사람처럼 보였다. 그는 택시에서 내린 뒤 몇 시간 동안이나 한자리에 머물렀다. 마치 형사들을 기다린 것 같았다. 남자는 망부석이 된 듯 움직임이 없었다. 남자의 등 뒤에서 형사들의 눈짓과 손짓이 오고 갔다. 한꺼번에 달려들어 남자를 제압하자는 의미였다. 낌새를 챈 것일까. 하염없이 바다를 응시하던 남자가 갑자기 뒤를 돌아보았다. 남자는 바지주머니에 넣었던 손을 입으로 가져갔다. 남자가 손 안에 든 무언가를 입속에 털어 넣었다.

"안 돼!"

형사들이 우르르 달려들었다. 남자는 통나무처럼 쓰러졌고, 호흡을 할 때마다 거품과 피가 함께 뿜어져 나왔다. 형사 하나가 다급하게 119를 불렀지만, 이미 늦은 것 같았다. 남자는 두 팔과 두 다리를 격렬하게 떨면서 고통스럽게 죽어갔다. 경련을 이어가던 남자의 사지가 천천히 움직임을 멈췄다. 남자가 죽음에 이르기까지 수분의 시간 동안 형사들은 속수무책으로 지켜볼 수밖에 없었다. 119구급대가 도착했다. 남자의 상태를 살펴본 구급대원들은 고개를 저으며 자리에서 일어났다.

남자의 신원이 밝혀졌다. 이름 태민영, 나이 38세, 량강도 출신의 탈북민. 태민영이 이현수와 박철환, 윤상호를 죽이려고 한 이유가 무엇일까? 이현수와 박철환, 윤상호의 공통점은 다롄에서 운영했던 희토류제련소다. 태민영과는 어떤 관련이 있을까? 입원 중인 윤상호는 여전히 의식을 회복하지 못한 상태였다. 윤상호의 아내 허미란과 처남 허창수에게 태민영의 사진을 보여 주었으나 모르는 사람이라는 답변이 돌아왔다. 이현수의 아내 정은현과 박철환의 동거녀리나도 모른다고 고개를 흔들었다.

형사들이 태민영이 거주했던 고시원을 찾아냈다. 갈아입을 옷가지 몇 벌, 수첩과 현금 약간이 그가 남긴 물건의 전부였다. 태민영은 공수래공수거의 삶을 실천한 사람 같았다. 지켜야 할 무엇이 없는 삶, 태민영의 목표는 오로지 살인이었다. 지 형사는 태민영의 수첩을 펼쳐 보았다. 수첩의 투명덮개에 웃고 있는 젊은 여자의 사진이 끼워져 있었다. 누구지? 북한에 두고 온 아내? 수첩에 사진을 끼우고 다닐 정도로 소중한 아내를 가진 자가 남한에서 연쇄살인을 저지르고 자살을 한다? 앞뒤가 들어맞지 않았다.

지 형사는 태민영의 수첩을 한 장 한 장 천천히 넘겨보았다. 두음법칙을 무시하고, 띄어쓰기가 눈에 선 문장들이 지 형사의 머리에 금방 들어오지 않았다. 한글로 쓰여 있는데도 바로 이해가 되지 않았고, 강한 이질감이 느껴졌다. 지 형사는 태민영이 보냈던 행운의 편지를 떠올렸다. 편지의 문장은 잘 정돈돼 있었으며 문자 메시지임에도 고집스럽게 문법이나 띄어쓰기에 집착했다. 맞춤법도 틀리지 않았다. 제대로 작성한 편지를 보내려고 노력한 의도가 분명했다. 남한 사람들도 문자 메시지를 보낼 때면 맞춤법이나 띄어쓰기, 문법을 무시하는 경우가 많은 것을 감안하면 꽤나 눈에 띄는 특징이었다.

"인터넷으로 행운의 편지를 검색했을 겁니다. 나무위키에서 올린 행운의 편지를 그대로 베껴 쓴 거예요."

지 형사의 의견에 조 형사가 반박하고 나섰다.

"나무위키에서 베껴 쓴 부분 외에 추가로 덧붙인 문장들도 깔끔합니다. 태민영이 쓴 수첩의 메모들을 보세요. 띄어쓰기는 물론, 맞춤법도 엉망입니다. 태민영이 행운의 편지를 썼다고 단정할 수 없어요. 분명 공범이 있습니다. 공범은 남한 사람일 겁니다."

행운의 편지를 작성한 사람은 태민영이 아니다. 지 형사는 확신했다. 태민영의 뒤에 누가 존재할까? 태민영과 신념을 공유하는 인물은 누구일까? 태민영은 단지 하수인에 불과했던 걸까? 태민영이 살인청부를 맡았고, 들통 날 위기에 처하자 자살해버린 걸까?

　가나다 살인사건은 예상치 못한 종막을 맞았다. 전국을 들썩이게 만들었던 연쇄살인극이 태민영의 자살로 일시에 잠잠해져 버렸다. 대중들 사이를 떠돌던 행운의 편지도 어느새 종적을 감추었다. 수사본부에서는 이상심리에 의한 살인이라는 다소 모호한 수사 결과를 발표했다. 탈북민 태민영이 왜 살인을 저질렀는지 명확한 동기를 캐지 않고 서둘러 사건을 종결시켜 버린 것이다. 탈북민에 대한 대대적인 혐오감정으로 이어질 수도 있는 사안이었다. 가나다 살인사건은 공소권 없음 처분이 내려졌고, 수사본부는 곧바로 해체되었다.

　고진경찰서 지택근 형사는 허무한 심사를 가눌 길이 없었다. 중국에 파견된 우리나라 경찰로부터는 여전히 연락이 없었다. 산적한 업무도 많은데, 국내의 일까지 신경을 쓸 여력이 없는 것일 수도 있었다. 애초에 남을 믿는 것이 아니었다. 조 형사와 중국 다롄으로 날아가 더듬더듬 탐문을 벌이는 편이 나았을지도 몰랐다. 지 형사는 이래저래 심경이 복잡했다.

지 형사의 휴대전화 벨이 세차게 울렸다. 모르는 번호로 걸려온 전화였다. 지 형사는 고개를 갸웃거렸다.

"고진서 강력 1팀 지택근 형사입니다."

"안녕하십니까. 남강서 강력 4팀 황정현 형사입니다. 지택근 형사님, 통화 괜찮으십니까?"

남강서 형사가 왜 전화를 했지? 지 형사는 묘하게 불길한 느낌을 받았다.

"지 형사님, 허창수 아시죠?"

"허창수요?"

"가나다 살인사건의 세 번째 피해자 윤상호의 처남 허창수 말입니다."

"당연히 알죠. 그런데 왜 그러십니까?"

꾀죄죄한 인상의 궁상스러운 남자가 지 형사의 뇌리에 떠올랐다. 허창수는 매형 윤상호의 손아귀에 꽉 잡힌 채 기를 펴지 못했었다.

"남강서에서 윤상호 살해혐의로 허창수를 조사 중입니다."

"네?"

"윤상호는 병원에서 순조롭게 회복 중이었는데, 갑자기

사망했습니다. 허창수가 문병을 간 날, 윤상호가 죽었습니다. 허창수의 방에서 니코틴 용액과 주사기가 발견됐고요."

"윤상호를 죽인 이유가 뭐라고 하던가요?"

"허창수는 묵비권을 행사하고 있습니다. 허창수가 지 형사님을 지목했습니다. 지 형사님이 아니면 진술하지 않겠답니다. 지 형사님, 남강서로 와주시겠습니까?"

"그런 일이라면 당연히 가야죠. 바로 출발하겠습니다."

지 형사는 차를 출발시켰다. 허창수가 윤상호를 죽였다고? 왜지? 처남을 함부로 대하던 윤상호의 막돼먹은 언동이 지 형사의 뇌중을 떠돌았다. 매형의 고압적인 태도에 앙심을 품고 있던 차에 복수를 감행한 걸까?

스마트폰에서 요란한 수신음이 들렸다. 발신자는 성라서의 조성민 형사였다. 조 형사가 웬일로 전화를 했지? 수사본부가 해체된 뒤로 조 형사와 통화를 하지 못했었다. 조 형사도 윤상호가 죽었다는 소식을 들었을까. 조 형사는 가나다 살인사건에 누구보다 강한 집념을 보였던 사람이다.

"조 형사님, 잘 지내시죠?"

"지 형사님, 중국에 있는 우리나라 경찰이 사진을 보내왔어요. 태민영에 관해 알아봐 달라고 제가 부탁을 해두었거든요. 남녀 4명이 찍힌 사진인데, 태민영과 허창수가 나란히 서 있네요. 젊은 여자 두 사람은 다씨 성을 가진 자매로

각각 태민영과 허창수의 아내였다고 합니다. 자매는 희토류제련소에서 일했고, 두 사람 다 폐질환으로 죽었다고 해요. 지 형사님, 어떻습니까? 사건의 전모가 그려지지 않습니까?"

조 형사는 인사말도 생략한 채 용건을 쏟아냈다. 사건의 진상을 알게 돼 몹시 흥분한 눈치였다.

"조 형사님, 허창수가 윤상호 살해혐의로 남강서에서 조사를 받고 있습니다. 지금 남강서로 가는 중입니다. 조 형사님도 남강서로 오시겠습니까?"

"바로 달려가겠습니다."

지 형사는 차의 속력을 최고로 올렸다.

5

남강서의 조사실에 허창수가 동그마니 앉아 있었다. 안 그래도 초라한 허창수의 몰골은 전보다 더 궁상맞아 보였다. 구석에 놓인 책상 앞에 남강서의 형사가 앉아 있었다. 조 형사가 다짜고짜 스마트폰을 허창수에게 들이밀었다. 화면에는 중국에서 받은 사진이 띄워져 있었다.

"허창수 씨, 태민영과 공모한 거 맞죠?"

사진을 바라보던 허창수의 머리가 푹 꺾였다.

"태민영이 못다 한 일을 대신 마무리한 겁니까? 그래서 윤상호를 죽였습니까?"

허창수의 눈에서 눈물이 뚝뚝 떨어졌다. 꾀죄죄한 사내가 눈물, 콧물을 짜내고 있으니 한없이 청승맞아 보였다. 태민영의 당당함과 달리 허창수는 약하고 무력한 모습이었다. 이 또한 범죄를 숨기기 위한 연기일까? 그렇다면 허창수는 타고난 배우일 것이다.

"이 여자 때문에 윤상호를 죽인 겁니까?"

조 형사의 손가락이 허창수가 어깨를 두르고 있는 사진 속의 여자를 가리켰다. 허창수는 대답 대신 흘러내린 콧물을 쭉 들이마셨다. 보다 못한 조 형사가 티슈를 뽑아 던졌다.

"당신이 문병을 갔던 날에 윤상호가 죽었습니다. 의식이 돌아오는 것도 시간문제일 만큼 순조롭게 회복 중이었는데, 갑자기 죽었어요. 어떻게 된 거죠?"

"제가 죽였습니다."

지 형사는 귀를 의심했다. 이렇게 쉽게 자백하다니……, 그는 내심 놀랐지만, 겉으로 드러내지는 않았다.

"지금 자백하는 겁니까?"

"그렇습니다. 제가 윤상호를 죽였습니다."

지 형사는 밖에서 지켜보고 있던 남강서 형사들에게 신호를 보냈다. 그들은 계속 진행하라는 사인을 보내왔다.

"당신 아내의 복수를 감행한 겁니까?"

허창수의 눈에서 눈물이 주르륵 흘러내렸다.

"못난 저에게 처음으로 정을 주었던 여자입니다. 살아있다는 행복감을 느끼게 해준 사람이죠. 임신 5개월이었던 아내가 시름시름 앓다가 원인도 모른 채 죽어갔어요."

"희토류 부작용 때문입니까?"

"윤상호는 제련소 노동자들을 소모품처럼 소비했어요. 희토류의 폐해도 모른 채 사람들이 하나둘 쓰러졌습니다. 윤해선 씨가 아니었다면 더 많은 사람들이 죽었을 겁니다."

"윤해선 씨?" "윤상호의 전처가 낳은 딸이에요. 환경보호활동가입니다. 윤해선 씨가 희토류제련소를 중국 당국에 고발했어요. 조사하러 나온 기관 사람들도 경악을 금치 못하더군요. 분진 발생을 대비한 환기장치나 최소한의 보호장비도 없이 노동자들을 죽음으로 내몰았다고요. 잉씬은 임신한 아이를 지키려고 병원 치료도 받지 못하고 죽었습니다. 엉엉엉."

허창수가 큰 소리로 울음을 터트렸다.

"태민영이 팔로 감싸고 있는 여자는 그의 아내인가요?"

"씬밍이라고, 잉씬의 언니예요. 태민영은 아버지가 위독하다는 소식을 듣고 북한으로 넘어갔는데, 발이 묶인 채 몇 년간 나오지 못했어요. 하필이면 그때 씬밍이 죽었어요. 씬밍은 마지막 순간까지 남편을 기다렸어요. 아내가 사라진 다롄을 다시 찾은 태민영의 심정이 어땠을까요. 태민영은 씬밍의 마지막 모습을 전해 듣고 피눈물을 흘렸습니다. 저는 그렇게 구슬프게 우는 사람을 이제껏 보지 못했습니다."

"당신과 태민영이 공모해 가나다 살인을 저지른 겁니까?"

허창수는 텅 빈 눈동자로 허공을 응시했다.

"태민영은 이현수, 박철환, 윤상호를 죽인 뒤 본인도 자결하겠다고 말했습니다. 그는 의지가 매우 강한 사람으로 마음먹은 일은 무조건 해내고야 맙니다. 북한 특수부대 출신이라고 들었습니다."

허창수는 태민영의 단독 범행임을 주장하고 싶은 듯했다. 지 형사가 추궁을 이어갔다.

"이현수, 박철환을 죽인 사람은 태민영이 맞습니다. 그러나 가나다 살인사건을 기획한 사람은 태민영이 아닙니다. 태민영의 뒤에 누군가 존재합니다. 태민영이라면 표적을 찾아내고 바로 죽이는 방법을 택했겠죠. 행운의 편지를 쓰고, 가나다 지명과 가나다 성씨를 조합한 복잡한 살인 설계는 태민영과 맞지 않아요. 게다가 태민영은 남한 물정에 어두워요. 남한에 들어온 지 얼마 되지도 않은 사람이 행운의 편지를 능숙하게 작성했을까요? 이현수와 박철환의 주소를 태민영에게 알려준 사람도, 가나다 살인사건을 기획한 사람도 따로 있어요. 바로 당신이죠. 당신은 매우 영리한 사람입니다. 느슨하고 엉성한 태도로 본색을 숨기고 있지만, 내면은 누구보다 치밀하고 날카롭습니다."

지 형사는 허창수의 허를 찔렀다고 생각했다. 그는 허창수의 반응을 기다렸다.

"어느 날 태민영이 불쑥 제 앞에 나타났습니다. 어떻게 저를 찾아냈는지 궁금했지만, 태민영이라면 얼마든지 가능하다고 여겼습니다. 중국과 북한을 마음대로 드나들던 사람인데, 남한에 와서 저를 찾는 일쯤이야 누워서 떡 먹기였겠죠."

"그래서요?"

흥미가 동하는지 조 형사가 의자를 바짝 당겨 앉았다.

"태민영은 다롄에서 왔다고 하더군요. 우리 둘은 서로를 부둥켜안고 울었습니다. 태민영은 아내의 복수를 한 뒤 자결하겠다고 말했어요. 저는 태민영을 말렸습니다. 인간쓰레기 셋을 죽이는 일에는 동의한다. 다만, 마지막을 자결로 끝내선 안 된다고 만류했어요. 진정한 복수는 끝까지 살아남는 것이라고, 씬밍도 그러기를 바랄 거라고 말해줬어요. 원수를 죽이기만 하는 건 반 조각 복수다. 그들의 악행을 세상에 알리고 다시는 그런 일이 일어나지 않도록 경종을 울려야 한다고 태민영을 설득했습니다."

허창수가 생수를 들이켰다. 쿨럭쿨럭 생수가 그의 목울대를 타고 내려갔다.

"언젠가 읽었던 일본 추리소설이 떠오르더군요. 소설에서 힌트를 얻었습니다. 사람들의 관심을 집중시키고 널리 회자되게 하려면 일종의 퍼포먼스가 필요했어요. 씬밍과 잉씬 자매의 성이 다씨고 지역도 다롄이니까 가씨와 나씨, 가 지역과 나 지역만 추가시키면 되잖아요. 게다가 죽일 사람도 셋! 양아치 셋을 죽이고 자살한 정신 나간 탈북자 이야기는 대중들의 관심을 끌지 못해요."

허창수는 두 눈을 감았다. 태민영을 애도하는 듯 그의 눈꺼풀이 가늘게 떨렸다.

"행운의 편지는 불가능한 임무를 부여한 겁니다. 조건에 맞는 7명의 전화번호를 어떻게 구하겠어요. 결국은 죽이겠다는 뜻이 숨겨져 있어요."

"당신, 무서운 사람이구만. 윤상호가 판교 아파트로 갔다는 정보도 당신이 태민영에게 넘긴 거지?"

조 형사가 무서운 기세로 다그쳤다.

"예정된 기일이 하루하루 다가오자 윤상호는 벌벌 떨며 초조해했습니다. 위치가 노출된 자택보다는 내연녀의 집이 더 안전할 거라고 제가 말해줬습니다. 무시하던 처남의 한

마디에 윤상호는 꽁지가 빠지게 판교로 달려갔습니다. 저는 태민영의 대포폰으로 연락해 주었습니다."

허창수는 허술해 보이는 외모 뒤에 빈틈없는 지략을 숨기고 있었다.

"태민영은 당신의 각본대로 춤을 춘 꼭두각시에 불과했군."

조 형사가 분하다는 듯 목청을 높였다.

"태민영에겐 강한 살인 의지가 있었어요. 태민영은 남이 지시한다고 살인을 저지를 사람이 아니에요. 저는 태민영의 살인에 의미를 부여해준 것뿐이에요."

"이현수와 박철환의 주소를 태민영에게 알려준 사람도 당신이지?"

조 형사가 거친 어조로 몰아붙였다.

"맞습니다. 흥신소에 의뢰해서 태민영에게 알려줬습니다. 태민영 수중에 돈이 있을 리 만무하잖아요."

"그런 걸 살인교사라고 하지."

조 형사의 음성이 음산한 기운을 띠었다.

"제가 없었더라도 태민영은 쓰레기 셋을 죽였을 겁니다. 지 형사님, 태민영과 나눴던 대화를 전부 녹음해 두었습니다. 태민영의 살인 의지가 얼마나 공고했는지 들어보면 아실 겁니다."

"태민영이 윤상호 살인에 실패하자 당신이 마무리를 지은 겁니까?"

"아내를 죽인 원수를 살려두고 싶지 않았습니다."

"윤상호를 어떻게 죽였는지 자세히 설명해 보세요."

남강서의 형사가 컴퓨터에 바짝 다가앉는 기척이 느껴졌다.

"병실에 들어가니까 윤상호 혼자 침대에 누워 있었습니다. 간병인이 자리를 비웠더군요. 다시없는 행운이었습니다. 기회를 놓치고 싶지 않았습니다. 윤상호는 편안한 모습으로 잠들어 있었습니다. 분노가 치밀어 올랐습니다. 아내와 태중의 아기를 죽인 원수가 숨을 쉬며 살아 있었으니까요."

부지런히 자판을 두드리는 소리가 구석 쪽에서 들려왔다.

"윤상호의 입에서 산소마스크를 떼어내 바닥에 팽개쳤습니다. 마음 같아서는 심장에 칼을 찔러 넣고 싶었지만, 직접적인 방법을 쓰면 경찰에 쉽게 잡힐 것 같았습니다. 산소마스크를 제거한 정도로는 살인죄를 물을 수 없다고 생각했습니다. 금방이라도 간병인이 돌아올 것만 같아 서둘러 자리를 떠났습니다."

말을 마친 허창수는 만사를 내려놓은 사람처럼 왜소한 어깨를 축 떨어뜨렸다.

남강서는 허창수를 긴급체포했다. 그러나 자백을 받은 기쁨도 잠시 남강서 형사들은 허창수가 윤상호를 살해했다는 증거를 찾을 수 없었다. 개인 병실에 CCTV가 있을 리 만무했고, 사건 당일 병실에 드나든 사람도 여럿 존재했다. 허창수의 방에서 니코틴 용액과 주사기가 발견됐다고는 하나 그가 자백한 살인방법과 일치하지 않았다. 형사들은 부검을 통해 정확한 사인이 밝혀지기를 기다리는 수밖에 없었다.

남강서는 도주의 우려를 들어 허창수의 구속영장을 신청했다. 검사는 구속영장을 청구했고, 법원에서 받아들였다. 판사가 발부한 구속영장에 의해 허창수는 구속되었다.

지 형사는 남강서 황정현 형사에게 허창수를 조사하게 된 경위를 물었다.

"윤상호의 아내 허미란의 귀띔이 있었어요. 남동생 허창수가 의심스럽다고요. 평소 매형의 무례한 언동에 불만이 많았고, 죽여버리겠다는 말을 자주 했었다는 겁니다. 허창수의 방에서 니코틴 용액과 주사기를 발견했다는 제보도 했고요."

"그랬군요."

"문병 왔던 지인들, 간병인, 의료 관계인까지 전부 털었습니다. 남은 건 허미란과 허창수였는데, 허미란이 제보를 한 겁니다."

허미란의 제보라, 다크호스의 등장이었다. 허미란은 왜 남동생을 고발한 걸까? 정말 남동생이 의심스러웠을까? 지형사의 머리는 아니라고 부정하고 있었다. 냄새가 났다. 허미란에게서 범죄의 냄새가 풀풀 날리고 있었다. 어찌 보면 허미란은 허창수보다 강한 동기를 지닌 인물이었다.

　허미란은 윤상호의 죽음으로 가장 큰 이득을 얻는 사람이다. 윤상호가 죽으면 허미란은 막대한 재산을 상속받는다. 윤상호는 내연녀를 두었고, 판교에 아파트까지 사주며 딴살림을 차렸다. 허미란이 남편에 대한 감정이 좋을 리 없었다. 판교 내연녀가 윤상호의 아이라도 낳게 된다면 많은 재산을 떼어줘야 할 판이다. 소문대로 윤상호가 수천억대의 자산가라면 상속분이 줄어든다고 해도 티도 안 날 것 같지만, 내연녀에게는 한푼도 나눠주고 싶지 않은 것이 아내의 마음이다.

　강력 4팀은 윤상호가 전처에게서 난 딸인 윤해선을 불러들였다. 윤해선 역시 윤상호의 유산 상속인이었기에 강력한 동기가 존재했다. 윤해선은 35세의 미혼 여성으로 오랜 기간 환경보호단체에서 활동했다.

　"희토류제련소를 중국 당국에 고발한 사람이 당신이라고 들었습니다."

황정현 형사가 질문을 시작했다. 짧게 자른 머리칼, 간소한 복장에 민낯으로 나타난 윤해선은 총명한 인상의 여자였다.

"제가 고발한 게 맞습니다. 아버지는 돈만 아는 사람이었습니다. 중국인들 몇 명 죽는 것이 대수냐면서 노동자들을 일회용품처럼 소비하는 아버지의 행태를 참을 수 없었습니다. 제가 좀 더 빨리 알았다면 더 많은 사람들을 살릴 수 있었을 텐데, 그게 아쉽습니다."

황 형사는 윤해선에게 태민영과 허창수의 사진을 보여 주었다.

"아는 사람들입니까?"

윤해선은 허창수만 아는 사람이라고 대답했다. 아버지를 만나러 사무실에 찾아갔을 때, 건물관리인 허창수와 마주쳤다는 것이다.

"아버지의 사무실에 자주 방문했습니까?"

"환경보호단체에 기부하라는 말을 하러 가끔 들렀습니다. 희토류제련소 피해자들과 유족들에게 보상하라는 말도 했습니다. 아버지가 저지른 악행을 속죄하는 의미로 환경보호단체에 기부하라고 설득했습니다."

"윤상호 씨는 어떻게 반응하던가요?" "안타깝게도 아버지는 반성을 모르는 사람이었어요. 내가 중국인들 등 떠밀어

일하라고 강권했느냐, 자기들이 원해서 일했고, 노임도 다 지급했는데 왜, 피해보상을 해줘야 하냐면서 분통을 터트리셨죠. 제가 고발한 것을 아시고는 노발대발하면서 다시는 찾아오지 말라고 출입금지까지 시키셨어요. 그래도 허창수 씨가 문을 열어주었지만요."

"허창수 씨와는 친분이 있었습니까?"

윤해선은 고개를 저었다. 짧게 커트한 헤어스타일이 검소한 복장의 윤해선에게 잘 어울렸다. 차림새만 보아도 추구하는 바를 알 수 있을 만큼 윤해선은 신념이 강한 여자였다.

"별로 알지 못해요. 허창수 씨가 저에게 호의적으로 대했다는 정도예요."

"당신과 허미란 씨의 관계는 어떻습니까?" "아버지의 후처에겐 관심 없습니다. 저는 아버지의 사생활에 관여하지 않습니다. 제 관심분야는 환경보호니까요."

"윤상호 씨가 입원한 뒤로 문병을 갔습니까?"

"한 번도 간 적이 없어요. 아버지가 의식을 회복하지도 못했고, 제가 문병을 간다고 달라지는 게 없으니까요."

윤해선은 똑 부러지는 대답을 내놓았다.

남강경찰서는 니코틴 중독사가 의심된다는 국과수의 구두 소견을 전달받았다. 산소마스크를 떼어내서 죽였다는 허창수의 자백은 거짓으로 드러났다. 강력 4팀은 니코틴의 출처를 찾으려고 백방으로 수사력을 펼쳤지만, 헛수고였다. 허창수도, 허미란도 니코틴을 구입하지 않았다. 증거도 잡지 못한 채 검찰 송치를 해야 할 판이었다.

강력 4팀 황정현 형사가 허창수와 마주 앉았다.

"제가 윤상호를 죽였다는데, 왜 자꾸 귀찮게 합니까?"

허창수는 증거 없는 자백을 앵무새처럼 반복했다. 구속된 뒤로 더 초췌해진 허창수는 꼴이 말이 아니었다. 황무지 같은 두피는 벌건 속살을 드러냈고, 가뜩이나 좋지 않던 얼굴빛은 더욱 검어졌다. 허창수는 넋 나간 표정으로 자신이 죽였다는 말만 되풀이했다. 그는 변호인을 선임하지도 않았고, 누나 허미란의 면회도 거절했다. 허창수의 정신이 급격히 허물어진 데는 무슨 이유가 있을 것 같았다.

"윤상호 씨의 병실에서 당신이 행한 일을 이 종이에 쓰세요."

"윤상호의 산소마스크를 떼어내서 죽였다고 이미 말씀드렸잖습니까?"

점점 더 초조해지는 건 황 형사 쪽이었다.

"윤상호 씨는 산소마스크를 떼어낸다고 죽을 만큼 위중한 상태가 아니었어요."

허창수는 멍하니 황 형사를 응시했다. 허창수의 텅 빈 눈에서는 어떤 감정도 느껴지지 않았다.

"산소마스크를 벗긴 뒤에 화장실에 있던 수건으로 윤상호의 목을 감쌌습니다. 두 손으로 윤상호의 목을 세게 눌렀습니다. 손자국이 남으면 안 된다는 생각에 수건을 사용했습니다. 윤상호는 괴로워하는 기색도 없이 조용히 숨을 거뒀습니다."

"윤상호 씨가 죽은 것을 확인하고 병실을 나왔습니까?"

"코밑에 손가락을 대보니 숨을 쉬지 않았습니다. 아내의 복수를 해치워 통쾌했습니다."

조사실 밖에서 지켜보던 강력 4팀장이 황 형사에게 나오라는 손짓을 했다.

남강서 강력 4팀에서 수사 회의가 열렸다.

"허창수는 범인이 아니야. 허창수의 진술과 부검 소견이 일치하지 않잖아. 이대로는 기소도 못해. 방에서 니코틴 용액이 나온 것만으로 살인죄를 물을 수는 없다고. 용액 병에서 지문이 검출되지도 않았잖아. 허미란이 허창수의 방에 니코틴 용액을 꽂아둔 게 분명해. 허창수의 방에 출입할 수 있는 사람이 한집에 사는 누나 말고 누가 있겠어?"

"가사도우미도 있습니다."

"가사도우미한테서 수상한 행적이 나왔나?"

"가사도우미는 깨끗합니다. 니코틴을 구입하지도 않았

고, 누군가의 사주를 받았다는 증거도 없습니다."

"팀장님, 허창수가 허미란의 면회신청을 번번이 거절합니다. 왜 그럴까요?"

황 형사가 의문을 제기했다.

"남매 사이가 나쁜가?"

"주변인들 말로는 허창수가 누나에게 의지를 많이 했다고 합니다."

강력 4팀장이 팀원들을 둘러보았다.

"허미란이 허창수의 방에 니코틴 용액을 가져다 놓았다고 가정해 보자고. 허미란은 남동생을 병원으로 불러들여. 그리고 기회를 엿보다가 니코틴을 주입해 남편을 살해해. 그 뒤는 허창수가 수상하다고 경찰에 제보를 하는 거야."

"그럼 허창수는 왜 자백을 했을까요?"

"누나의 의도를 알아채고 죄를 뒤집어쓴 거야. 누나는 돌봐야 될 어린 아들도 있으니까. 그에 비해 허창수는 아내도 죽었고 지켜야 할 무엇이 없어. 누나가 살인죄를 받으면 매형의 재산을 상속받을 수도 없잖아."

"팀장님, 이해가 가지 않는 점이 있습니다. 허미란은 왜 허창수에게 니코틴에 관해 설명해 주지 않았죠? 미리 말해 줬으면 허창수가 니코틴을 이용해 윤상호를 죽였다고 자백을 했을 텐데요."

황 형사는 여전히 납득이 가지 않는 듯 불만스러운 표정을 짓고 있었다.

"사전에 말을 해버리면 허창수가 거부할 수도 있잖아. 윤상호를 죽인 다음이라면 어떻게든 수습해야 한다면서 설득하기도 쉬워. 크게 한몫 떼어주겠다고 제안하려 했겠지. 그런데 허창수가 긴급체포 돼서 말할 타이밍을 놓친 거고."

"그래서 허미란이 허창수를 면회하려고 용을 쓴 거군요. 니코틴에 대해서 알려 주려고요."

"그렇지. 그렇게 추정하면 앞뒤가 맞아."

"팀장님, 허미란이 니코틴을 입수한 경로를 찾지 못했잖아요."

형사들의 얼굴에 검은 그늘이 드리웠다.

"그것만 찾으면 사건은 바로 해결되는데."

"팀장님, 윤상호의 전처가 낳은 딸도 동기 면에서는 뒤지지 않습니다."

"윤해선은 완벽한 알리바이가 있습니다. 사건 당일은 물론 아버지가 입원한 뒤로 한 번도 문병을 가지 않았습니다. 병원 CCTV와 간병인 진술로 확인했습니다."

윤해선의 뒤를 캤던 형사가 보고를 했다.

"한 명은 자백을 했는데 신빙이 없고, 또 한 명은 증거가 없고, 다른 한 명은 알리바이가 완벽하니……, 대체 누가 범인인 거지?"

쉽게 풀릴 것으로 예상했던 사건이 뜻밖에 꼬여버리자 강력 4팀 형사들은 패잔병처럼 기운이 꺾였다.

6

휴대전화 벨이 울렸다. 윤해선은 스마트폰을 들어 발신자를 확인했다. 모르는 번호로 걸려온 전화였다.

"여보세요?"

"허미란이에요." "내가 전화하지 말라고 몇 번이나 말했었죠? 형사들을 만만하게 보면 안 돼요."

"그래서 공중전화로 걸고 있잖아요."

"용건이 뭐죠?"

"창수 때문에 걱정이 돼서요. 면회를 신청해도 거절만 하고……, 대체 무슨 꿍꿍인지 모르겠어요. 담당 형사한테 물어봤더니 무조건 자기가 죽였다는 말만 되풀이하고 있대요. 어떡하죠?"

허미란의 음성이 가늘게 떨렸다.

"걱정 말아요. 허창수 씨는 잘 하고 있어요. 설마 무고한 남동생이 살인죄로 형을 살길 바라는 건 아닐 테죠?"

"창수가 잘 하고 있다니, 무슨 말이에요?"

"허창수 씨가 니코틴을 주입해 살인했다고 자백을 하는 순간 진짜로 살인범이 돼버려요. 모르겠어요? 자백했다고 무조건 살인죄로 처벌받는 게 아니에요. 입증하지 못하면 죄가 인정되지 않아요. 허창수 씨는 잘 하고 있는 거예요."

"무슨 말이죠?"

"허창수 씨는 곧 풀려날 거예요. 자잘한 잘못이 있지만, 크게 문제 되지는 않을 테고……, 집행유예 정도겠죠. 그렇다고 당신이 체포되진 않아요. 경찰은 당신을 의심할 거예요. 하지만 당신의 범행을 입증할 수가 없어요. 증거가 없잖아요."

"당신은 안전한가요?"

"난 알리바이가 있어요. 병원 근처에도 가지 않았으니까요. 내가 당신에게 니코틴 용액을 주었다는 사실을 경찰이 어떻게 알겠어요?"

"당신, 무서운 사람이군요."

"남편을 죽인 당신이 더 무서운 사람이지."

"당신 아버지이기도 하잖아."

"아버지는 반성하지 않았어. 속죄할 기회를 모두 날려버렸다고."

"가나다 살인사건을 기획한 사람이 당신이었군."

충격을 받았는지 허미란은 숨을 헐떡거렸다.

"그럼 멍청한 허창수가 계획했겠어? 허창수가 내게 의견을 물어보더군. 태민영이 복수를 하려고 남한에 잠입했는데, 어떻게 하면 좋겠느냐고. 환경보호의 필요성을 대중에게 알릴 절호의 기회가 찾아온 거지. 가나다 살인사건……, 꽤 멋지지 않아? 인간쓰레기 셋을 제거했고, 당신과 난 어마어마한 재산을 상속받게 돼. 희토류 개발의 부작용이 크게 부각되길 바랐는데……, 최근 우리나라에서도 희토류를 제련하려는 움직임이 있어서 말이야. 어쩌면 절반의 성공일지도……."

윤해선은 매우 근심이 되는 듯 뒷말을 흐렸다.

우리만의 식사

"희정아, 희정아……."

희정을 부르는 엄마의 새된 소리가 거실 쪽에서 넘어왔다.

'아, 지긋지긋해. 잠시도 가만히 내버려두질 않네.'

희정은 고무장갑을 낀 손으로 흘러내린 머리카락을 쓸어 올렸다. 변기에 세정제를 뿌리고 솔로 내부를 닦던 중이었다. 구역질을 참아가며 변기를 청소해 주는 딸에게 고마움도 느끼지 못하는 인간이다.

엄마가 왜 부르는지는 굳이 가보지 않아도 알 수 있다. 필시, 커피를 한 잔 가져오라거나 노안으로 보이지 않는 작은 글씨를 읽어달라는 등의 허접한 용건일 것이다. 부르든지 말든지 내버려두고 싶지만, 폭풍 잔소리와 맥락 없는 괴롭힘을 떠올리면 함부로 무시할 수도 없다. 희정은 잘 벗겨지지 않는 고무장갑을 억지로 손에서 떼어냈다. 급하게 서두르는 바람에 고무장갑의 안과 밖이 뒤집히고 말았다.

"씨발!"

욕이 절로 나온다. 고무장갑을 끼고 있는 동안만이라도 부르지 않으면 좋으련만. 뜬금없이 웬 고무장갑 타령이냐고 하겠지만, 여름철에 고무장갑을 끼고 벗기가 얼마나 성가신

지는 집안일 좀 해본 사람이면 안다.

"나 불렀어?" "그럼 널 부르지 누굴 부르겠니? 지금 이 집에 너랑 나 말고 다른 사람 있어? 하여간 맹하긴……, 쯧쯧쯧." 도무지 정이 가지 않는 인간이다. 희정의 표정이 일그러졌다. "얘, 인상 좀 펴라. 네 죽상 보면 들어오던 복도 달아나겠다."

희정은 독설을 뿜어내는 밉살스러운 입에 손가락을 넣어 쭉 찢는 상상을 하며 가까스로 마음을 추슬렀다. 희정이 가만히 버티고 서 있으니, 엄마의 짜증이 또 폭발했다.

"장승처럼 앞을 가로막고 서 있으니까, 왜 불렀는지 잊어버렸잖아. 미련하게, 몸집은 좀 커야지."

희정은 앙다문 입술에 힘을 꽉 주었다. 그렇게라도 하지 않으면 터져 나오는 욕지거리를 참을 수 없을 것 같아서였다.

"생각나면 부를 테니까 가서 하던 일해."

"안방 변기청소하다 왔거든. 웬만하면 청소 끝날 때까지 부르지 말아줬으면 좋겠는데."

"너 유세하니? 젊디젊은 몸뚱이로 늙은 엄마 욕실청소 좀 해주는 게 그렇게 억울해? 너희 식구 생활비 누가 대는지 잊었어?"

젠장, 또 시작이다. 희정은 뒷머리를 치며 후회했다. 울컥하는 바람에 쓸데없는 말을 내뱉어 안 들어도 될 잔소리를 벌었다.

"미안해, 내가 잘못 했어.""쯧쯧쯧. 하여간 머리가 나빠
요."

욕실로 향하는 희정의 등 뒤로 엄마의 혀 차는 소리가 길
게 이어졌다. 희정은 다시 솔을 들고 변기가 부서져라 벅벅
내부를 닦았다. 지금 문지르는 것이 엄마의 면상이라면 얼
마나 좋을까. 살가죽이 다 벗겨지도록 박박 문대줄 텐데.

"희정아아아, 희정아아아……."

씨발, 미쳐버리겠네. 희정은 솔을 집어던지고 엄마에게
달려갔다.

"마님, 부르셨습니까?"

희정은 비꼬는 말투를 했다. 엄마는 소파에 길게 누워 발
가락을 까닥이고 있었다. 염병, 누구는 죽어라 일하는데 상
팔자가 따로 없네.

"생각났어. 내가 요즘 입맛이 없어서……."

볼따구니 미어지게 아침밥 처자시고 늘어지게 한잠 자고
나더니 뭔 개소리야. 희정은 입꼬리를 씰룩였다.

"여름엔 오이소박이가 입맛 돋우는데 최고잖니. 다다기
오이 사다가 부추소 듬뿍 넣어 오이소박이 좀 담가 봐라. 오
이소박이 죽죽 찢어 뜨거운 밥 위에 올려 먹고 싶다."

뭐는 안 당기겠냐. 종일 빈둥거리며 먹을 궁리만 하는데.

"아직 청소 못 끝냈는데, 그만해도 돼? 지금 장보러 갔다
올까?"

"여태 청소도 못 끝냈어? 하여간 굼뜨기는. 청소 마치고
갔다 와. 난 더러운 집에선 못 산다." 그럼 엄마가 하면 어
때? 희정은 혀가 근질거렸지만, 입 밖으로 꺼내는 순간 어
떤 불상사가 벌어질지 너무나 잘 알기에 잠자코 발끝만 내
려다봤다. 말이 떨어지기 무섭게 저 악마는 독기를 뚝뚝 떨
어뜨리며 희정을 갈가리 찢어발길 것이다.

돌아서는 희정의 등 뒤로 엄마의 혀 차는 소리가 어김없이
들려왔다. 염병할, 저 소리만 안 들어도 살겠는데……, 희
정은 두 귀를 틀어막고 싶었다.

분주히 청소를 끝내고 부랴부랴 마트에 다녀왔다. 넉넉히
담그라는 엄마의 주문대로 백다다기 오이 스무 개를 샀다.
찹쌀풀을 쑤고, 소금물을 팔팔 끓여 손질한 오이에 들이부
었다. 오이가 절여지는 동안 부추를 다듬었다. 인터넷으로
레시피를 검색해 요리를 하다 보니 뜨거운 소금물을 부어야
오이가 아삭하게 절여진다는 것을 알게 되었다.

레시피 검색은 엄마의 요구 사항이었다. 계란프라이 하나
도 제대로 요리하라는 것이다. 희정은 엄마의 다양한 요구
에 부응하느라 나날이 살림꾼이 되었다. 제철 김치는 물론

엄마가 좋아하는 장아찌, 젓갈류도 척척 만들었다. 엄마의 식탐은 끝이 없었다. 엄마는 걸신들린 사람처럼 끊임없이 무언가를 먹고 싶어 했고, 손가락 하나 까딱하지 않으면서 희정을 부려먹었다.

엄마와 희정은 철저한 주종관계였다. 엄마가 희정을 자유자재로 조정하는 데는 그만한 이유가 있었다. 유산을 물려준다는 것과 희정네 가족의 생활비를 댄다는 것이었다. 젠장! 이렇게 혹사당하다간 엄마보다 먼저 가겠는데…… 중거로 예순다섯 살인 엄마는 피둥피둥 살찐 암돼지처럼 날이 갈수록 젊어졌다. 마흔도 안 된 나이에 기미로 뒤덮인 희정보다 낯빛도 더 밝았다.

엄마의 점심상을 차리고, 오이소박이를 담그고 나자 저녁을 준비할 시간이었다. 하루해가 다 가도록 바닥에 엉덩이 한번 붙일 새가 없다. 건강 염려증인 엄마를 위해 건강 밥상을 차려야 한다. 저녁 메뉴는 양념간장두부와 오이도라지초무침, 견과류잔멸치볶음, 삼치구이, 단호박샐러드, 소고기버섯잡채, 시금치된장국이다.

인터넷을 뒤져 일주일치 식단을 짜고 엄마에게 결재를 받는다. 엄마의 허락이 떨어지면 매일 신선한 재료를 구입해 즉석에서 요리한다. 엄마는 냉장고에 보관했던 반찬을 결코 먹지 않았다. 오이소박이는 내일쯤 돼야 맛이 들 테니 상에 올리지 않기로 한다. 분명 위생장갑을 끼고 손으로 죽죽 찢어 밥숟가락 위에 올리라고 명령할 것이다. 손끝 하나 대지 않고 게걸스럽게 처먹을 아귀 같은 입을 싫어도 봐야만 하리라.

저녁이 되자 공인중개사 시험준비를 위해 독서실에 갔던 남편과 학원수업을 마친 중2 딸 예지가 돌아왔다. 희정이 사랑하는 진짜 가족이다. 엄마의 막말을 참아내는 이유이자 희정의 삶에 의미를 부여하는 진짜 가족.

딸 예지는 배가 고픈지 주방으로 들어와 이것저것 냄비를 열어보며 귀여운 코를 킁킁거렸다.

"우리 딸, 배고프지?"

"엄마, 맛있는 거 많이 했네. 오늘은 할머니가 안 괴롭혔어?"

예지는 식탁 위에 놓인 소고기버섯잡채를 손으로 집어 먹으며 희정의 눈치를 살폈다. 오물거리며 먹는 모습이 앙증맞게 귀엽다. 물론 엄마가 봤다면 불호령이 떨어질 장면이다. 아이 교육을 잘못 시켜서 불결하게 손으로 먹는다며 희정과 예지를 싸잡아 타박할 것이다. 희정은 예지를 향해 부드럽게 미소 지었다. 종일 굳어 있던 얼굴 근육이 그제야 풀리는 것 같았다.

"예지야, 엄마 괜찮아. 엄마는 우리 딸만 보면 힘이 나는 걸."

"엄마, 무조건 참지만 말고 그냥 들이받아 버려. 잘못한 것도 없는데, 왜 맨날 당하고 살아? 엄마가 가만있으니까 할머니가 점점 더 무시하는 것 같아. 속상해 죽겠어. 나라도 한마디 할까?"

"예지야, 엄마가 알아서 할게. 네가 나서면 할머니가 더 화낼 거야."

예지는 어린 나이인데도 핵심을 정확하게 파악했다. 예지의 말이 전부 맞았다. 희정이 가장 견디기 힘든 것은 엄마의 무시하는 태도였다. 엄마와 사는 동안 희정의 자존감은 바닥을 쳤고, 비굴한 벌레 같다고 느낀 적도 많았다.

온 가족이 식탁에 둘러앉았다. 남편은 반찬이 마음에 드는지 맥주 한잔하고 싶어 하는 눈치였으나 엄마 앞에서는 어림도 없는 소리다. 맥주 캔을 따는 순간 건강이 어쩌고, 잔소리 폭탄을 투하할 것이다. 사위의 건강을 염려한다는 허울을 쓰고 있지만, 실상은 자기가 좋아하지 않는 것을 남이 하는 꼴을 보지 못하는 것이다. 끝도 없이 이어지는 기나긴 설교를 들을 바엔 차라리 마시지 않는 편이 백번은 낫다. 마음대로 휘둘러도 찍소리 못할 떨거지들, 엄마 눈에 비친 희정네 가족의 현주소다. 희정은 묵묵히 밥과 반찬을 입에 넣고 우물거리는 남편이 안쓰러웠다.

"다들 무슨 일 있는 게야? 왜 말이 없어?"

좌우를 두리번거리던 엄마가 돌연 말을 던졌다. 언제는 침 튀기니까 밥 먹을 땐 조용히 하라더니……, 이 인간의 변덕을 누가 맞추랴.

"어머니, 오늘 어떠셨어요?" 남편이 마지못해 입을 연다.

"집에만 있는 사람이 어떻기는 뭐가 어때? 자네는 질문도 참 맹하게 하네. 희정이가 맹하니까 부부라고 닮아가나."

참으로 재수 없는 망종이다. 웃는 얼굴에 침 뱉는 엄마의 말버릇을 모르는 바 아니지만, 희정은 재빨리 남편의 눈치를 살폈다. 하도 많이 당해서 무뎌졌는지 남편의 표정엔 변화가 없다. 희정은 가슴을 쓸어내렸다. 무슨 말을 해도 튕겨내는 엄마의 고약한 말본새에 다들 할 말을 잃고 숨 막히는 침묵 속에서 저녁식사가 끝났다.

엄마는 아빠가 음독자살하고 한 달쯤 지난 3년 전의 어느 날에 희정을 불렀다.

"혼자서 지내기 힘들구나. 네 아빠가 그렇게 가고……, 내가 마음도 약해지고 예전 같지가 않아. 너희 식구가 이 집에 들어와 살면 어떻겠니? 너희 빌라보다야 넓고 편할 텐데. 나 죽으면 어차피 이 집은 네 거 아니니. 엄마 말동무도 해주고, 살림도 도와주면 적적하지 않고 좋을 것 같은데.

아, 생활비 걱정은 하지 마라. 생활비는 내가 댈 테니까. 박
서방은 편하게 직장 구하면 되고, 너도 마트일 안 해도 되니
까 고생 덜할 테고."

당시 남편은 다니던 회사가 폐업해 직장을 잃었다. 1년 넘
게 재취업을 못해서 희정이 마트에 일자리를 구했다. 하지
만, 딸 예지의 학원비도 내지 못하는 형편이었다. 생활비를
대주겠다는 엄마의 제안이 솔깃할 수밖에 없었다. 엄마의
60평 아파트는 희정의 21평 빌라와는 비교할 수 없을 정도
로 넓고 쾌적했다. 동네 또한 부촌이라 학군과 환경면에서
도 마음에 들었다.

희정네 가족은 엄마 집으로 이사했다. 빌라 전세를 빼고
가구를 정리해 최소한으로 짐을 꾸렸다. 딸을 전학시켜야
하는 것이 제일 큰 걱정이었지만, 다행히 예지는 새 학교에
잘 적응해 주었다. 미숙아로 태어난 예지는 또래 친구들보
다 심하게 왜소해 깜짝 놀랄 만큼 어린 나이로 착각하는 사
람들이 많았다. 희정은 그런 예지를 볼 때마다 자신의 탓인
것만 같아 남몰래 눈물을 흘리기 일쑤였다.

예지를 임신했을 때, 희정은 홀시어머니와 함께 살며 마
음고생이 심했다. 성격이 맞지 않는 두 여자가 한집에 사
는 일은 고역이었다. 희정과 시어머니는 사사건건 맞부딪쳤
다. 남편과 결혼만 할 수 있다면 홀시어머니를 모시는 일쯤

이야 얼마든지 감수하겠다던 희정의 용기가 된통 뒤통수를 맞았다.

희정은 간절히 분가를 원했지만, 수중에 돈이 없었다. 아빠의 지인 소개로 다니던 회사는 결혼과 동시에 퇴사해 버렸다. 희정은 현실 인식에 무지했음을 인정해야만 했다. 가난한 사위가 마뜩지 않았던 엄마는 여봐란 듯이 일체의 원조를 거절했다. 엄마는 가정 경제권을 장악한 상태였고, 희정을 도와주려는 아빠의 노력마저 차단시켰다. 아빠는 두고두고 희정에게 미안해하셨다.

학창시절 엄마의 강압적이고 독선적인 태도에 반발해 희정이 바깥으로 나돌 때도 아빠는 사춘기 딸을 포근히 보듬어주었다. 아빠는 희정이 유일하게 마음을 터놓을 수 있는 상대였다.

그런 아빠가 4년 전 뇌졸중으로 쓰러졌다. 왼쪽 팔다리가 마비되었고, 어지럼증이 심해 혼자서는 걸을 수도 없었다. 입원하고 병세가 호전되어 재활운동을 병행했으나 발병 전의 상태로 회복하지는 못했다. 아빠는 강한 재활의지를 보였다. 그러나 퇴원 이후 아빠의 건강은 점점 더 나빠졌고, 타인의 도움 없이는 하루도 견디지 못했다. 말투도 어눌하게 변해 알아듣기 힘들었다.

엄마는 거센 분노와 짜증을 아빠에게 쏟아냈다. 아빠와

통화라도 할라치면 엄마의 고함이 배경음처럼 들렸다. 엄마의 폭언과 학대를 고스란히 받아야 했던 아빠는 처지를 비관했고 하루하루 우울증이 깊어갔다. 희정은 아빠를 염려했지만, 제 코가 석 자인 형편이라 도울 방법을 찾지 못했다. 결국 아빠는 음독자살로 생을 마감하셨다.

　엄마 집은 욕실이 3개여서 예지가 특히 좋아했다. 독점해서 쓸 수 있는 욕실은 여자아이에게 큰 매력인 것 같았다. 남편 역시 생활비 걱정 없이 취업준비를 할 수 있다면서 행복해했다. 희정은 엄마와의 앙금을 모두 잊기로 했다. 잘못을 반성하며 엄마에게 살뜰히 대하기로 마음먹었다. 희정은 아빠의 자살로 크게 충격 받았을 엄마를 너른 가슴으로 감싸 안기로 결심했다.

　안타깝게도 희정의 결심은 하루 만에 바로 무너졌다. 엄마가 희정 가족을 환대한 것은 첫날뿐이었다. 이사하고 이튿날, 아침밥상을 차리면서 희정은 균열의 조짐을 눈치 챘다. 토스트와 계란프라이로 식탁을 차리는 희정에게 엄마는 일갈했다.

　"난 빵쪼가리로 끼니 못 때운다. 대충 넘어가려는 습관은 버려. 내 집에 들어온 이상 내 뜻에 따라야 해. 고작 빵조각 얻어먹자고 너희 식구 생활비 대겠니?"

말뜻을 금방 이해할 수 없었던 희정은 엄마의 입을 멍하니 바라봤다.

"뭘 그리 맹하게 쳐다봐? 하여간 머리 나쁜 애들은 이해력이 떨어진다니까. 돈은 내가 내겠다는데, 몸에 좋은 음식 공짜로 먹고 얼마나 좋아. 매끼 갓 지은 밥에 5대 영양소가 적절히 안배된 식탁을 차려. 설마 공짜로 얻어먹으려고 들어온 건 아닐 테지. 쯧쯧쯧."

그날 엄마의 혀 차는 소리를 처음 들었고, 이후 하루도 빠짐없이 그 소리를 들어야만 했다. 일단 예지를 등교시킨 희정은 서둘러 쌀을 씻어 안치고, 5대 영양소가 무엇이었는지 인터넷 검색으로 다시 공부해야 했다.

"희정아. 희정아! 희정아!"

숨이 넘어갈 듯 부르는 소리에 희정은 부리나케 안방으로 뛰어 들어갔다. 엄마는 돋보기를 쓰고 스마트폰을 들여다보고 있었다.

"왜?"

"내가 속이 더부룩하고 소화도 안 되는 것 같다. 내과에 예약 좀 해라."

운동도 안 하고 매끼 처넣기만 하니 속이 더부룩할 수밖에. 희정은 어이가 없었다.

"며칠 전에도 갔다 왔잖아. 이상 없다고 해서 영양수액만 맞고 왔으면서……."

희정의 대답이 심기를 긁었는지 엄마의 눈꼬리가 위를 향해 사정없이 치켜 올라갔다.

"하라면 하지, 웬 말이 그리 많아."

건강염려증 환자인 엄마는 이틀이 멀다 하고 병원을 들락거렸다. 아픈 곳도 다양해서 내과를 비롯해 안과, 치과, 이비인후과, 정형외과……, 한의원까지 안 가본 진료과가 없고, 안 해본 검사가 없다.

"아무래도 내시경검사를 해야 할 것 같다. 내시경도 예약해."

"내시경 한 지가 얼마나 됐다고 또 해? 그거 자주 한다고 좋은 게 아니라던데."

"네가 뭘 안다고 아는 척이야? 겨우 전문대 졸업한 주제에. 나이는 들었어도 내가 너보다 천 배는 더 똑똑해. 명문대는 아무나 가는 줄 알아?"

희정의 눈매가 사나워졌다. 자존심을 할퀴는 엄마의 폭언에 익숙해질 법도 하건만 굳은살이 좀처럼 박이지 않는다. 염병할! 엄마가 명문대를 졸업한 것은 맞다. 엄마는 대한민국 사람이라면 누구나 알아주는 명문대 성악과를 졸업했다. 부자 아버지를 둔 덕에 교수 레슨이다, 뭐다, 돈을 처발라서 갔으면서. 희정은 반발심과 노여움이 솟구쳤다.

"예약 안 하고 뭐 해?"

남의 감정 따위는 아랑곳하지 않는 엄마가 희정을 재촉했다. 희정은 굳어진 표정을 들키지 않기 위해 거실로 나와 병원 예약을 마쳤다. 엄마의 막말에 휘둘리지 않겠다는 다짐은 매번 무위로 돌아간다. 있는 대로 기를 빨린 희정은 모멸감에 가슴을 쥐어뜯었다. 가정부, 하녀, 운전기사, 막발받이……, 엄마가 원하는 희정의 역할은 끝이 없었다.

예약과 접수, 운전은 물론 몸종 역할도 희정의 중요한 임무 중 하나였다. 내원 횟수가 많아 단골 환자인 엄마에게 간호사들은 특히 친절했다.

"안 여사님은 언제 봐도 화사하고 멋지세요. 워낙 젊어 보이셔서 육십대라는 게 믿어지지 않아요."

단골 환자에게 예의상 던지는 칭찬임이 확실한데도 엄마는 기뻐서 어쩔 줄을 몰랐다. 엄마는 출렁이는 뱃살을 흔들며 과장된 몸짓으로 한바탕 웃어젖히더니 기어이 한마디를 보탰다.

"나야 젊어 보이지만, 얘가 걱정이야. 이제 겨우 서른여덟인데 기미투성이에, 살은 하마같이 찌고. 얜 나를 안 닮아서 인물이 없다니까. 운동 좀 하라고 아무리 일러도 말을 안 들어. 누가 얘를 내 딸로 보겠어. 자매로 보면 잘 보는 걸 거야." 희정은 쥐구멍이라도 있으면 거기에 머리를 처박고 싶었다. 이 여자는 엄마라고 할 수도 없다. 외모를 가꿀 시간이라도 주고 지껄이라고 소리치고 싶었다.

"따님도 예쁘신데요. 두 분 다 멋지세요."

엄마를 칭찬했던 간호사가 미안한 기색으로 얼버무렸다. 간호사의 얼굴에 민망함이 가득했다.

"예의상 하는 말이면 안 그래도 돼. 얘는 충격을 좀 받아야 된다고. 여태 박 서방한테 여자가 안 생기는 이유가 뭔지 알아? 다 돈이 없어서 그런 거야. 네 남편에게 번듯한 직업 있었으면 벌써 바람났다고. 내가 남자라도 너한테는 매력을 못 느끼겠다."

얼음물을 뿌린 듯 싸한 분위기에 간호사는 분주한 발걸음으로 사라졌고, 접수담당 직원만 자리에 남아 컴퓨터 화면에 시선을 고정하고 있었다.

이 여자를 죽이고 싶다. 희정의 마음에 살의가 깃든 순간이었다.

"쟤는 누굴 닮아서 저렇게 작은 거냐? 몸은 피죽 한 그릇 못 얻어먹은 애처럼 꼬치꼬치 말라가지고……, 꼭 난민아이 같아. 누가 쟤를 중학생으로 보겠어? 초등학교 1학년이라고 해도 믿겠다."

식탁에 앉아 밥을 먹는 예지를 빤히 쳐다보던 엄마가 희정에게 이죽거렸다. 예지는 못 들은 것처럼 묵묵히 숟가락을 놀렸다. 보다 못한 남편이 입을 열었다.

"어머니, 예지가 듣고 있잖아요. 조금 더디 자라는 것뿐인데, 그렇게 말씀하시면…… ."

엄마의 축 늘어진 볼살이 푸르르 경련을 일으켰다. 빌붙어 사는 주제에 어디서 함부로 입을 놀리느냐는 거겠지.

"내가 없는 말 했나? 작은 애한테 작다고 한 게 잘못이야? 공짜로 먹고 살게 해줬더니 고마운 줄도 모르고. 자네, 누구 덕에 사는지 잊었나? 나 같으면 막노동을 해서라도 처자식 부양하겠네. 하여간에 은혜를 모르는 것들이야. 옛말 그른 게 하나도 없다니까. 검은 머리 짐승은 거두지 말라고 했거늘. 쯧쯧쯧."

남편은 분노를 삭이느라 입을 꽉 다물었다. 엄마와의 식사 자리가 고문이 된 지는 이미 오래되었다. 예지와 남편까지 공격해대는 엄마는 선을 넘어도 한참을 넘었다.

2

잘난 명문대 동기모임이 있는 날이라 엄마를 태우고 약속 장소로 향했다. 목적지가 다가오자 엄마는 희정에게 지시를 내렸다. 본인 부재 시에 마쳐야 할 희정의 과제를 알려주는 것이다.

"애, 약품 선반 정리해 놔라. 유효기간 살펴서 버릴 건 버리고. 약병 글씨가 하도 작아서 난 보이지 않더라. 유효기간 지난 약 먹으면 큰일이잖니. 아휴, 상상만 해도 끔찍하다."

과제가 부족하다고 느꼈던 걸까. 잠시 머리를 굴리던 엄마가 다른 주문을 내놨다.

"커튼도 좀 떼어서 빨고. 네 눈엔 커튼 더러워진 게 안 보이니? 내가 일일이 말해줘야 돼? 하여간 제대로 하는 일이 없다니까. 머리가 나쁘면 부지런하기라도 해야지. 쯧쯧쯧."

유효기간 지난 약 처먹고 뒈져버리면 참말로 시원하겠다. 커튼 세탁한 지가 얼마나 됐다고 또 지랄이람. 아예 보이지 않게 눈구멍을 꼬챙이로 콱 쑤셔버리고 싶었다.

"알았어. 몇 시에 데리러 오면 돼?" 희정은 엄마와 길게 말을 섞고 싶지 않아 단답형으로 대답하는 버릇이 생겼다.

"내가 전화할 테니까 핸드폰 꼭 쥐고 있어. 저번처럼 늘어지게 자다가 전화 씹지 말고."

엄마는 지시사항을 쏟아붓고 뒤뚱거리며 걸어갔다. 희정은 집 쪽으로 차를 돌렸다. 흡사 콩쥐가 된 기분이었다. 할일을 잔뜩 부여받은 불쌍한 콩쥐. 콩쥐는 원님과 결혼하여 오래도록 행복하게 산다는 흐뭇한 결말이라도 있는데.

집에 도착한 희정은 안방 커튼부터 떼어내 세탁기에 넣고 돌렸다. 집 전체 커튼을 빨려면 시간이 꽤 걸릴 터였다. 세탁기가 돌아가는 동안 약장을 정리하기로 했다. 안방욕실 거울을 열자 즐비한 약병들이 눈에 들어왔다. 건강염려증 환자답게 수십 가지 약들이 한데 모여 있었다. 희정은 3단의 선반을 가득 채운 약들을 내리고 하나하나 유효기간을 살폈다. 버릴 약과 보관할 약, 두 무더기로 약들을 분류했다.

이게 뭐지? 희정의 손이 지퍼백을 집어 올렸다. 선반 안쪽 깊숙한 곳에서 끄집어낸 물건이었다. 지퍼백에는 코팅종이로 싼 무언가가 담겨 있었다. 시판하는 약이 아니라 필요에 의해 엄마가 보관한 약으로 보였다. 지퍼백을 열고 코팅 종이를 펼치자 설탕처럼 보이는 흰색의 결정이 모습을 드러냈다. 뭘까? 희정은 흰 결정을 유심히 관찰했다.

순간, 희정의 뇌리에 뭔가가 스쳤다. 언젠가 호기심으로 검색해본 청산가리와 생김새가 유사했다. 엄마가 청산가리를? 자살 용도로? 피식, 웃음이 새어나왔다. 말도 안 되는 소리다. 엄마가 자살을 염두에 둘 리 없다. 살인이라면 매우 어울린다. 누구를? 혹시 나? 희정은 이내 고개를 가로저었다. 쥐락펴락할 수 있는 만만한 상대를 왜 없애겠는가. 고양이가 쥐를 갖고 놀듯 마음껏 희롱해야 직성이 풀리겠지. 희정은 코팅 종이를 다시 감싸 지퍼백에 조심스럽게 넣었다. 청산가리인지 뭔지는 정확히 알 수 없지만, 일단은 보관해 두기로 마음먹었다.

희정은 커튼 세탁을 뒤로 미룬 채 아빠가 사용하던 서재 문을 열었다. 책상과 책장, 탁자와 침대로 이루어진 간소한 공간이다. 생전에 아빠는 서재에서 많은 시간을 보내셨다. 희정은 든든했던 아빠의 등을 닮은 커다란 책상을 손으로 쓰다듬었다. 금방이라도 아빠가 "우리 딸, 무슨 일 있어?"라고 다정하게 말을 건넬 것만 같다. 희정은 의자에 앉아 책상서랍에 손을 댔다. 가운데 큰 서랍은 잠겨 있고, 세로로 붙은 작은 서랍 3개는 저항 없이 열렸다. 서류와 문구류, 잡동사니들……, 희정은 서랍 안에 든 물건들을 바라보며 추억에 잠겼다. 잡동사니들 속에 섞인 작은 열쇠가 희정의 눈에 들어왔다. 잠긴 큰 서랍의 열쇠였다. 아빠는 서랍을 잠그고 정작 열쇠는 아무렇게나 던져두었다. 엄마가 열어볼 리 없다고 확신한 듯했다. 하긴 엄마의 관심사는 아빠의 서랍이 아니라 돈이었다. 열쇠를 돌려 큰 서랍을 열었지만, 특별히 비밀스러운 물건은 없었다. 해마다 아빠가 쓰던 수첩들과 사진 묶음, 이런저런 기억을 품은 소품들…….

희정은 수첩뭉치를 품에 안고 흐느껴 울었다. 새해가 되면 아빠는 새 수첩을 마련해 계획이나 일정 등을 기록해두었다. 맨 위에 놓인 수첩 연도를 보니 아빠가 돌아가신 해였다. 수첩을 펼쳐 읽던 희정의 머리가 갸우뚱 한쪽으로 기울었다. 낯익은 아빠의 단정한 필체가 아니었다. 병증으로 손 기능이 떨어져 비뚤비뚤하게 쓴 글씨는 알아보기 어려웠다. 뇌졸중에 관련된 의학 정보가 꼼꼼히 기록되어 있었다. 팔랑팔랑 수첩을 넘기던 희정의 눈이 한곳에 고정되었다. 그것은 아빠의 일기였다. 따로 날짜를 기록해 두지는 않았고, 그날그날의 소회를 적은 것 같았다.

〈혼자서 재활운동을 해보려 하지만 역부족이다. 후유증을 최소화하려면 언어치료와 재활치료가 필수건만, 아내는 도통 말을 들으려 하지 않는다. 나를 병원에 데려가지 않는 이유가 뭘까? 역시 돈 때문인가. 혼자서는 아무것도 할 수 없는 신세가 한탄스럽다. 쓸어담고, 움켜쥐고, 결코 내놓으려 하지 않는다. 탐욕의 말로를 모르는가.

희정에게 도움을 청하고 싶지만, 박 서방 실직 후로 마트

에서 일하는 딸에게 입이 떨어지지 않았다. 희정의 전화를
받고도 말없이 눈물만 삼켰다.

하루에 한 번, 밥 한 덩이 던져주는 것에 고마워해야 할
까. 연하장애 탓에 음식 섭취가 어려우니 괜찮다고 해야겠
지. 물이라도 마음껏 마시게 해줬으면. 배설문제 때문이라
니 그것도 이해해야지.

혼자서 수발들기 힘들면 간병인을 두면 어떻겠냐고 물었
다가 쥐약 사 먹고 죽으려 해도 약 살 돈이 없다는 핀잔만
들었다. 저승 갈 때 돈을 싸들고 갈 작정인지, 이것도 내 부
덕의 소치다.
목욕을 한 지가 언제인지, 내 몸의 체취를 견딜 수 없어
샤워를 시도하다 사고를 치고 말았다. 샤워기 거치대를 잡
고 간신히 일어서긴 했는데, 물을 튼 순간 균형을 잃고 바닥
에 나동그라졌다. 물조차 잠글 수 없어 아내가 올 때까지 쏟
아지는 찬물을 맞으며 누워 있었다. 덕분에 몸에서 나던 악
취가 사라졌다. 온수가 아니어서 그나마 다행이다.

딸이 보고 싶다. 힘들게 사는 딸아이 형편을 빤히 아는데,
와달라고 차마 말할 수 없었다. 희정아, 보고 싶구나. 어눌

해진 내 발음을 알아듣지 못한 희정이가 몇 번이나 아빠를 부르는데, 전화가 끊어졌다.

재활치료를 받지 않아 점점 더 상태가 나빠진다. 내 몸에 내가 갇힌 형벌 같은 삶. 더는 수발들지 못하겠다고 아내가 악다구니를 친다. 아내로선 오래 참은 거겠지. 입원시키면 서로가 편할 텐데, 그깟 돈이 뭐라고……. 내가 죽을 때까지 방치할 셈인가?

제발 입원시켜 달라고 아내에게 눈물로 사정했다. 아내가 고래고래 악을 쓴다. 고함치는 아내의 말을 알아들을 수가 없다. 그래봐야 빨리 죽으라는 악담이겠지만. 손가락이 움직여지지 않아 글씨를 쓰기 어렵다. 더는 쓰지 못할 것 같다.

이대로 죽는다면 내 인생이 너무 억울하다. 희정아, 네가 읽어 주리라는 실낱같은 기대를 품고 이 글을 쓴다. 아빠가 죽는다면 그건 엄마가 아빠를 죽인 것이다. 너만은 진실을 알아다오.〉

희정은 지렁이 같은 글씨를 한 자 한 자 울면서 읽었다. 충격으로 인해 수첩을 든 손이 와들와들 떨렸다. 살점이라 곤 붙어있지 않던 아빠의 마지막 모습이 떠올랐다. 아빠는 엄마에게 독살 당했다. 엄마의 약장에서 수상한 약봉지를 발견했을 때 이미 감이 왔다. 반신마비인 아빠가 병을 비관해 자살했다는 시나리오는 꽤 자연스럽지 않은가. 실제로 아무도 의심하지 않았으니까. 엄마는 청산가리의 입수 경로를 묻는 경찰에게 아빠가 직업 관련해서 예전부터 가지고 있었던 것이라고 진술했다. 경찰은 엄마의 말을 그대로 믿고 제대로 수사하지 않았다. 엄마는 완전범죄를 실행하고 아빠의 병수발에서 해방되었으며 전 재산을 차지했다. 피가 거꾸로 솟았다. 모든 정황이 딱 들어맞았다. 교활하고 무자비한 인간, 남편을 죽이고 딸을 하녀로 부리는 인간 망종, 치가 떨렸다. 똑같이 되갚아 주리라.

엄마를 향한 격렬한 증오는 잠자고 있던 어린 시절의 기억을 끄집어냈다.

"당신 성화에 하나 낳은 딸년이 저 모양인데, 어떡할래? 내 평생 후회하는 일이 뭔지 알아? 첫째가 희정이 낳은 거고, 둘째가 당신이랑 결혼한 거야. 당신이 억지로 낳자고 했으니까 부녀가 내 집에서 나가주면 안 될까? 물론 돈은 한 푼도 줄 수 없지. 우리 부모님한테 물려받은 유산에 내가 재테크해서 불렸으니까. 당신은 내 재산에 아무 권리 없다고. 내가 뭐랬어? 절대로 아이 낳지 않겠다고 했었지. 저 애는 태어나지 말았어야 했어. 허구한 날 밖으로 싸질러 다니는 꼴 좀 보라고. 두 사람이 발목만 잡지 않았어도 나는 성악가로 대성했을 텐데……, 진짜 징글징글하다."

엄마가 아빠를 공격하는 단골 멘트였다. 낳지 말았어야 할 자식, 엄마는 희정이 듣든 말든 안중에도 없다는 듯 꽥꽥 목청을 높였다. 얼마나 상처가 되는 말인지 들어보지 않은 사람은 모른다. 엄마의 레퍼토리가 시작되면 아빠는 조용히 입을 다물었다.

엄마를 괴롭히는 방법이 무작정 엇나가는 거라고 믿었던 철없는 시절이었다. 친구들과 밤늦도록 거리를 쏘다니며 아빠의 마음을 아프게 만들었다. 불쌍한 아빠, 아내와 딸 사이에서 얼마나 힘드셨을까.

아빠는 엄마에게 학대당하다 비참하게 생을 마감하셨다. 왜 진즉 아빠를 찾아보지 않았을까. 아빠가 괜찮다고 할 때마다 방문을 미룰 핑계로 삼았고, 믿고 싶은 대로 믿었으며 나 힘든 것만 내세웠다. 희정은 후회와 자책감이 목까지 차올라 숨이 가빠왔다.

따르릉, 휴대전화 벨소리가 희정을 현실로 되돌렸다. 급하게 눈물을 훔치고 코를 풀었다. 눈치 빠른 엄마가 낌새를 알아채게 해선 안 된다. 차분히 생각을 정리할 시간이 필요했다. 통화 버튼을 누르자 빨리 오라는 엄마의 채근이 쏟아졌다. 희정은 서둘러 얼굴을 씻고 집을 나섰다.

"다들 자식 자랑에 침이 마르는데, 나는 듣기만 하다가 왔다. 사위가 승진했네, 딸에게 선물로 뭘 받았네, 하나같이 잘난 척들이야. 난 자랑할 게 있어야 입이라도 뻥긋해 보지. 입에 자물쇠 채우고 앉아 있으려니 배알이 꼬여서……. 남의 집 자식들은 다들 잘돼서 입만 열었다 하면 자랑질인데, 너나 박 서방은 왜 그 모양이냐. 똥은 똥끼리 뭉친다고, 똑같은 것들끼리 만나서 사는 꼬락서니하곤. 백수 남편에, 친정에 얹혀살기나 하고. 쯧쯧쯧. 너만 보면 한심해서 잔소리가 절로 나온다."

뒷좌석에 편안히 기대앉아 입에서 나오는 대로 나불댄다. 언젠가 저 입에서 살려달라는 비명을 내지르는 날이 올 것이다. 반드시.

아직 해야 할 일이 남아 있었다. 희정은 중민대학병원 신경과를 찾았다. 엄마에게는 꼭 참석해야 하는 예지 학부모 모임이 있다고 둘러댔다. 희정은 아빠의 진료기록을 알려달라고 부탁했다. 외국에서 귀국한 딸이라는 설명에 병원에서는 별 의심 없이 사실 확인을 해주었다.

예상했던 대로였다. 퇴원 후로 아빠는 한 번도 재활치료를 받지 않았다. 아빠의 수첩에 적힌 내용은 모두가 사실이었다. 엄마는 꾸준히 병원에 다니며 치료를 받아야 할 뇌졸

중 환자를 방치했다. 어차피 죽일 생각이었으니 병원 따윈 필요 없었겠지. 병수발도 싫고, 돈 나가는 것도 싫다. 죽이자. 참으로 엄마다운 발상이다.

결심까지는 그리 오랜 시간이 걸리지 않았다. 살의는 충만했고, 아빠의 수첩이 트리거로 작용했다. 최근 엄마는 전재산을 자선단체에 기부하겠다는 말을 자주 입에 올렸다. 희정을 괴롭히려는 수작이다. 제 목에 걸린 올가미를 제가 조이는 꼴이라니. 교통사고나 사고사가 가장 먼저 떠올랐지만, 엄마가 아빠에게 했던 것과 똑같은 방식으로 죽이고 싶었다. 일단은 엄마의 약장에서 찾아낸 흰 결정이 독인지 확인해볼 필요가 있었다.

참치 캔에 흰 결정을 섞어 길고양이가 다니는 길목에 놓아두었다. 고양이가 불쌍했지만, 다른 수가 떠오르지 않았다. 참치를 먹은 길고양이가 즉사했다. 예견한 일이지만, 한편으로 의아하기도 했다. 엄마는 왜 독을 보관했던 걸까. 버리기 아까워서? 또 써먹으려고? 이유가 뭐든 남겨줘서 고맙다고 해야겠지.

엄마가 죽으면 재산은 전부 희정의 것이 된다. 그 말은 제1 용의자 역시 희정이라는 뜻이다. 아빠 때처럼 자살로 판정나려면 어떤 수를 써야 할까. 건강한 자산가 할머니가 자살했다고 하면 누가 믿어 줄까?

사람의 속사정은 거죽으로만 판단할 수 없는 법. 마음의 병이 깊었다면? 남편을 따라 같은 방법으로 극단적 선택을 한 지고지순한 아내. 픗! 엄마한텐 어울리지 않았다. 절대 타살로 보이지 않는 방법을 찾아내야만 한다.

희정은 살인방법을 찾는 일에 골몰했다. 한 가지 사고에 매달리다 보니 정신없는 애라는 엄마의 핀잔거리가 하나 더 늘었지만 개의치 않았다. 세상에서 곧 사라질 인간이 씨불이는 소리다. 손만 내밀면 잡을 수 있는 곳에 행복이 건너다보였다. 엄마만 사라지면 된다. 단지 엄마만……

3

"보안실이죠? 엄마가 안방에 있는 것 같은데, 방문이 잠겨 있고 아무리 두드려도 대답을 안 해요."

희정은 인터폰으로 아파트 보안실과 연결했다. 희정의 다급한 요청에 보안요원이 뛰어 올라왔다.

"방에 사람이 갇혔다고요?"

보안요원이 집 안에 들어서며 질문을 던졌다.

"엄마가 안방에서 쓰러진 것 같아요."

희정은 안절부절못하며 보안요원에게 매달렸다.

"조금 전 딸아이랑 집에 돌아왔어요. 엄마가 외출한 것 같지는 않은데, 방문이 잠겨 있고 대답이 없어요. 엄마 폰으로 전화했더니 벨소리가 방 안에서 울리고요."

보안요원은 안방 문을 두드렸다. 아무런 답이 없자 그는 제복의 조끼주머니 안에서 무언가를 꺼냈다. 보안요원의 손에는 얇고 부드러운 재질의 플라스틱 카드가 들려 있었다.

"가끔 방문이 잠겼다고 호출이 와요. 이걸로 간단하게 열 수 있습니다." 보안요원은 문틈 사이로 플라스틱 카드를 밀어 넣더니 힘주어서 잠금장치를 통과시켰다. 그가 손잡이를 돌리자 딸깍 소리를 내며 방문이 열렸다.

열린 방문 너머로 침대 위에 쓰러진 엄마가 보였다. 희정과 보안요원이 동시에 엄마에게 달려갔다. 엄마의 입 주변에 피와 토사물이 흘러나와 굳어 있었다.

"엄마……"

희정이 달려들자 보안요원이 제지하며 시신의 목에 손을 갖다 댔다. 그는 사망했다는 듯 고개를 젓고는 안방에 딸린 욕실과 장롱, 침대 밑을 살폈다.

"엄마, 무슨 일이야? 할머니 방에 계셔?" 예지의 목소리가 방문 밖에서 들려왔다.

"예지야, 네 방에 가있어. 엄마가 나오라고 할 때까지 그대로 있어." 희정은 거실을 향해 소리쳤다. 한번도 주검을 보지 못한 딸이다. 희정은 예지가 받을 충격이 염려되었다.

"신고 좀 해주세요. 저는 몸이 떨려서."

"혹시 모르니 119에 전화하겠습니다."

오들오들 떨고 있는 희정을 거실 소파에 앉힌 뒤, 보안요원은 휴대전화를 꺼내 119에 신고했다. 보안요원은 사람을 더 불러오겠다면서 집 밖으로 나갔다. 보안요원의 가슴팍에 꽂힌 무전기에서 호출음이 났다. 통신하는 보안요원의 음성을 들으며 희정은 남편에게 전화했다. 휴대전화를 잡은 손이 부들부들 떨렸다. 학원에 있던 남편은 펄쩍 놀라더니 바로 출발하겠다며 전화를 끊었다. 심장이 터질 듯 쿵쾅거렸다. 희정은 마음을 다잡으려고 거실을 서성거렸다.

벨이 요란하게 울리고 현관 앞이 소란스러워졌다. 구급대가 도착한 모양이었다. 들것을 든 구급대원 두 사람과 보안요원 두 사람이 집 안으로 들어왔다. 예지가 제 방에서 나왔다.

"방에 있으라니까 왜 나왔어?"

"엄마, 무슨 일이야? 할머니는?"

심상찮은 분위기를 감지한 예지가 조심스럽게 물었다. 오늘따라 예지가 더 작아 보였다. 희정은 예지를 와락 끌어안았다.

"예지야, 할머니가 쓰러지셨어."

"왜?"

예지는 눈을 동그랗게 뜨고 물었다.

"정확한 건 엄마도 몰라."

정신이 반쯤 나간 희정을 대신해 앞서 왔던 보안요원이 안방으로 구급대원들을 안내했다. 안방에 들어갔던 구급대원 두 사람이 거실로 나왔다. 그들은 빈 들것을 그대로 들고 있었다.

"변사사건의 경우 경찰에 신고해야 합니다. 경찰이 출동해 절차를 진행할 겁니다."

경찰에 신고를 마친 구급대원들은 곧바로 철수했다. 보안요원 두 사람도 밖에서 대기하겠다며 집에서 나갔다.

관할서 형사들과 과학수사팀이 출동해 조사와 감식 활동을 벌였다. 침대 옆 탁자 밑에서 코팅 종이에 싼 청산가리로 짐작되는 물질이 발견되었다. 코팅 종이 안에서 청산가리를 덜어내 커피에 탄 뒤 마신 것으로 추정되었다.

형사들이 운구차를 불러 시신을 내갔다. 검시를 하려면 장례식장 안치실로 옮겨야했다. 형사의 질문이 이어졌으나 희정이 제대로 대답하지 못하자 보안요원이 나서서 시체 발견 경위를 설명했다. 희정은 부검을 하게 될지도 모른다는 형사의 말에 무너지듯 소파에 주저앉았다.

"희정아."

애타게 기다리던 남편의 목소리가 들려왔다. 남편은 서둘러 달려온 기색이 역력했다. 남편의 얼굴을 마주한 순간 희정은 긴장의 끈이 풀리면서 참았던 눈물이 터졌다.

"자기야, 엄마가…… 흑흑흑. 엄마가…… 흑흑흑."

남편은 희정을 품에 안았다. 남편의 따뜻한 손길에 감정이 복받친 희정은 흐느낌을 넘어 엉엉 소리 내어 울었다. 경찰은 추후 조사를 진행하겠다면서 돌아갔다. 형사 한 명이 검시와 부검 등 절차가 끝나기 전에는 장례를 치를 수 없다는 말을 덧붙였다.

"이제 그만 진정해."

남편이 희정의 눈물을 닦아 주었다. 눈물로 흐려진 뿌연 시야로 수심이 가득한 남편의 얼굴이 들어왔다. 희정은 기시감을 느꼈다. 정확하게 말하면 기시감이 아니라 전에도 이와 비슷한 경험을 했다. 9년 전, 시어머니가 돌아가셨을 때와 놀라울 정도로 상황이 닮았다. 시어머니 때는 사망 장소가 집이 아니라 병원이라는 점만 달랐다.

고혈압 가족력을 지닌 시어머니는 오랜 기간 약을 복용했다. 문제는 시어머니에게 치매 증상이 나타나면서 시작되었다. 시어머니는 하루 2번 고혈압약을 복용해야 하는데, 약을 먹고도 먹었다는 사실을 잊었다. 약을 먹고 돌아서서 또 먹었다. 두 달에 한 번 처방받는 고혈압약을 한 달도 지나지 않아 다 먹어치웠다. 깜짝 놀란 희정이 약봉투를 압수하고, 아침과 저녁으로 1회 분량씩만 꺼내 주었다. 결혼 초부터 내내 며느리와 사이가 좋지 않았던 시어머니는 길길이 날뛰며 화를 냈다.

"못된 년, 내가 고혈압으로 쓰러져 죽기를 바라는 거냐? 왜 약을 숨겨두고 안 주는 거야?" 시어머니는 핏대를 올리며 역정을 냈다.

"좀 전에 약 드셨잖아요. 고혈압약이 보약도 아니고 과용하면 큰일 나요."

"이년아, 거짓말하지 마. 내가 언제 약을 먹었다고 그래. 내가 혈압이 올라서 죽길 바라는 거지?"

화가 치솟아 얼굴이 새빨개진 시어머니가 악을 쓰며 덤볐다. 시어머니는 식탁 위에 놓인 물잔을 희정에게 던졌다. 유리잔이 날아와 희정의 관자놀이에 정통으로 맞고 식탁에 떨어져 산산조각이 났다. 깨진 유리와 물이 사방으로 튀었다. 예지가 어린이용 의자에 앉아 식탁에서 밥을 먹고 있었기에 희정은 식겁했다. 놀란 예지가 자지러지게 울었다. 다급하게 예지를 안아 올리는데, 이마에 박힌 유리조각이 보였다. 아이의 이마에서 피가 철철 흘렀다. 희정은 예지를 안고 병원으로 뛰었다. 유리 조각이 아이의 눈에 들어갔더라면, 상상만으로도 아찔했다. 상처를 꿰맸지만, 예지의 이마에 흉터가 남고 말았다. 아이가 자라면서 흉터도 함께 자랐다.

신혼 때부터 시어머니와 한집에 살았던 희정은 예지를 임신했을 무렵, 최고조의 갈등에 시달렸다. 고부는 종일 좁은 집에서 분노와 증오를 쌓았다. 두 여자는 매일 기 싸움을 벌이며 반목을 거듭했다. 경제적으로 몹시 어려웠던 시기라 희정은 강한 무력감을 느꼈다.

그때 처음 남편과 결혼한 것을 후회했다. 견디다 못한 희정이 엄마에게 돈을 빌려달라고 부탁했지만, 보기 좋게 거절당했다.

"내 말 안 듣더니 꼴좋구나! 결혼하면 영원히 안 볼 것처럼 뒤도 안 돌아보고 뛰쳐나가더니만, 벌써 내 도움이 필요해진 게야? 멍청하게 한치 앞을 내다보지 못한다니까. 그래서 사람은 학벌이 필요한 거야."

속이 뒤틀렸지만, 사면초가에 빠진 희정은 부푼 배를 끌어안고 한 번 더 엄마에게 사정했다. 배 속에서 아기의 발길질이 약하게 느껴졌다. 무능력한 엄마 탓에 아기도 힘이 없는 것 같았다.

"엄마, 반지하 원룸이라도 괜찮으니까 전세금만 빌려줘. 내가 적금 들어서 갚을게. 시어머니랑 더는 못 살겠어. 몸도 무거운데 스트레스 받다가 아기에게 무슨 일이라도 생기면 어떡해. 제발 부탁이야."

고성의 새된 웃음소리가 실내에 울려 퍼졌다. 희정의 눈앞에서 엄마가 배를 잡고 깔깔거리는 중이었다.

"적금을 들어서 갚겠다고? 박 서방 쥐꼬리 월급으로? 육아에 두집살림까지 하면서 저축해서 갚아? 배꼽이 웃겠다. 깔깔깔."

희정은 모멸감에 아무 말도 하지 못하고 친정을 빠져나왔다. 엄마의 웃음소리가 환청처럼 귀에 달라붙어 떨어지지 않았다. 버스정류장까지 걸어가는 동안 아기의 발길질이 간간이 이어졌다.

"미안해, 아가야."

희정은 아기에게 작은 목소리로 중얼거렸다.

사달은 그날 밤에 일어났다. 한밤중에 눈이 떠졌다. 임신 후반기가 되어 배가 점점 불러지면서 희정은 밤에 푹 자지 못하고 자주 잠에서 깼다. 다시 잠을 청하려고 돌아눕는데, 엉덩이 밑이 몹시 축축했다. 손으로 엉덩이 밑을 더듬었다.

침대 시트가 푹 젖어 있고, 손에 끈끈한 액체가 잔뜩 만져졌다. 뭐지? 한 번도 경험해본 적 없는 기괴한 느낌에 희정은 자리에서 벌떡 일어났다. 지방으로 출장 간 남편의 빈 자리가 허전하기 짝이 없었다.

희정은 침대 옆 탁자에 놓인 스탠드를 켰다. 스탠드 불빛이 쏟아지며 침대 위를 비췄다.

"아악!"

침대 위가 온통 피였다. 침대는 물론 이불까지 피에 젖어 도륙의 현장을 방불케 했다. 경악한 희정은 비틀거리며 일어나 벽에 붙은 조명 스위치를 눌렀다. 전등이 어둠을 몰아냈다. 시트와 이불, 잠옷 바지까지 피에 흠뻑 젖었고, 덩어리진 핏덩이도 군데군데 눈에 띄었다. 무슨 일이 벌어졌는지 알아보기도 전에 울음부터 터졌다. 피는 하반신에 집중적으로 묻어 있었다. 정신없이 몸을 살피는데 국부에서 무언가 나오는 불쾌한 느낌에 흠칫 놀라 그 자리에 주저앉았다. 덜덜 떨며 바지를 벗는 동안에도 덩어리진 피가 쑹덩쑹덩 빠져나왔다.

하혈이었다. 희정은 자신의 몸에서 나온 핏덩어리를 멍하니 바라보다가 정신이 혼미해졌다. 쇼크에 빠진 희정은 도와달라고 소리쳤다. 악을 쓰며 시어머니를 불렀다. 덩어리진 피가 뭉클뭉클 나오는데도 통증이 없다는 것이 더 무서웠다.

방문이 벌컥 열렸다.

"밤중에 왜 소리를 지르고 난리여? 잠도 못 자게. 임신은 너만 하냐? 왜 이리 유세여?"

짜증을 쏟아내던 시어머니의 입이 떡 벌어졌다.

"하혈이에요. 병원에 가야 해요. 119에 전화해 주세요."

시어머니는 허둥지둥 방에서 나갔다. 희정은 힘겹게 일어나 욕실로 향했다. 아무리 구급대원이라지만, 여자로서 보여줄 수 없는 몰골이었다. 피범벅이 되어 구급차에 오르면 민폐라는 생각에 샤워기를 틀고 아랫도리를 씻었다. 씻는 도중에도 덩어리진 검붉은 피가 끊임없이 흘러나와 하수구로 몽글몽글 빨려 들어갔다. 아기의 몸이 핏덩이가 되어 하수구로 빠져나가는구나. 희정은 소용돌이치며 배수구로 사라지는 붉은 덩어리를 무기력하게 지켜봤다. 유체이탈의 기묘한 경험과 함께 희정은 의식을 잃었다.

희정은 병원 침상에서 깨어났다. 배는 여전히 부푼 상태였고 달라진 것이 없었다. 아프지도 않았다. 아기는 무사한 걸까. 병원에서 옷을 갈아입혔는지 치마로 된 환자복을 입고 있었는데, 기저귀가 채워져 있었다. 민망한 행색에 이불을 끌어다 덮었다. 궁금한 것투성이였지만, 주변에 사람이 없어 묻지도 못하고 답답했다.

얼마나 누워 있었을까. 희정은 까무룩 잠이 들었다. 다시 눈을 뜨니 창밖이 훤했다. 아침인가 보다. 문이 열리고 젊은 여자 간호사가 들어왔다. 고맙게도 구급대원들은 의식을 잃은 희정을 그녀가 다니던 산부인과로 이송해 주었다.

"좀 어떠세요?"

간호사가 희정을 들여다보며 말을 걸었다.

"저어, 아기는요?"

"아기는 괜찮아요. 자궁 안쪽 혈관이 터져서 하혈을 많이 하셨어요. 오전에 제왕절개수술을 할 예정인데, 보호자 안 오셨어요?" "8개월인데, 제왕절개를요?"

"수술하지 않으면 위험해요. 보호자한테 연락하세요." "시어머니가 오셨을 텐데요." "보호자가 안 계시던데……. 구급대원들이 들것에 모시고 오셨죠. 하혈량이 많아서 깜짝 놀랐어요. 지금은 안정됐으니 마음 놓으시고요. 수술동의서 작성도 해야 하고, 보호자가 꼭 있어야 하는데."

희정은 간호사에게 남편과 아빠의 전화번호를 알려 주었다. 정신을 잃은 상태로 호송되다 보니 휴대전화도 챙겨오지 못했다. 하필이면 남편이 출장 갔을 때 이런 일이 벌어지다니. 아빠가 빨리 와주었으면…….

희정은 간호사의 부축을 받아 천천히 침대에서 내려왔다. 슬리퍼를 신고 걸음을 뗐다. 살짝 어지럽긴 했지만, 몸을 움직이는 데 무리는 없었다. 간호사를 따라 복도를 걷는 중에 엘리베이터 도착음이 들렸다. 희정은 반사적으로 고개를 들었다. 열린 엘리베이터 안쪽에 아빠가 서 계셨다.

"아빠!"

희정의 부름에 어두웠던 아빠의 안색이 불을 밝힌 듯 환해졌다.

"희정아, 괜찮아?"

"아빠, 나 수술해야 된대."

희정은 아빠의 어깨에 기대어 울음을 터트렸다.

"걱정하지 마. 다 잘 될 거야."

아빠가 희정의 등을 토닥이며 말했다.

"아기는 괜찮겠지, 아빠?"

"그럼, 아무 염려 마. 너와 아기 모두 무사할 거야."

준비실에 들어가자 간호사들이 주변을 오가며 수술준비를 했다. 신장과 체중을 재고, 요도에 소변줄을 연결하고, 체모를 밀었다. 준비를 마친 희정은 수액 링거를 팔에 꽂은 채 수술실로 향했다.

수술대 위에 누웠다. 기분이 묘했다. 둥글게 솟은 배를 가만히 쓰다듬었다. 희정의 손길에 응답하듯 살며시 아기가 움직였다. 아기의 마지막 태동이었다. 아가야, 잘 견뎌주렴. 무사해야 해.

곧 마취과 의사가 들어왔다. 나직하고 부드러운 의사의 음성이 희정의 불안한 신경을 차분히 안정시켜 주었다.

"김희정 씨, 마음 편히 가지세요. 긴장하지 말고 푹 잔다고 생각하세요."

의사가 수액줄에 마취액을 주입했다.

"김희정 씨, 숨 크게 들이쉬고 하나에서 다섯까지 소리 내서 세어 보세요."

희정은 마취과 의사의 지시대로 깊게 숨을 들이쉬고 큰 소리로 숫자를 셌다.

"하나, 둘, 셋……."

셋까지 세자 희정의 의식이 사라졌다.

마취에서 깼을 때 희정은 회복실 침대에 누워 있었다. 손이 자동으로 배 위를 더듬었다. 배는 신기하게도 푹 꺼져 있었다. 아빠가 침대 옆 의자에 앉아 신문을 읽고 계셨다.

"아빠, 아기는?"

아빠가 희정을 향해 미소 지었다.

"우리 딸, 깨어났구나. 몸은 어떠니?"

"아빠, 아기는?"

"공주님이다."

"건강한 거지?" "저체중이라 인큐베이터에 한 달은 있어야 되는 것 말고는 다 정상이란다."

아빠의 설명을 듣자 비로소 안심이 되었다. 희정은 몸을 일으키려고 허리에 힘을 주었다. 몸이 움직여지지 않았다.

"아직 움직이면 안 돼. 절대 안정해야 된다고."

희정은 그제야 수술했다는 실감이 들었다. 수술 부위의 통증도 처음 느꼈다. 일주일의 입원기간 동안 엄마와 시어머니는 문병을 오지 않았다. 물론 그들의 상판대기를 안 본 것이 회복에 큰 도움을 주기는 했다.

딸 이름을 예지라고 지었다. 예지는 미숙아로 태어난 탓인지 크게 자라지 못했다. 희정은 딸을 볼 때마다 안쓰러운 마음을 금할 길 없었다. 시어머니와의 갈등으로 심한 스트레스에 시달렸고 그 때문에 조산했다. 예지의 체구가 작은 것은 전적으로 시어머니 탓이다.

예지가 여섯 살이 되었을 때, 시어머니가 돌아가셨다. 치매가 심해진 시어머니는 며느리가 약을 숨기는 이유를 제멋대로 해석했다. 고혈압을 악화시켜 쓰러지게 만들려는 며느리의 계략이라고 믿었다. 시어머니는 희정이 외출한 틈을 타 감춰둔 고혈압약을 찾아내고 욕심껏 입 안에 털어 넣었다.

주변에 사람이 없을 때 벌어진 일이었고, 몇 시간 방치된 채로 있다가 발견되었다. 집에 돌아온 희정이 급히 119를 불렀지만, 시어머니는 병원 도착 후 곧 사망하고 말았다.

엄마를 잃은 남편이 섧게 울었다.

"자기야, 어머니는 좋은 곳으로 가셨을 거야. 그러니까 너무 슬퍼하지 마."

4

경찰은 희정을 불러 유족 진술을 들었다.

"어머니가 생전에 한 말이나 행동 중에 극단적 선택을 암시하는 전조 증상이랄까, 그런 마음에 짚이는 점이 있었습니까?" 희정은 마주 앉은 지택근 형사의 눈을 들여다보았다. 그의 눈에서는 아무것도 읽어낼 수가 없었다. 삼십대 후반이나 됐을까? 곱슬머리인지 파마를 한 것인지 알 수는 없으나 구불구불 물결치는 숱 많은 머리카락이 매력적인 형사였다.

"아빠가 음독하신 뒤로 심적 부담이 크셨던 것 같아요. 저도 충격을 많이 받았는데, 아빠와 평생을 함께한 엄마는 어땠겠어요."

"생전에 어머니가 뭐라고 하셨습니까?"

지 형사의 듣기 좋은 음성이 이어졌다.

"아빠를 지켜주지 못했다면서 죄책감이 든다고 하셨어요. 더 잘해주지 못해서 미안하다는 말을 입에 달고 사셨죠. 매일 아빠가 보고 싶다고 눈물을 흘리셨어요."

희정은 과하지 않은 태도를 유지하려고 애썼다.

"청산가리에 대해서 뭐, 아는 게 있습니까?"

"아빠가 사용하고 남은 게 있었던가 봐요. 저는 그런 것이 집에 있는지도 몰랐어요. 엄마가 아빠 유품에는 손도 대지 못하게 했거든요."

희정은 형사의 날카로운 눈빛에도 주눅 들지 않고 대답했다. 지 형사는 희정의 표정이나 말투, 자세, 어느 것 하나 놓치지 않겠다는 듯 집요하게 관찰했다. 무릎 위에 포개놓은 두 손에 땀이 흥건했으나 희정은 손수건조차 꺼내지 못했다. 속을 꿰뚫어 볼 것처럼 예리한 지 형사의 시선이 두려웠기 때문이다.

"어머니 집에 들어가서 살게 된 계기가 있습니까?"

"아빠가 자살하신 뒤로 마음이 약해졌는지, 엄마가 먼저 제안하셨어요. 아빠가 돌아가신 집에서 혼자 지내기 무섭다면서요. 저 역시 엄마가 걱정됐던 터라 제안을 받아들였고요. 저희와 살면서 식사도 잘 하고 엄마가 많이 밝아졌는데……. 갑자기 극단적 선택을 하다니, 전 아직도 믿기지가 않아요. 아무도 없는 틈을 타서 독을 먹은 것을 보면 엄마는 죽음에 대한 의지가 강했던가 봐요. 발견을 늦추기 위해 방문까지 잠그셨잖아요. 아빠의 뒤를 확실히 따라가려 하신 거죠."

희정의 눈에 눈물이 차올랐다.

"유서가 발견되지 않았는데요……."

지 형사가 말꼬리를 늘이자, 희정이 그의 말을 성급히 낚아챘다.

"엄마는 글보다 말로 표현하는 분이셨어요. 저에게 속 얘기를 많이 하셨죠. 엄마가 아빠를 몹시 그리워하셨어요. 아빠를 따라가고 싶다고 입버릇처럼 말씀하셨어요. 다 제 잘못이에요. 엄마를 애틋이 살피지 못한 게 한이 되네요."

"어머니가 자주 병원에 다니셨던데, 건강이 좋지 않았습니까?"

섬뜩한 한기가 혈관을 타고 흘렀다. 사람들 눈에 모녀 사이가 어떻게 비춰졌을지. 희정이 미처 염두에 두지 못한 부분이었다. 언젠가 엄마와 함께 갔던 내과에서의 일이 떠올랐다. 불길한 기운이 희정을 에워쌌다. 처음으로 엄마에게 살의를 느꼈던 순간이었다. 남편에게 번듯한 직업이 있었으면 벌써 바람났을 거라고, 함부로 지껄이던 엄마의 가증스러운 주둥이.

형사들이 주변을 돌며 탐문을 벌인다면, 모녀 사이의 이상기류를 눈치 채고도 남을 것이다. 그렇더라도 당장은 발뺌을 하는 수밖에 없었다.

"엄마의 병은 심리적인 문제가 컸어요. 아빠가 돌아가신 뒤로 마음이 약해지고, 우울감 때문에 몸까지 아픈 것 같고……, 다 마음의 병이라고 생각해요. 엄마가 아빠를 많이 사랑했어요. 빨리 아빠 곁으로 가고 싶다는 말씀뿐이셨죠."

"지인들 진술과는 딴판이군요. 어머니 성격이 명랑하셨다고, 절대 자살할 사람이 아니라고 입을 모아 말씀하시던데요."

지 형사는 미세한 변화도 놓치지 않겠다는 듯 희정을 뜯어보았다. 희정은 지 형사의 시선을 정면으로 받아냈다. 이 정도는 얼마든지 버텨낼 수 있다. 하지만 희정의 심장은 마주 앉은 형사에게 들릴까 염려가 될 정도로 박동이 거셌다. 희정은 숨을 크게 내쉬며 두 눈을 굳게 감았다 떴다. 그러자 눈물이 그녀의 경직된 뺨을 타고 흘러내렸다.

"저도 그 부분이 가장 가슴 아파요. 엄마는 주변 사람들에게 씩씩한 모습을 보이고자 필요 이상으로 노력하셨어요. 명문대를 졸업한 엄마는 자존심이 매우 강했어요. 타인의 눈에 어떻게 비칠까 무척 신경을 쓰셨죠. 꾸며낸 쾌활함으로 속마음을 감췄어요. 썩어 문드러질망정 절대로 남에게 속내를 털어놓지 않으셨어요. 좀 더 편안하게 사시라 말려도 봤지만, 엄마도 그것만은 마음대로 안 됐던 모양이에요. 한평생 얼마나 힘들게 남의 눈을 의식하며 사신 걸까요. 자살로 생을 마감한 데는 엄마의 강한 자존심도 한몫했으리라 짐작해요. 남편 없는 삶을 감당하지 못한 이유가 제일 컸겠지만, 남들에게 동정 받고 싶지 않다는 마음도 그 못지않게 컸을 거예요."

지 형사의 표정엔 아무것도 떠올라 있지 않았다. 그가 희정의 말을 받아들였는지 알아낼 방도는 없다. 희정은 지 형사의 침묵에 숨이 막힐 것처럼 불안했다. 지 형사는 미간을 찌푸린 채 손가락 끝으로 테이블을 톡톡 두드렸다. 희정은 이쯤에서 지 형사와의 면담이 끝나기를 간절히 바랐다. 더는 버틸 재간이 없다고 판단한 시점, 지 형사의 독백이 희정의 귓속을 파고들었다.

"방문을 잠근 이유가 대체 뭘까?"

고뇌의 흔적이 느껴지는 문장이었다. 희정은 등을 꼿꼿이 세웠다. 여기서 무너질 수는 없다. 조금만 더, 조금만 더 힘을 내자. 팽팽한 긴장감이 희정의 가슴을 조여 왔다.

마침내 면담 조사가 끝났다. 지 형사는 희정에게 깍듯이 예의를 갖췄지만, 추가 수사가 필요할 수 있다는 말을 잊지 않았다.

검시의는 안영희 변사사건을 청산염 중독에 의한 죽음으로 판단하고, 사망시간을 오전 11시경으로 추정했다.

안영희 변사사건은 자살이 명백해 보였다. 유족 측에서 빨리 장례를 치르고 싶다는 의사를 경찰에 전해 왔다. 사건 종결을 코앞에 둔 시점에서 지 형사는 사건기록을 다시 검토했다. 현장을 찍은 사진들과 아파트 보안요원, 119구급대원의 진술 등을 꼼꼼히 살폈으나 특이점을 발견할 수 없었다.

65세 남편이 반신마비를 비관해 청산가리를 먹고 자살했다. 3년이 지나고 65세가 된 아내가 같은 방법으로 남편의 뒤를 따랐다. 지 형사는 안영희 남편의 사건기록을 찾아보았다. 남편과 아내는 커피에 청산가리를 타서 마신 방법까지 똑같았다. 남편을 너무 사랑해서 동일한 방법으로 자살한 것일까. 지 형사의 고민이 깊어졌다. 아무리 사랑했다 한들 자살까지 따라 할까? 그것도 3년이나 지난 뒤에? 3년이란 기간은 소중한 사람을 잃고 난 뒤의 그리움과 절망, 불안, 충격 등에서 빠져나올 수 있는 시간이다.

전문가의 연구에 따르면 사람마다 슬픔을 겪는 패턴이 다르다고 한다. 안영희는 뒤늦게 슬픔이 찾아오는 지연패턴이

거나 만성적으로 슬픔에 빠지는 타입이었을까. 안영희의 부
유함 또한 지 형사의 마음을 불편하게 만드는 요인 중 하나
였다.

안영희는 친정에서 물려받은 유산에 더해 타고난 재테크
능력으로 많은 재산을 소유했다. 안영희의 60평 아파트는
시가 40억 원이 넘었고, 두 채의 오피스텔에서 월세를 받았
으며 상당한 액수의 주식과 예금을 보유했다. 한마디로 다
쓰고 죽지 못할 정도의 재산을 가진 여자였다.

돈은 우리가 상상하는 이상의 위력을 발휘한다. 재력가를
무시하는 사람은 드물다. 직접 얻는 이익이 없다 해도 그 공
식은 대체로 적용된다. 사람들은 왜 타인의 재력 앞에서 무
력해지는지, 지 형사는 쓴웃음이 나왔다.

지 형사는 안영희가 2주에 한 번꼴로 들렀다는 내과의원
을 찾아갔다. 젊은 여자 간호사에게 경찰임을 밝히고 안영
희의 사진을 폰에 띄워 보여 주었다.

"아는 분입니까?"

"안 여사님께 무슨 일 생겼어요?"

"돌아가셨습니다."

"아니 왜요? 그분 정말 건강하셨는데요."

"돌아가신 이유를 찾고 있습니다. 극단적인 선택이

라……."

지 형사는 뒷말을 생략했다. 간호사의 반응을 듣고 싶어서였다.

"극단적 선택이요? 안 여사님은 극단적 선택을 하실 분이 아닌데……."

"그렇게 생각하는 이유를 물어도 될까요?"

"형사님, 이런 대화, 병원에선 곤란해요. 좀 있다가 1층 커피숍에서 봬요. 1시부터 점심시간이거든요."

지 형사는 그제야 대기 의자에 앉아 있는 환자들의 시선을 느꼈다. 굳이 의사를 만날 필요까진 없을 듯했다. 잠깐 진찰하는 의사보다 친근하게 대화를 나누는 간호사의 진술이 도움이 되는 경우가 많았다. 더욱이 간호사는 커피숍에서 따로 만나자는 제안까지 해왔다. 1시가 되려면 대략 10분쯤 남았다.

건물 1층에 위치한 커피숍은 점심시간인데도 비교적 한산했다. 지 형사는 출입문을 마주 보는 자리에 앉았다. 의자에 앉자마자 꼬르륵, 위장에서 신호를 보내왔다. 아침도 먹는 둥 마는 둥 집에서 뛰쳐나왔기에 심한 허기가 느껴졌다. 짬이 났을 때 재빠르게 끼니를 챙겨야 일하기 편했다. 지 형사는 뜨거운 아메리카노와 샌드위치를 사가지고 돌아와 서둘러 포장지를 벗겼다.

간호사는 지 형사가 남은 빵을 입 속에 털어 넣고 있을 때 나타났다. 지 형사는 손을 번쩍 들어올렸다.

"점심시간인데 죄송합니다. 샌드위치 드시겠어요?"

지 형사는 입에 든 음식을 급하게 삼킨 뒤에 간호사에게 물었다.

"점심시간이 한 시간인데, 이야기가 길어질까요?"

시간을 내준 것도 고마운데 점심까지 굶게 할 수는 없었다. 지 형사는 간호사를 위해 카페라테와 샌드위치를 사왔다. 이십대의 여자 간호사는 카페라테를 한 모금 마셨을 뿐, 샌드위치에는 손을 대지 않았다. 강요하는 것 같아 지 형사는 더 권하지 않았다.

"안영희 씨에 대해 알고 싶습니다. 자주 내원한 기록이 있던데 안영희 씨가 매우 건강했다고 하니까, 이상해서요."

"안 여사님은 건강염려증이었어요. 건강에 이상이 없다는 말을 끊임없이 듣고 싶어 하셨죠. 원장님께 그 말을 들어야만 마음이 놓인다고 하셨어요. 검사란 검사는 죄다 하셨는데, 하도 자주 하셔서 되레 원장님이 말릴 정도였어요. 과체중과 운동 부족이 문제였지만, 건강 상태는 매우 양호하셨어요."

"극단적 선택을 할 사람은 아니라는 거죠?"

"시도 때도 없이 건강검진을 받던 분이 극단적 선택을요?

글쎄요. 전 모르겠어요. 안 여사님은 손가락만 살짝 베어도 병원으로 달려오셨어요. 놀라서 심장이 두근거린다면서요. 그렇게 몸을 아끼던 분이 자살이라뇨? 믿을 수 없어요. 소화가 조금만 안 돼도 위장 내시경검사를 해야 한다고 우기던 분이었어요."

간호사는 카페라테를 한 모금 더 마셨다.

"안영희 씨는 어떤 분이었나요? 딸과의 사이는 어때 보였습니까?"

간호사의 입에서 한숨이 새어 나왔다. 그녀가 한숨을 내쉰 이유는 곧 밝혀졌다.

"안 여사님은 언제나 따님과 함께 오셨는데요. 보기에도 민망할 정도로 따님을 함부로 대하셨어요. 그러지 않기를 바랐지만, 매번 똑같았어요. 정말 보고 싶지 않은 광경이었죠. 한번은요. 제가 안 여사님께 젊어 보인다고 칭찬한 적이 있었어요. 단골 환자인데다 그 연세인 분들은 칭찬이 건강 유지에 도움이 되기도 하거든요. 그런데 제 말이 끝나기가 무섭게 안 여사님이 따님에게 마구 면박을 주는 거예요. 따님 외모를 들먹이면서요. 거기까지야 늘 있는 일이니까, 그런가 보다 했죠. 그런데, 형사님. 그 다음에 뭐라고 한 줄 아세요?"

"뭐라고 했습니까?"

지 형사는 간호사의 말에 장단을 맞췄다.

"사위가 바람을 피우지 않는 이유가 돈이 없기 때문이라고 했어요. 자기가 남자라도 딸한테서는 매력을 느끼지 못할 것 같다나요. 옆에 있던 제가 충격을 다 받았을 정도니까, 따님 심정은 오죽했을까요. 엄마가 딸에게 할 소리는 아니죠. 아니, 누구에게도 그런 말은 하는 게 아니에요. 게다가 다른 사람들 앞에서……."

"모녀 사이가 좋다고 볼 순 없었겠군요."

지 형사가 한마디 하자, 간호사는 참았던 말들을 기관포처럼 쏘아댔다.

"이상한 모녀였어요. 일반적인 모녀 사이는 절대 아니고요. 마님과 하녀, 그런 느낌일까요? 안 여사님은 명령하고, 따님은 무조건 복종하는……. 그래서인지 따님 안색이 좋지 않았어요. 늘 어둡고 우울해 보였어요. 건강검진은 따님이 받아야 할 것 같았죠. 제가 상관할 일은 아니지만, 왜 그런 엄마와 함께 사는지 의아했어요. 밖에 나가 허드렛일을 할지언정 모멸감을 느끼며 살고 싶진 않을 텐데요."

지 형사는 수다쟁이 기질을 지닌 간호사에게 고마움을 느꼈다.

"안영희 씨에게 우울증이나 정신적인 문제가 있지는 않았습니까? 먼저 간 남편을 그리워했다던가, 하는……."

"전혀요. 안 여사님은 활달한 성격이었어요. 우울증과는 거리가 멀었죠. 자기애가 매우 강했고, 사별한 남편에 대해서도 그리워하기는커녕 병수발 드느라 지긋지긋했었다고 푸념하시던 걸요."

"그렇군요."

"틈만 나면 영양 수액을 맞던 분인데 자살했다니, 사람은 역시 겉만 보고 판단하면 안 되겠어요."

간호사의 카페라테 잔이 비워졌다. 지 형사는 스마트폰으로 시간을 확인했다. 점심시간이 끝나가고 있었다. 지 형사가 고맙다는 인사를 하자 간호사는 먹지 못한 샌드위치를 챙겨갔다. 그녀의 점심시간을 빼앗은 지 형사의 죄책감이 약간 사그라졌다.

지 형사의 다음 목적지는 피부관리숍이었다. 내비게이션에 주소를 입력하고, 10분쯤 달리자 목적지에 도착했다. 전방 좌측 건물 2층에'씨씨 에스테틱'이라는 간판이 걸려 있었다.

씨씨 에스테틱은 외관부터 고급스러운 분위기를 물씬 풍겼다. 두꺼운 유리문을 밀고 들어가자 상호를 돋을새김한 벽이 눈에 들어왔다. 중앙에 접수대가 있고, 복도를 따라 양옆으로 길게 룸이 이어지는 구조였다. 상쾌한 향기, 은은한 조명, 잔잔하게 깔린 클래식 음악까지 힐링을 추구하는 공간 특유의 쾌적함이 느껴졌다.

지 형사는 접수대 여직원에게 다가갔다. 경찰 신분을 밝히고 수사상 물어볼 것이 있다고 알렸다. 여직원은 지 형사를 상담실로 안내했다. 그녀는 원장을 불러오겠다면서 사라졌다. 상담실 벽에는 연예인과 찍은 원장의 사진들이 잔뜩 걸려 있었다. 지 형사가 벽에 걸린 액자들을 들여다보는 중에 상담실 문이 열렸다.

"경찰에서 오셨다고요?"

원장은 사십대로 보였고, 파리가 낙상할 정도로 반질반질 피부에서 윤기가 나는 여자였다. 숍 원장답게 피부관리는 잘한 듯했다.

"안영희 씨에 대해 여쭤볼 게 있어서요."

"안영희 회원님은 최고의 고객이시죠. 경찰에서 안영희 회원님을 조사하는 이유가 뭔가요? 아무리 경찰이라 해도 고객의 정보를 알려드릴 수는 없는데……, 저희 입장도 이해해 주세요."

"사망하셨습니다. 사망에 미심쩍은 부분이 있어서 조사 중입니다. 왜 그런 극단적 선택을 했는지."

"극단적 선택이라면 자살이요? 안 여사님은 그런 행동을 하실 분이 아니에요. 뭔가 착오가 있을 겁니다."

"그렇게 확신하는 이유가 뭐죠, 원장님?"

"이래 봬도 저, 이십 년 넘게 이 바닥에서 영업을 해왔어요. 나름대로 사람 볼 줄 안다고 자부하고 있습니다."

"안영희 씨는 어떤 고객이었습니까? 부담 가지실 필요 없습니다. 사람이 변사하면 조사를 하는 게 우리 일이죠. 죽은 이유도 모른 채 장례를 치르게 할 수는 없습니다. 안영희 씨를 위해서라도 원장님이 말씀을 해주셔야 합니다."

원장의 냉랭한 시선과 지 형사의 간절한 시선이 중간에서 만나 충돌했다. 원장은 잠깐 뜸을 들이더니 나직한 목소리로 말했다.

"꼬박꼬박 찾아주시던 회원님이 갑자기 돌아가셨다고 하니까 제가 충격을 좀 받았나 봐요. 안 여사님은 피부도 좋으시고 활력이 넘쳤어요. 그런 분이 갑자기……, 인생이 참 허무하네요. 안 여사님은 자신의 권리를 최대치로 누리던 분이었어요. 다소 무례한 면이 있기는 했지만, 크게 신경 쓸 일은 아니었고, 다만……."

"무슨 일이 있었던 겁니까?"

지 형사는 말꼬리를 흐리며 머뭇거리는 원장의 다음 말을 재촉했다.

"안 여사님은 바디 전신관리와 페이스 특수관리를 받으셨어요. 2시간 30분 정도 소요되는데, 따님은 항상 대기실에서 기다렸어요. 모녀가 같이 와서 한 사람만 관리를 받는 경

우는 드물어요. 한두 번이라면 사정이 있으려니 하겠지만,
매번 그랬거든요. 그래서 여쭤봤죠. 따님도 함께 하시는 게
어떻겠느냐고요. 전신까지는 아니어도 얼굴관리만 받아도
괜찮겠다 싶었죠. 따님 안색이 너무 나빴거든요. 기미가 많
이 올라온 건 물론이고 잡티도 많아서 피부가 푸석해 보였
어요."

원장이 말을 멈췄지만, 지 형사는 잠자코 기다렸다. 그녀
의 이야기가 다시 이어졌다. 뭔가 쏟아내고 싶은 묘한 분위
기가 풍겼다.

"안 여사님은 쓸데없는 신경 끄고 제 할 일이나 잘 하라고
일침을 주더군요. 사실 제가 주제넘긴 했었죠. 따님 생활비
를 댄다는데, 거기다 대고 피부관리까지 받게 하라고 조언
을 했으니."

"안영희 씨가 생활비를 댄다고 말했습니까?"

"그럼요. 그것도 귀에 딱지가 앉을 정도로요. 그래서인지
안 여사님은 따님을 함부로 대하셨어요. 대놓고 면박을 줄
때는 제가 다 무안해질 정도였죠. 이건 딸이 아니라 하녀인
줄 알겠더라고요. 보기에 좋지는 않았어요. 따님은 일체 반
응하지 않으셨고요. 모녀 사이가 냉랭하기 짝이 없었죠."

"안영희 씨가 우울해했다거나 정신적인 문제가 있어 보이
지는 않았습니까?"

지 형사의 물음에 원장이 갑자기 호호호, 웃음을 터뜨렸다.

"죄송해요. 하도 어이없는 말씀을 하셔서 저도 모르게 그만…… . 안 여사님은 우울과는 거리가 먼 분이었어요. 어떻게 하면 건강하게 오래 살까, 그 궁리만 하시던 걸요."

"돌아가신 남편에 대한 얘기는 안 하던가요?" "남편 병수발로 고생했다는 얘기는 수도 없이 들었어요. 남편이 빨리 가줘서 땡큐지, 라며 깔깔 웃으셨어요."

원장은 너무 나갔다고 여겼는지 순간, 손으로 입을 가렸다.

"어쩌나. 이런 말까지 하고 싶진 않았는데. 암튼, 제가 본 안 여사님은 명랑하고 낙천적이며 인생을 즐기는 분이었어요."

지 형사는 원장에게 고맙다는 인사를 하고 피부관리숍을 나왔다. 내과의원의 간호사에 이어 숍의 원장까지, 안영희에 대한 평판은 똑같았다. 지 형사는 내친 김에 안영희의 단골 미용실까지 들르기로 마음먹었다.

미용실 원장은 간호사, 피부관리숍의 원장과 똑같은 말을 내놨다. 일반적인 모녀 사이가 아니라 상하의 수직관계가 분명했다는 것이다 .

김희정 부부의 진술과 판이하게 다른 주변인들의 증언을 어떻게 받아들여야 할까? 지 형사는 살인 가능성에 무게를 두었다. 문제는 방법이었다. 시체가 빨리 발견된 탓에 사망 시간이 정확히 추정되었고, 김희정 부부에게는 완벽한 알리바이가 존재했다.

안영희에게는 치정이나 원한, 금전 문제도 없었다. 지인의 증언, 재산, 건강 상태 등을 종합해볼 때 안영희가 스스로 청산가리를 탄 커피를 마시고 자살했다는 가설은 어불성설이었다.

잠금장치의 구조상 문단속은 안에 있는 사람만이 할 수 있었다. 열쇠 없이 방을 밀실로 만들고 나올 수는 없었다. 모든 방의 열쇠다발은 안방 장롱서랍 안에 보관돼 있었다. 열쇠의 유실이 없었다는 사실은 관리실에서 확인해 주었다. 김희정이 안방열쇠를 미리 복사해 두었다면? 가능성이 없지는 않았다.

오전 9시 30분, 김희정이 안영희에게 청산가리 커피를 주고 복사한 열쇠로 안방 문을 잠근 뒤 외출했다고 치자. 안영희는 오전 11시까지 살아 있었다. 그녀는 왜 안방에서 나오지 않았을까. 자고 있었을까. 안영희에게 아침잠 습관이 있었다면? 오전 11시까지 자고 일어난 안영희가 식은 커피를 마신다. 외출 중인 김희정에겐 완벽한 알리바이가 만들어진다. 엄마의 버릇을 꿰뚫고 있는 김희정이 독살을 계획했다면 충분히 가능한 가설이다.

탁자 밑에서 발견된 코팅 종이 속 청산가리는 어떻게 설명할 수 있을까. 자살로 보이려면 청산가리를 쌌던 포장지가 발견되는 편이 훨씬 자연스럽다. 김희정이 놓아둔 채 외출을 했다면? 시체가 발견된 후 정신없는 틈을 타 그녀가 떨어뜨린 것이라면?

김희정이 방문을 잠근 이유는 뻔하다. 보안요원을 불러 시체를 발견하게 하고, 밀실인 점을 부각시키려 했겠지.

김희정 부부와 딸 예지의 동선을 파악하고 동선상에 있는 열쇠수리점을 탐문했지만, 그들이 열쇠를 복사했다는 증거는 찾을 수 없었다. 지 형사의 추리는 벽에 부딪쳤다. 김희정 가족이 안영희의 집에서 산 3년간의 동선을 모조리 파헤칠 수도 없고, 지 형사는 한계를 절감했다. 살인방법을 알아냈어도 입증하지 못하면 죄를 물을 수 없다.

지 형사는 시체를 발견했던 아파트 보안요원을 떠올렸다. 보안요원이라면 현장에서 수상쩍은 뭔가를 봤거나 들었을지 모를 일이다.

지 형사는 안영희의 아파트 보안 상황실을 찾았다. 미리 약속을 해두었기에 바로 그를 만날 수 있었다. 보안요원은 놀이터로 지 형사를 안내했다. 지 형사는 편의점에서 산 캔 커피를 보안요원에게 내밀었다.

"형사님, 자살로 결론이 난 사건 아닙니까?"

보안요원이 먼저 입을 열었다.

"시체를 발견했을 때, 침입자가 있는지 확인했다고 하셨죠?"

"그렇습니다. 장롱과 욕실, 침대 밑을 살펴봤습니다. 다른 이상한 점이나 숨어 있는 사람은 없었습니다."

"사망자 딸의 태도는 어땠습니까? 부자연스럽다든가 수상한 느낌은 없었습니까?"

보안요원은 당시를 떠올리듯 눈을 가늘게 떴다.

"엄마의 죽음을 접한 딸의 일반적인 반응이었습니다."

지 형사는 가방 속에서 현장을 찍은 사진들을 꺼냈다. 김희정이 범인이라면 현장을 조작했을 가능성이 충분했다. 보안요원에게 확인을 시켜줄 필요가 있었다.

"이 사진들을 좀 봐주시겠습니까? 당시와 다른 점이 있다면 말씀해 주십시오."

보안요원은 사진들을 유심히 들여다보았다. 보안요원의 튼실한 손가락이 두 장의 사진을 짚었다.

"저는 탁자 아래는 살펴보지 않았습니다. 사람이 숨을 만한 공간이 없었기 때문입니다."

보안요원의 손엔 두 장의 사진이 들려 있었다. 하나는 탁자 밑의 청산가리 포장지를 찍은 사진이고, 다른 하나는 안방욕실을 찍은 사진이었다.

"당시와 다른 점이 있습니까?" 지 형사는 숨을 삼켰다.

"제가 봤을 땐 이불이 욕조 안에 잠긴 채 들어 있었습니다. 세제를 풀었는지 거품이 일고 있었죠. 이 사진의 욕조에는 아무것도 담겨 있지 않군요."

"혹시 이불을 걷어 봤습니까?"

"아니요. 왜 이불을 걷어 봐야 하죠? 형사님, 이불 속에 누군가 숨어 있었다고 의심하세요? 그랬다면, 제가 바로 알아차렸겠죠. 사람이 없었다는 건 확실합니다."

보안요원의 말에 의하면 애벌빨래를 위해 세제를 푼 물에 이불을 담가 불리고 있었던 것으로 추정되었다. 하지만 경찰이 출동했을 때 욕조 안에 이불은 없었다. 엄마가 죽은 중차대한 시점에 욕조에 담가둔 이불을 치웠다는 것이 이상했다.

엄마가 시신으로 발견된 상황에서 세탁을 할 겨를이 있었을까? 지 형사는 새로운 숙제를 부여받은 기분이었다. 사라진 이불빨래라? 찜찜한 무언가가 지 형사의 목구멍에 걸렸다.

지 형사는 보안요원과 헤어진 뒤 김희정에게 전화를 걸었다.

"지택근 형사입니다. 지금 아파트 놀이터에 와 있는데, 잠시 뵐 수 있을까요?"

지 형사는 올라오라는 김희정의 말에 그녀의 집으로 향했다.

40억 원이 넘는 60평 아파트의 새 주인이 된 김희정은 한결 편안해진 모습으로 지 형사를 맞았다. 시커멓던 낯빛도 꽤나 밝아졌다.

"지 형사님, 장례는 언제쯤 치를 수 있을까요?"

김희정은 유족으로서 은근히 지 형사를 압박했다. 지 형사는 차를 준비하겠다는 것을 만류하고 김희정과 거실 소파에 마주 앉았다.

"잠깐, 이 사진을 한번 봐주시겠습니까?"

지 형사는 텅 빈 욕조 사진을 김희정에게 건넸다.

"이게 왜요?"

"시신을 발견했던 보안요원을 좀 전에 만나고 온 참입니다."

"그래서요?"

김희정의 얼굴에 의아한 기색이 떠올랐다.

"보안요원은 욕조 안에 이불빨래가 들어 있었다고 하더군요. 이건 경찰이 출동해서 찍은 사진인데, 욕조가 텅 비어 있어요. 경찰이 도착하는 동안 이불이 사라졌습니다. 왜죠?"

김희정은 들고 있던 사진을 테이블에 내려놓았다.

"세제를 푼 물에 이불을 너무 오래 담가 놓으면 안 돼요. 지 형사님, 이불빨래 해본 경험 없으시죠?"

"어머니가 돌아가신 시점에 이불빨래라뇨? 당시는 진술을 못할 정도로 동요하지 않았습니까?"

"경찰이 들이닥치면 세탁하기 어려울 것 같아 서둘러 세탁기에 넣고 돌렸어요. 엄마가 돌아가신 일과는 별개로 가사가 몸에 밴 가정주부인 거죠. 특별한 의도를 갖고 한 일이 아닌데, 뭐가 잘못 됐나요? 그저 습관처럼 몸이 움직였을 뿐이에요. 지 형사님은 그런 경험 없으세요?"

지 형사는 김희정을 똑바로 응시했다. 딸깍, 현관문 열리는 소리가 들렸다.

"다녀왔습니다."

교복을 입은 작은 소녀가 거실로 들어오다가 소파에 앉은 불청객을 보고 놀란 표정을 지었다. 현관에 있는 남자 신발을 보았을 테지만, 형사의 방문은 예상치 못한 듯했다.

"예지 왔구나. 지 형사님께서 잠깐 들르셨어."

"안녕하세요."

예지는 발달장애가 의심될 정도로 체구가 작았다. 헐렁한 중학교 교복이 언니 옷을 빌려 입은 것처럼 엉성했다. 지 형사는 사건을 조사하면서 예지를 두세 번 만난 적이 있었다.

예지의 진술은 여경이 받았기에 지 형사가 직접 대화를 나누지는 못했다.

"학교 갔다 왔구나."

"네." "예지야, 넌 방에 들어가 있어."

예지는 머리를 숙이고는 돌아섰다. 초등학교 저학년에게 교복을 입혀놓은 것처럼 허술한 모양새였다. 예지는 키도 작았지만, 몸통 자체가 가늘었다.

"지 형사님, 더 하실 말씀 있으세요? 예지 간식을 챙겨야 해서요."

"없습니다."

"빨리 장례를 치를 수 있도록 도와주세요. 이제 엄마도 편히 쉬셔야지요."

김희정은 한 번 더 압박을 가했다. 지 형사는 소파에서 몸을 일으켰다. 그는 김희정의 소유가 된 아파트를 걸어 나오며 좌절감을 맛보았다.

차에 올라탄 지 형사는 경찰서 쪽으로 방향을 잡았다. 에잇! 지 형사의 입에서 분노에 찬 욕설이 터져 나왔다. 김희정은 멋대로 현장을 훼손했고, 말도 안 되는 변명으로 살인죄를 면하려 하고 있다. 욕조의 이불빨래와 예지의 왜소한 체격, 지 형사는 그것들이 가리키는 바를 짐작할 수 있었다. 그럼에도 지 형사의 추리는 증명하기 어려웠다.

검사는 가족의 완벽한 알리바이와 외부침입 흔적이 없는 점 등으로 살인의 가능성이 낮다고 판단했다. 검시의는 시체검안서를 발부했다. 안영희는 극단적 선택을 한 것으로 최종 결론 내려졌다.

5

장례 절차가 모두 끝났다. 엄마의 시신은 화장했고, 흔적도 없이 사라져 버렸다. 오늘은 엄마의 삼우제 날이다. 엄마가 생전에 좋아했던 음식들로 제사상을 차렸다. 엄숙한 표정으로 제사의례를 마친 희정네 가족이 식탁에 둘러앉았다.

"잠깐 돌아가신 분을 추모하는 시간을 갖자." 남편의 제안에 따라 가족은 눈을 감고 고인을 기렸다. 잠시 후 감았던 여섯 개의 눈이 뜨이며 서로를 마주 봤다. 누가 먼저랄 것도 없이 여섯 개의 손가락 브이가 만들어졌다. 세 개의 입에서 동시에 웃음이 터졌다. 승리를 축하하는 환호성이었다. 가족은 앞에 놓인 잔을 높이 들어올렸다. 세 사람은 자축의 건배를 했다.

"뭐니 뭐니 해도 예지의 활약이 가장 컸어. 예지야, 수고했다."

"그런가? 난 엄마가 제일 고생했다고 생각하는데."

예지는 착한 딸답게 공을 엄마에게 돌렸다.

"두 사람 다 잘해줬어." 남편이 유리잔에 든 샴페인을 시원하게 들이켜며 아내와 딸을 칭찬했다.

"당신의 설계가 아니었다면 실행할 수 없는 일이었어. 브레인은 당신이야."

희정은 존경심 가득한 눈길로 남편을 그윽이 바라보았다. 정성껏 차린 음식은 어느 때보다 먹음직스러웠고, 차게 식힌 주류와 음료수가 식욕을 돋웠다.

"부검까지 안 가서 정말 다행이야."

남편이 과장된 동작으로 가슴을 쓸어내렸다.

"난 부검하길 바랐는데. 부검했다면 우리 알리바이가 더욱 돋보였을 거야. 수면제를 먹이지 않았다는 사실도 밝혀졌을 테고."

남편이 의아한 표정으로 희정을 보았다.

"위 내용물의 소화 상태로 사망시간을 추정한다고 하더라고. 사망시간이 명확할수록 우리한테 유리하잖아."

"역시 당신이야. 추리소설 마니아한테는 못 당하지."

"아빠, 나도 추리소설 좋아하거든.""그래그래. 우리 공주님도 추리소설 마니아지."

3년 만에 누리는 단란한 식사에 가족은 시간 가는 줄 몰랐

다. 사랑하는 가족과 함께하는 만족스러운 한끼가 그들에게
최고의 행복을 선사했다.

사건 당일

아침 식사를 마친 희정은 바쁘게 움직였다. 학부모 모임
이 있는 날이라 엄마의 점심을 준비해 놓고 외출해야 한다.
건강 샌드위치를 만들어 식탁 위에 올려놓았다. 희정은 서
둘러 설거지를 마치고 외출복으로 갈아입었다.

"희정아, 커피……."

엄마의 목소리가 안방에서 들려왔다. 예지는 등교했고,
남편은 학원에 간 뒤라 집에는 엄마와 희정, 둘뿐이었다.
커피머신에 물과 캡슐을 넣었다. 예열하고 커피를 내리기까
지 1분이 채 안 되는 시간 동안 머릿속에 수많은 생각이 오
갔다. 김이 모락모락 피어오르는 머그잔을 손에 들고 안방
문을 열었다.

"엄마, 학부모 모임이 있어서 나갔다 올게. 점심으로 샌
드위치 만들어서 식탁 위에 두었어."

희정은 침대 옆 탁자에 커피가 든 머그잔을 내려놓았다.
엄마는 침대 헤드에 비스듬히 기대앉아 TV를 보고 있었다.

"방금 내려서 커피가 뜨거워. 입천장 데지 않게 조심해서 마셔."

"뜨거운 커피 싫어하는 거 알면서! 식혀서 가져오지. 너는 몇 번을 말해야 제대로 할래? 머리는 장식으로 달고 다니니. 쯧쯧쯧."

"시간이 없어서 그랬어. 나 지금 외출해."

"아침밥 먹었더니 졸리다. 한숨 자고 나서 마시련다. 뚜껑 덮어 놔."

희정은 머그잔에 뚜껑을 덮었다.

"빨리 들어와. 수다 작작 떨고 오란 말이야. 엄마들끼리 정보교환이 필요할 정도로 예지 성적이 우수한 것도 아니잖아. 기껏 학군 좋은 데서 살게 해줬더니, 쯧쯧쯧. 학군이 아깝다. 걔 공부 못하는 건 꼭 너를 닮았어. 모전여전이야."
눈에 졸음기가 가득한데도 입은 쉬지 않는다. 희정은 엄마의 머리에 베개를 받쳐주고 안방에서 물러나왔다. 자동차 열쇠와 핸드백을 챙겨 들고 집을 나섰다. 희정은 서둘러 약속 장소로 향했다.

엄마가 허락한 유일한 외부 활동이 오늘 만나는 엄마들 모임이다. 초등학교 학부형으로 처음 만나 한 달에 한 번 모임을 갖는다. 흉허물 없는 막역한 사이라 만나면 시간 가는 줄 몰랐다. 커피숍에서 수다를 떨다가 한정식 집에서 점심을 먹고, 다시 커피숍으로 자리를 옮겨 한참을 떠들었다. 아이들 이야기에, 시댁과 남편 험담, 교육 문제까지 화제는 무궁무진했다.

희정은 엄마들과 헤어진 뒤 예지가 다니는 보습학원 쪽으로 차를 몰았다. 학원 끝나는 시간에 맞춰 데리러 가겠다고 예지에게 미리 말해 두었다. 학원과 집이 꽤 먼 거리여서 외출한 김에 데리고 귀가할 작정이었다.

학원 앞에 차를 대고 예지가 나오기를 기다렸다. 친구들과 우르르 몰려나오는 예지가 시야에 들어왔다. 예지는 친구들의 막냇동생으로 보일 만큼 체구가 작았다. 예지가 엄마 차를 발견하고 환하게 웃으며 달려왔다.

"엄마, 많이 기다렸어?"

"아니, 바깥에서 우리 예지 만나니까 반가운데."

희정은 차를 출발시켰다.

"배고프지 않아?" 희정의 물음에 예지가 웃으면서 고개를 가로저었다.

"학교 끝나고 친구들이랑 떡볶이 먹어서 괜찮아."

집에 도착했다. 예지는 제 방에 들어가고, 희정은 엄마에게 다녀왔다는 인사를 하려고 안방으로 갔다.

"엄마, 나 왔어."

방문 손잡이를 돌렸지만, 잠겨 있었다. 이제껏 엄마가 방문을 잠근 적은 단 한 번도 없었다. 노크를 하고 큰 소리로 엄마를 불렀다. 잠긴 문손잡이를 잡고 철컥거렸지만, 돌아오는 대답이 없었다. 희정은 고개를 갸웃거리며 주방으로 갔다. 식탁 위에 놓아둔 샌드위치 접시가 그대로였다. 손댄 흔적이 없었다. 희정은 엄마에게 전화를 걸었다. 안방에서 귀에 익은 벨소리가 흘러나왔다.

다시 안방 문을 두들기며 크게 엄마를 불렀다. 여전히 응답이 없었다. 신발장을 열고 사라진 신발이 있는지 확인했다. 정확히는 몰라도 사라진 신발은 없는 듯했다. 엄마가 방 안에서 쓰러진 것이라고 확신이 드는 지점이었지만, 방문을 잠근 것이 이상했다.

인터폰으로 아파트 보안요원을 호출했다. 보안요원이 출동해 방문을 열고 내부에 침입자가 없는 것을 확인했다. 베란다를 확장한 탓에 안방 창문 밖은 바로 바깥으로 이어졌다. 게다가 15층, 출입문 말고는 외부에서 침입할 방법이 없었다.

엄마가 병으로 쓰러졌다면 방문을 잠근 것이 설명되지 않았다. 문을 잠그고 음독한 것이 분명했다. 침대 위에 엎어진 머그잔이 그 증거였다. 엄마는 완벽한 밀실에서 사망했다.

사건 당일의 이면

외출복으로 갈아입은 희정은 엄마에게 줄 커피를 내렸다. 갓 내린 커피에 약장에서 찾아낸 청산가리를 섞었다. 엄마는 뜨거운 커피를 마시지 않는다. 뜨거운 음료는 건강에 좋지 않다는 것이 이유였다. 식혀서 가져가지 않는 한 곧바로 커피를 마실 위험은 없다. 한잠 늘어지게 자고 나서 식은 커피를 숭늉처럼 들이켜겠지. 희정은 커피잔을 손에 들고 마지막 갈등에 빠졌다. 들통 나면? 지금이라도 멈출까.

"희정아, 커피……."

커피를 가져오라고 재촉하는 엄마의 새된 외침에 희정은 흠칫 정신을 차렸다. 그래, 지긋지긋한 저 목소리, 더는 듣고 싶지 않아. 한 번 했는데, 두 번을 못할까. 그때는 혼자였지만, 지금은 힘을 보태줄 사람도 있고. 까짓 경찰, 별것도 아니었잖아. 옛 기억을 떠올린 희정은 히죽, 웃었다.

치매 시어머니를 속이는 일은 땅 짚고 헤엄치기만큼 쉬웠다. 이미 고혈압약을 먹은 시어머니에게 계속해서 약을 건넸다. 눈에 띄는 곳에 약봉투를 던져두고 혼자 있을 때 약을 먹으면 안 된다고, 한껏 혼란스럽게 만든 뒤 외출했다. 집에 돌아와서 보면 약이 현저하게 줄어 있었다. 허락받고 약을 먹어야 한다고 다그치면 시어머니는 몰래몰래 더 먹었다. 다소 인내심이 필요한 방법이었지만, 조종하는 재미가 쏠쏠했다. 어쩌면 그때 복수의 묘미를 알아버린 것인지도.

마음을 정한 희정은 안방에 들어가 침대 옆 탁자에 커피를 올려놓았다. 머그잔에 뚜껑을 덮고 방을 나와 미련 없이 외출했다. 학부모 모임에 참석해 차를 마시고, 점심을 먹고, 또 차를 마시며 시간을 보냈다. 학원 끝나는 시간에 맞춰 예지를 차에 태워 함께 귀가했다.

집에 돌아와 안방 문을 열어보니 침대 위에 엄마가 죽어 있었다. 머그잔이 이불 위에 엎어져 있고, 엄마의 입 주변과 옷에 토사물과 피가 말라붙어 있었다. 욕조에 이불을 넣은 뒤 물을 받고 세제를 풀어 빨래를 하려던 것처럼 위장했다. 이불 위로 거품이 뽀글뽀글 올라왔다. 예지가 안방 문을 안에서 잠그고, 젖은 이불 속에 몸을 숨기면 준비 완료다. 음독한 정황만 확실하다면 보안요원이 이불 속까지 들여다보진 않으리라. 다소 복잡하고 위험한 계획이지만, 보안요원이라는 완벽한 목격자를 만들 수 있다. 보안요원을 불러 안방 문이 잠겼다는 사실을 각인시켰다.

"엄마, 무슨 일이야? 할머니 방에 계셔?"라고 외치는 예지의 목소리가 방 밖에서 들려왔다. 예지는 휴대전화 알람시계 기능을 이용해 멘트를 미리 녹음해 두었다. 희정이 단축번호로 전화를 걸면 예지 방에서 알람시계 멘트가 높은 볼륨으로 재생되도록 설정해 놓았다. 희정은 "예지야, 네 방에 가 있어."라고 소리치며 딸이 거실 쪽에 있음을 강조했다.

신고를 마친 보안요원이 사람을 더 불러오겠다면서 밖으로 나갔을 때, 예지가 이불 속에서 나와 젖은 옷을 갈아입었다. 살인사건이라고 의심하지 않는 한 보안요원이 현장을 지킬 이유는 없다. 희정은 코팅 종이에 담긴 청산가리를 침대 옆 탁자 밑에 던져두었다. 엄마의 지문을 묻히는 것도 잊지 않았다. 희정은 마지막 마무리로 욕조 속의 젖은 이불을 세탁기에 넣고 돌렸다.

시체의 체온이나 사후경직, 시반 등으로 추정한 엄마의 사망시간은 오전 11시경이었다. 희정, 남편, 예지의 알리바이는 완벽하게 입증되었다. 부검을 했다 해도 결과는 달라지지 않았을 것이다.

고인은 대외적으로 명랑한 모습을 보였지만 심각한 우울증을 앓았다고, 희정네 가족은 증언했다. 관련자의 확실한 알리바이와 침입의 흔적이 전혀 없는 밀실의 현장을 이유로 엄마의 사인은 우울감에 의한 음독자살로 결론 내려졌다.

노인들의 극단적 선택은 이미 심각한 사회문제로 자리 잡았다. 노인들이 자살하는 가장 큰 이유가 경제적 어려움이라지만, 배우자를 떠나보낸 상실감 또한 상당부분 차지한다. 우리나라 노인 자살률은 OECD 회원국 중 1위라는 불명

예를 거머쥐었고, 2위와의 격차 또한 심하게 벌려 놓았다. 65세 노인의 21.1%가 우울증상이 있으며 자살을 떠올리는 원인으로 8.3%가 가까운 사람의 사망을 꼽았다. 국가와 사회 차원의 대책 마련이 시급한 상황이다.

희정이 완전범죄를 멋지게 완성시킨 솜씨는 안 여사와 다를 바 없었다. 안 여사 역시 완전범죄를 저지른 전력이 있지 않은가. 이번 판은 딸 희정의 승리다. 그러나 인생을 누가 어떻게 알 것인가. 희정은 지 형사가 여전히 그녀를 주시한다는 사실을 전혀 알아채지 못했다.